The Black Company
5 Dreams of Steel

黑色佣兵团
⑤钢铁残梦

[美] 格伦·库克 (Glen Cook) 著
赵梓铭 译

国际文化出版公司
·北京·

本故事纯属虚构

1

我只知道这几个月发生了很多事，不过我几乎什么都记不得。每天，无关紧要的琐事在我脑子里嗡嗡地转，有用的却一件都想不起来。至于真正发生了什么——两成靠道听途说，剩下八成只能自己胡乱猜测。鬼知道那些所谓的目击者嘴里有几分真话。

在被迫赋闲的这段时间里，我猛然意识到佣兵团长久以来奉行的传统被打破了，再没有人拿起笔为他们载言记行了。想到这儿，我不禁心头一颤，难道要我来把笔杆子捡起来？太扯了，我没有受过系统训练，连文章都写不好，更别提什么历史素养了。实际上，我也不像碎嘴那样能“眼观六路，耳听八方”，更何况人家还比我机灵得多。

因此我只能凭着自己的印象来尽量还原真相，我希望这些文字没有因为我个人曾亲历这些事件，或是因为这些事曾对我造成了冲击而偏离了事实。

我随历史正文附上此篇辩解书。按照前辈史官们的传统，我将我记述的这段历史称作“夫人之书”。

致夫人、史官与团长

2

虽然离得远，位置又太高，但威洛·斯旺还是很清楚他刚才看到了什么。

“那帮人被打得屁滚尿流。”

斯旺和三个同伴在远处观望着德加戈城前的一场混战，此城坐落在群山环绕之中的一块环形平原上。

尖刀咕哝着附和斯旺的话，但是斯旺的老友科尔迪·马瑟却一言不发，恶狠狠地对着一块石头撒气。

他们支持的那一方已经兵败如山倒了。

斯旺和马瑟都是白人，只不过一个是金发，另一个是褐发，他们来自玫瑰城，那个地方在北边，离杀戮之地七千余英里。尖刀则是个黑皮肤的大个子，令人望而生畏，几年前，斯旺与马瑟把他从大军手中救了下来，从此他就跟随着两位恩人。于是才有了这支三人小队。

看着战场上的形势愈加严峻，斯旺不断地小声骂娘。

这支三人小队里的第四名成员是个自告奋勇加入的“外来户”，江湖人称“暗烟”。表面上，暗烟是塔格洛斯城的消防队长，底下马上就要吃败仗的就是这个地方的军队，但实际上他是该国的宫廷巫师。这个不请自来的栗色小个子让斯旺很是头疼。

“你的军队要死光了，暗烟，”威洛吼道，“他们不行了，你也要玩儿完，那些暗影长老绝对不会放过你。”他的吼声盖过了战场上法师们念咒施法的声音，“我听说他们能把人榨成肉酱，不过你要是给他们当狗腿子，说不定能保住小命。”

“行了，威洛，”马瑟说，“他自有准备。”

斯旺看着这个栗色的小个子，说道：“好啊，怎么还不让我开开眼？”

只见暗烟双目紧闭，嘴里念念有词，还不时发出培根在发烫的平底锅里吱吱作响般的声音。

“他的这些鬼把戏只会成为佣兵团的累赘，你这个老神棍还是赶紧滚回老家吧。我们现在遇到麻烦了，我们的人死的死伤的伤。怎么？你现在想起来收拾烂摊子了？不如我先收拾收拾你吧。”

老人缓缓睁开了眼，目光扫过远处的平原，一脸愁容。斯旺不知道他昏花的小眼睛能看出个什么所以然来。但是他太不了解暗烟了，暗烟城府极深，从不轻易露出真面目。

“别犯傻了，斯旺。我就是一个小老头儿，叫我跟底下成群的暗影长老单打独斗？他们能像踩死蟑螂一样杀了我。”

斯旺又急又气，他知道，战友们一个接着一个地牺牲了。

不料暗烟突然厉声说道：“我，我们唯一能做的就是尽量吸引敌人的注意力。不过你们真的想让那些暗影长老注意到我们吗？”

“你觉得黑色佣兵团不过是拿钱卖命，活该死，是吗？好，那其他四千个塔格洛斯人也活该陪葬？”

暗烟不说话了，把嘴抿得像个小西梅干一样。

此时，战场上，汹涌的人潮把矗立着最后一杆佣兵团军旗的小土丘团团包围了起来，他们又开始向山上进发。

“局势再这么发展下去对你自己也没好处，你想一想！”斯旺的语气里充满着威胁，不仅仅是找碴儿那么简单了。暗烟是个老练的政客，政客使起坏来比鳄鱼还危险，鳄鱼虽然凶残到吃自己的幼崽充饥，但他们不会突然在背后捅你一刀。

暗烟虽然有点恼火，但还是强忍着，用尽量平和的语气说：“他们干得比我想象的漂亮不少。”

平原上人与野兽横尸遍野，没人能管得住发狂的战象，只能任它们横冲直撞。战场上只有一个塔格洛斯军团还保持着完整的建制，他们在一座城门前杀出了一条血路，给他们的同胞开辟了一条求生的通道。军营里燃起的熊熊大火遮蔽了整座城市的天空。不过佣兵团在这场战役里发挥的作用，比这些正在欢庆胜利的塔格洛斯人要大得多。

暗烟说："虽然这场仗败了，可他们拯救了塔格洛斯。暗影长老也被杀了一个，再要有人来进攻塔格洛斯也不过是痴人说梦了。塔格洛斯人会派出他们幸存的部队来收复德加戈城的。"

"我要是没乐得跳起舞来，还求您原谅呀。我挺喜欢这些人的，你那哄骗他们的点子还真是叫我恶心。"斯旺冷笑着。

暗烟忍住了没发火："斯旺你可搞清楚了，他们可不是在为塔格洛斯而战。他们不过是想借我们的手来打通前往卡塔瓦的道路，而且要是他们真的成功了，那可比被暗影长老征服要糟多了。"

斯旺很快明白了个中原因："因为这些人不来拍你们的马屁，所以就算他们肯把你们从暗影长老手里救出来，你还是会认定他们吃瘪是件好事，虽然依我看这是件憾事。但你最好把接下来每一步都想清楚喽，万一他们最后赢了，还知道你是这种态度，那你可有好果子吃了。"

"放松点，威洛。"马瑟说。

斯旺无视他，接着说："暗烟你说我愤世嫉俗也罢了，但我敢打赌你和拉蒂莎肯定自有妙计，是吧？好阻止他们横扫整个暗影大陆。但是为什么要这么做呢？我一直都想不明白这点。"

"这事还没完呢，斯旺，"尖刀说道，"等等吧，让暗烟说两句吧。"

其他人都呆呆地看向尖刀，他极少开口，一开口一定有其原因。他知道些什么吗？

斯旺有点不解："我难道遗漏了什么吗？"

马瑟打断了他："该死的，你就不能冷静点？"

“我凭什么要冷静？就是因为所有人都在纵容暗烟这样卑鄙的家伙，整个世界才被搅得一团糟。这帮人打一开始就没完没了地对我们使坏。瞧这个小娘娘腔吧！成天成宿地嘟哝着他得保持低调，好让暗影长老别找上他。在我眼里，他不过就是没种罢了。那个姑娘，你还记得她过去的样子吗？但至少她有胆去面对那些恶棍，花个半秒钟想想，你就会明白，她的勇气是你这个老怪物这辈子都拿不出来的。”

“冷静点儿，威洛。”

“冷静点儿？可恶，这事压根儿就做得不对，总得有人来教训教训这样阴险的老家伙。”

尖刀咕哝着表达了支持，可他毕竟没有绝对的权威。

但斯旺其实并没有他看起来那么沮丧，他知道，如果这个巫师再惹人厌，尖刀免不了要痛扁他一顿。

暗烟这下笑了：“斯旺，要知道，像我们这样的老东西，曾经也是和你一样喜欢高谈阔论的大嗓门呢！”

此时零散的战斗仍在山脚下进行着。马瑟走到两人中间：“真是够了！别吵了，我们能不能在乱军到来之前先离开这儿？我们可以把北部城镇里的卫戍部队集结起来，再动员戈加城里的每一个人。”

斯旺没好气地同意了：“好吧，也许队伍中的某些人可以做到。”说罢，他恶狠狠地盯着暗烟。

老头儿耸了耸肩：“如果那些逃脱了战场的人能训练出一支真正的军队的话，这下他们可有充足的时间了。”

“对了，如果普拉布林德拉·德哈和拉蒂莎·德哈要振作起来摆脱困境的话，他们都能组建起一支像样的联军来，也许还会有个屁股上长毛的巫师跳出来，因为他没办法一辈子都躲在杂草堆里。”

马瑟沿着山的背面向下走去：“尖刀，走吧！让他们吵去吧！”

不多一会儿，暗烟就认怂了："斯旺，他说得对，我们还是先去干正事吧。"

斯旺一边摆弄着他的金色长发，一边看着尖刀。尖刀则扭过头望向山脚下的马，"好吧。"斯旺最后瞥了一眼黑色佣兵团战士们倒下的城市和原野，"但是对的就是对的，错了就是错了。"

"还有，实际的就是靠谱的，需要的就是迫切的。出发吧！"

斯旺踱着步子，他记下了那句话，并且打算结束这段争吵："放屁，暗烟，你一派胡言。我今天可算见识了你的另一面，讨厌极了，更不用说要我信任你了。我会时时刻刻监视着你，就像你的影子一样。"

他们蹬鞍上马，向着北方而去。

3

这些天以来，佣兵团一直服务于塔格洛斯城国的王子普拉布林德拉·德哈。他的老好人性格似乎难以驾驭人口众多又派系林立的城国，好在他妹妹拉蒂莎·德哈有副铁石心肠，能与他的乐天性格和慈悲心肠互补。拉蒂莎皮肤黝黑，小巧玲珑，但这小小的身躯下却隐藏着一个利如剑又坚如山的灵魂。

正当佣兵团将士与暗影长老们在德加戈城——又称风暴关——混战时，普拉布林德拉·德哈则在战场以北三百英里的地方看着这场好戏。

王子身高五英尺半，虽然外面已是一片黑暗，天生神眼的他还是能把一切看得很清楚。他怒视着国难当头之际却毫无作为的教士和御用匠人们，他很想把这些饭桶都扔到战场上去，但是塔格洛斯为笃神之地，哪怕王室也不能对教士不敬。

一肚子业火的王子只能躲在寝宫后面的阴暗角落里看着妹妹发号施令。“劳驾，”虽然知道自己的举动不合乎礼数，他还是走到拉蒂莎身边，问道，“战况如何？”

“这里说话不方便。”

“有坏消息？”

“咱们移步再谈。”拉蒂莎大步流星地边走边说，“贾哈不太高兴。”

“他手被捕鼠夹子给夹了。他还坚持让我们给沙扎建个屋子，它已经有了神眼了，不过我听耳朵们汇报说他有时候故意给沙扎吟唱没用的咒语，于是我故意调侃他沙扎会不会有一天得了老花眼的时候，他可一点都乐不出来。”

“我知道了。”

拉蒂莎领着自己的胞兄穿过一道又一道曲折的小径，他们脚下的鹅卵石见证了一个又一个王朝更替。可以说除了暗烟之外，没人知晓这座古老宫殿深处隐藏着多少秘密。

她拐进了一间密室。此屋原属于一位巫师，斯人已逝，但其法力犹存，没人能窃听到屋内人的说话。王子随后进入，带上门。

“说吧，我的好妹妹。”

“信鸽送来了暗烟的消息。”

“有多糟？”

“我们的佣兵在风暴关被打得落花流水。”

“落花流水？还有挽回的余地吗？”

“还有一线生机。”

从古至今，德加戈城一直未遭战争侵扰，可普拉布林德拉在城中发掘出了上古兵书的消息招来了大批的暗影长老。

“他们是全军覆没？有没有趁乱突围的？暗影长老那边的伤亡情况

如何？德加戈城是否安好？”

“兵团残部应该还在迎敌。”

“他们的残部应该尽快沿着旧河道撤退，亏得他们还算身经百战，开始就没人信他们能扛下来。我们不能总是事后聪明，还有什么情报通通汇报给我！”

“王兄，信鸽腿可不像秃鹫那么长呀。”拉蒂莎边说边做着鬼脸，“佣兵团整编了一队刚刚成为自由人的奴隶，带着他们奇袭了敌军阵地，杀了法师风影，还重伤了他的同伙旋影。但是翌日清早，法师月影带着一队人马前来支援，双方都死伤惨重。我们杀了月影，但我们自己人也牺牲不少。佣兵团同样折损了几员大将，团长和他的女人双双战死。”

“夫人战死了？可惜了，她可是个尤物。”

“你就像只吃了春药的猴子。”

“难道我不是吗？不过夫人武艺高超，所到之处必有横尸。”

“而且杀人不留形。可人家看得上眼的男人只有碎嘴团长。”

“哦？我的好妹妹吃醋了？”

拉蒂莎白了哥哥一眼。

“暗烟何在？”

“他们四个估计已经向北突围了，路上应该还能遇到我军残部。”

“暗烟本不该去前线，此等良将应该留在此地为我所用，你们却让他自己溜走了。”

“暗烟可能还是怕暗影长老们知道了他的底细。”

“他们不知道？看来他们的巫术也不是处处有用。”王子笑了，“那我们的暗烟大人跑到前线去干什么呢？我倒是想亲自去看看。”

拉蒂莎也笑了。

“为何发笑，我的好妹妹？”

“王兄，你要是离开宫殿半步，那些教士们后脚就敢收拾细软开溜。你得留在宫中坐镇，你在这儿，蠢货们才能各司其职。暗烟的事情就由我来替你去料理，要是他真的有二心，我自会责罚他。”

王子听罢叹了口气，说道：“还是我的好妹妹英明，但你必须悄悄出宫，要是左右文武知道你不在宫中，我恐怕压不住他们。”

“得了吧，王兄，他们不敢造次。”

“我平常不过问朝政，要是他们欺瞒我，我该如何是好？”

拉蒂莎轻拍着哥哥的肩膀宽慰他：“驭人之术在于权衡——喜怒无常令人惧，恩威并重使人忠。驭人有道则不怕欺瞒，你自可借刀杀人。”

王子似懂非懂地点了点头，其实他深谙驭人、权谋之术，他知道此时只要走对一步便能大权在握。

4

远处一小队人马缓缓走来，打头的好似一团黑魆魆的影子，辨不出到底是一根枯树还是一个两臂下夹着箱子的怪胎——他后面紧跟着一个匍匐在地上、向前一小步都要挣扎半天的人。地上那人被几支箭矢当胸穿过，他后面还有个大汉死死地用长矛叉住他的后背，可谓求生不得、求死不能。

后面的大汉故意将长矛提得离地几寸高，看着地上那人像个大泥鳅一般痛苦地扭着。大汉后面跟着两匹战马，高大威武，一看就是绝世良驹。

天空中有上百只乌鸦盘旋悲鸣，好似给底下的人们放哨一般。

只见他们登上了位于风暴关东边的一座小丘，在小丘上他们就那么不声不响也不动地伫立了二十分钟，小丘下塔格洛斯难民们来来往往，却谁也没发现他们，他们一定有法术傍身。

这队人接着往前走，乌鸦也接着往前飞，就像后卫一样紧跟在他们后面。这些黑色的精灵时不时就阵形大乱，时而发出一阵喧嚣，顷刻又恢复正常，难道也是受了法术的影响吗？

行了数十英里之后，这行人终于停下了脚步。头领指挥手下花了几个时辰砍树斩草，终于在这山上升起了篝火。见了火，大汉便狠狠地把长矛拔了出来，一把揪起已经奄奄一息的俘虏，剥下了他的面具。

“他不是劫将。”似喃喃低语，但仍能听出语气中满满的失望。

空中的乌鸦们也叽叽喳喳起来，它们在讨论什么呢？在争吵还是在歌唱？它们在看着我们吗？山冈上，头领看着这个将死的俘虏，问道：“你是何人？你会何妖术？通通坦白！”

回应他的是无声，也许这个俘虏已经虚弱到说不出话来，也许他听不懂头领的语言，也许他是条汉子。

头领下令用刑，然而那人依旧无言。

他们失去了耐性，头领单手把俘虏拽起来丢到火堆上，打头的怪胎走过去用长矛把他钉在火中，动弹不得。火苗越蹿越高，受刑人体内似乎蕴含着无尽的能量。

他必是个法力高强之人。

他是暗影长老月影，他的人马大败对手，自己却阴差阳错落到了对方的残军手中。

他们在篝火旁静静地站着，看着月影被烧成灰烬，看着火焰熄灭，看着那大汉上前把暗影长老的骨灰捡到一处，头领命他收集残骸，在路上慢慢地丢撒，万万不能丢在一处。

俘虏已死，鸦群却还在盘旋，突然有只黑豹冲过来，惊得乌鸦们

“唰”地一下四散飞走，人们却毫不慌乱，头领站出来念了句咒语，那豹子就如触电一般掉头向山中逃跑了。

5

那人穿着华丽的战甲被死死压在“山”下，他苦苦挣扎，无法脱身。“山顶”一具尸体突然顺着“山坡”滚了下来。他顺势发力，终于从这座尸体垒成的小山里脱身。终于出来了，他却一动也不动，好一会儿，才拽下自己刻着复杂纹饰的头盔，一屁股坐了下来。

又过了好一会儿，他脱下手套，那手指竟然那么的纤细修长。这么美的手本不该拿着那么沉重的头盔。

长长的黑发散了下来，竟是女儿身。

我务必要写下所有细枝末节，我已经想不起事情的全部经过。这一切仿佛噩梦一般萦绕在我心头—— 一个女人，像吸血鬼一样长着长长的獠牙，朝我冲了过来，然后，我就在这死人堆里了，别的什么都想不起来了。

空气中弥漫着战场的气味，我无比熟悉这种气味，就像一千具肠肚一起腐烂散发出的臭味，我已经闻过几千次了。

我虽然闻过几千次这种气味，但却还没能习惯。我浑身颤抖着开始干呕，戴着头盔的时候已经把能吐的都吐出来了，我差点就被自己的呕吐物淹死在死人堆下面。

想到这，我的眼泪一下子就止不住地流了出来，我还活着！热泪沿着我的脸颊流了下来。我还活着！我的寿命远远超过了常人，但我依旧热爱生命。

我摘下头盔的那一刻，第一口新鲜空气涌了进来，随之而来的是一连串的问号。我在哪儿？我在这儿做什么？

我开始回忆，可我只记得起我差点就没命了。

那是晚上，视线很不好，但是我不用看就知道我们输了。要是佣兵团获胜的话，碎嘴就会来找我，我也不至于落得如此下场。

我们是怎么输的呢？

我依稀回忆起战场上厮杀声一片。此时我清晰地听见一声朝着我这个方向的低吟，我只知道自己要马上跑。

我依稀回忆起我跌跌撞撞地跑出四步远，一团热浪就砸到了我的身上。我再也跑不动了，我好渴，仿佛有只恶魔抽干了我身体里的水分，我的喉咙要烧起来了。

我努力地想喊出来，却发不出声音，奇怪的是，敌人们怎么也这么安静。

原来他们悄悄地把我包围了，一个、两个……我的剑呢？

借着德加戈城发出的微弱灯光，我勉强能看清他们了，三个小个子，暗影长老的狗腿子们，他们武艺不精又手无缚鸡之力，可我这个样子也只能任他们宰割。

我能装死吗？不，不行，这个时候尸体应该都凉了，肯定骗不过他们。

该死的！

他们动手之前可能要扒了我的铠甲，扒了之后他们还要干吗呢？恐怕不止抢劫那么简单了。

不，他们不会动手的，这些狗腿子认得我铠甲上的花纹，暗影长老想抓活的，他们可以绑我去请赏。

是神兵天降？他们身后爆发出一阵喧嚣，应该是德加戈城中的守军突围了，也可能是奇袭，莫盖巴可不是那种坐以待毙的人。

我面前的三人开始争吵—— 一个人先说话，另一个人叫他闭嘴，第三个人帮第一个说话的出头。大家都打了一天的仗，谁也不想再去探查那突然的喧嚣是怎么回事，谁也不想丢了刚刚从战场上捡回来的命。

最终，第二个人服软了，他转身走了。

也好，现在只有两个人来料理我了，老天开恩。

我还坐在尸堆旁边，坐了好一会儿才想起来，又爬进尸山去找呀找，终于找到了我的剑，这是柄古剑，是铸剑人卡基年轻时的得意之作。一柄传世神兵，传说无数，却只剩我为它传唱，连饱读史书古籍的碎嘴都未曾听过他的故事。

我挣扎着爬回那个土丘上，那是我最后一次看见他，我的爱人——碎嘴，就在那儿，他和摩根伫立在佣兵团的战旗下，试图力挽狂澜。我好像爬了一整夜也没爬到，爬到一半，我在一具尸体旁边找到一个喝了一半的水壶，我抓起来一饮而尽，恢复了一点体力。等到了山顶的时候，已经能跌跌撞撞地站起来了。

土丘顶上尸体横陈，我仔细地翻找了一遍，但碎嘴和战旗都没了踪影，我的心仿佛灌了铅一般坠到了肚子里。他多半是被暗影长老俘虏了。

抓了碎嘴，佣兵团便群龙无首，德加戈城自然也不攻自破了。

但我不信，他们没抓到他，他还在这儿。我找呀找呀，希望却越来越渺茫。

我哭了。

黑夜里，周围安静得可怕。突围部队已经撤回了城内，敌人马上要卷土重来了。

我必须躲起来，走着走着，我撞见了一头已死的战象，黑夜里它庞大的躯体就像一尊邪神一样可怖。

好在战象身上还有很多储备能为我所用，我找到了几磅干粮、一瓶水、几枚钱币和几个喂了毒的箭头。拿了这些补给，我继续朝不远处的山顶进发，我必须在日出之前爬上去。

我步履匆匆，被迫扔掉了一半的物资，敌人的斥候们随时会来打扫战场。

我活下来了，我还能做点什么呢？我是佣兵团最后的战士，我的战友们都……

他们的音容笑貌萦绕在我的脑海里，挥之不去，如果我能回到过去，我又能做些什么呢？

他们仿佛还在我的眼前说着、笑着，我没法不去想他们，我没法不去想……我必须铭记……我要复仇……

我终于爬上了山顶，瘫倒在地。那些怪物撕碎了我的梦想，写下了末日裁决。为了复仇，我将不择手段。

6

长影栖于一个灯火辉煌的房间，一袭黑衣的他仿佛一缕坠入太阳的幽魂。房内每一寸墙壁都是水晶制成，像镜子一样通透，在强光之下，一丁点黑影都没有。长影惧怕影子——除非是紧急要务，没人见他走出过这个房间。

此房间坐落在暗影之关的堡垒的最高一层，此城为世界最靠南的城市。城中的堡垒名曰瞭望塔，在城南，在堡垒上向南远眺能看见一座高原，阳光下，高原上的石头闪闪发亮，石头间依稀分布着几根高耸而残破的石柱，仿佛有通天之气势。瞭望塔已经动工十七年而未完工，若在长影的任下能完工的话，此堡垒就能成为天下第一要塞。

但长影病了，对死亡和未知的恐惧甚至让他不敢向下看，阳光洒在高原上，密密麻麻的石头后面紧随着一个又一个影子。他必须拥抱光，暗影随时能要他的命。

长影虽足不出户，他的伎俩却能让四百英里开外的敌人遭殃，他很得意。就在堡垒以北的风暴关上，他的宿敌风影和月影双双命丧黄泉，另一个老对头旋影虽然捡回了一条命，但也元气大伤。

但是他还不能死，不能，大敌将至，旋影就是自己的挡箭牌。

风暴关上，佣兵们竭尽全力去对抗旋影的大军，但是他们实在太强了，旋影手下有整整三个暗影军团。

谨慎，再谨慎。现在不能轻举妄动。一旦长影的野心暴露，驻扎在塔格洛斯的佣兵们便会立刻挥师瞭望塔。

但是那个女人，她是真正的底牌，虽然她现在可能奄奄一息，但是她的知识对这场游戏里的每个玩家来说都是无价之宝。

他要找个替身，他自己没法离开瞭望塔。暗影就在外面徘徊。

突然他用余光瞥到窗外有一片黑影闪过，立马大叫着逃到了角落里。

原来是只乌鸦，一只该死的乌鸦，想看看这屋子里有什么在闪闪发光。

找个替身。就在悲惨的塔格洛斯城北面，有个沼泽，沼泽里有股力量被困在虚幻与现实之间，那力量可以为我所用。

如果不离开瞭望塔，怎么可能？

远处的高原之上暗流涌动。

暗影在伺机而动……暗影知道真正的游戏开始了。

7

我迷迷糊糊地睡在一堆灌木丛里。他们穷追不舍，我先是穿过一片橄榄园，逃到半山腰的时候一下子顺着田埂滚了下去。本以为大限将至，没想到竟然因祸得福，在山谷底下发现了一丛中空的灌木，我赶忙连滚带爬地钻进去，一边缩在里面一边求老天爷保佑。

噩梦……突然一声乌鸦的嘶鸣将我惊醒，睁开眼发现天已经大亮。我拼命地往里缩着身子。老天爷，可千万别让人看见我……好吧，看来连老天都不帮我了。

那人越走越近，我小心地把身子往外探了探。该死！还是两个人，暗影长老的人。哎？他们在那儿嘀咕什么呢？怎么还不过来抓我。

虽然我没敢一直盯着他们，但也能看出来那两个人好像也是在躲着谁。有意思，难道他们不是追兵？

他们肯定看见我了，我知道，要不他们怎么知道背过身去说话。可惜我趴得太低了，听不清他们在嘀咕什么。

我不敢大摇大摆地走出去，万一吓到了他们我可就玩儿完了，我还是瞅瞅别的地方吧。

我一扭头，发现了第三个人。

有个棕色皮肤的小矮子蹲在灌木后边，腰间缠了一条破布，头巾也破破烂烂的。他好像是德加戈城之战中的奴隶士兵，碎嘴给他们赎了身，让他们参了军。他能帮我吗？

算了吧，他这样子可不像来帮忙的。

我一直侧着躺着，右边的胳膊和手都被压得没了知觉。我的武艺能救我一命吗？我不知道，我已经好几周没动过手了。

我必须先发制人，我的剑就在手边……

金锤！

这个咒语是给小孩子们练习法术时候用的，就是个小把戏，根本不能拿来打仗，还不如直接拔剑。不过我现在有半边身子不听使唤，连块石头都捡不起来。死马当活马医罢……我默念着咒语……快呀，快发功，老娘要死了。

金锤在我左手里慢慢成形。

我对准一人抛将出去，那人想跑却被金锤的链子牢牢地锁在了地上。我趁势抄起剑当拐杖，摇摇晃晃地站了起来。

有意思，“儿歌”也能救命。

解决了一个，还有一个。开玩笑，我现在根本动不了，连站着都很勉强，我拿什么跟他打。谁知第二个兵呆呆地瞪了我一会儿，一下子头也不回地跑了。有意思。

忽然身后一声虎啸。

有一人从天而降，对着逃跑的士兵掷出了什么东西，那兵一下子摔了个狗啃泥——他死了。

我挣扎着转过身子，杀人的是个身着塔格洛斯军服的大汉，那声虎啸正是先前那个棕肤色的小个子发出来的。

那个小个子小心翼翼地朝我走过来，生怕我再变出一个金甲把他也拍在地上。他一边走一边结结巴巴地说着塔格洛斯语，我听不太懂，但好像是在跟我道歉。突然他又转头朝大个子说起来，这下我彻底听不懂了。我心里又惊又怕，他到底是在感谢我，还是感谢老天救了他一命？我隐约听懂了他在说着什么“先知”“夜之女”和“新娘”，好像还有“骷髅车”。我以前在塔格洛斯人的宗教故事里听说过“夜之女”和“骷髅车”，但谁知道他们是什么意思呢？

大汉好像根本不在意我俩，他骂骂咧咧地走到士兵的尸体旁边，还狠狠地踢了一脚。

小个子突然一脸谄媚地对我说：“我罪该万死，夫人，我们一大早一直在追杀这些狗腿子，他们身上一般都有重要情报，但是这两个……好像比我这个奴兵还穷。”

“你认得我？”

“我当然认得您，您是团长的夫人。”他重重地吐出“夫”和“人”两个字，说罢便对我鞠了三次躬，“您睡觉时吾等一直在左右保护，请您原谅我们大意了，还劳烦您亲自出手。”

老天爷，谢天谢地。

“你可见过兵团里的其他人？”

“回夫人，见过一部分，但现在他们都被打散了，离这儿应该很远。”

“暗影长老的人还有多少？”

“零零星星有几个斥候在四处侦察，不过大多都空手而归，他们的主子也不愿再增派人手，估计还有大约一千人。”他边说边朝大汉那边瞧，那大汉还在搜敌兵的身，“还有一千骑兵，他们的主力应该还在攻城。莫盖巴会让他们吃苦头的，只要他能拖住，我们的人就能多撤出去几个。”

大汉突然朝着这边吼道：“这些猪猡，兜儿比脸干净，伽玛德哈。”

奴兵听罢苦笑了一下。

伽玛德哈？塔格洛斯人称佣兵团团长为伽玛德哈。

“你们见过团长？”我赶忙问道。

两人一下子收敛了笑容，小个子垂下头，支支吾吾地说：“团长牺牲了，他当时站在团旗下面指挥进攻，拉姆亲眼看到了。一支箭穿胸而过，正中心脏。”

我再也撑不住了，一下子瘫倒在地上。不可能，这不可能！我心中最后一丝希望也破灭了。

可恶，碎嘴！你自己拼命，还真的送了命。

不行，我要先振作起来。我踉踉跄跄地起了身：“我们吃了败仗，但我军还在抵抗，塔格洛斯亡国之日便是所有百姓遭奴役之时。你叫什么，士兵？”

“我叫纳拉扬，”他突然咧嘴一笑，“沙达尔人。您看，一听名字就知道我是沙达尔人。”大汉听了摇了摇头。其实他一看就是个古尼人，沙达尔人哪个不是高大魁梧、骁勇善战，这个人的小脑袋都快装不下他的眼睛了。小个子接着说道：“打仗之前我是个奴隶，靠着走私蔬菜挣点小钱。后来法师们来了，兵团说想参军的都能重获自由。”

那应该是我来塔格洛斯之前的事了，大概是去年吧，敌人初次进犯，斯旺和马瑟带人守城。

“那个大个子叫拉姆，他参军之前是个马夫。”

“他为何称你为伽玛德哈？”

纳拉扬听了，瞥了大个子一眼，见他没回答，便笑了笑，露出了一嘴烂牙。纳拉扬凑到我耳边小声说：“拉姆是个傻子，一身蛮力，却唯独没有脑子。”

我点了点头，心中却更加疑惑了。沙达尔和古尼两族一直以来水火不容，这两个怪胎是怎么凑到一起的？沙达尔人一直自视甚高，他们觉得古尼人应生来为奴。纳拉扬是个低贱的古尼种姓，拉姆竟然对他服服帖帖的。

好在他们俩对我都没表现出恶意。路途险恶，多两个伴儿总好过一个人走。“我们得赶快走，万一还有斥候怎么办？……他在干什么？”

只见拉姆正举起一块巨石，狠狠地砸断了一个敌兵尸体的腿。

“好了，拉姆，我们该走了。”

拉姆呆呆地站在那儿，想了一想，把石头一扔便走了过来。纳拉扬不觉得有什么奇怪的，自顾自地跟我说早上他们看见一队二十人的我军残部经过，运气好的话说不定还能赶上他们。

我心中暗喜。走着走着，我们都饿得不行了，我把在战象身上捡到的一点干粮分给他俩。吃饱了肚子，大家都来了精神，拉姆显得不那么奇怪了。

纳拉扬又狡黠地一笑：“你看，我就说他壮得像牛。来，拉姆，背着铠甲。”

两小时后我们在山顶上发现了二十三个受伤的残兵，有的人就剩一口气，有几个还带着家伙。他们一下子认出了我，我只发现了几个面熟的，但叫不出名字。

他们一下子士气大增，纷纷挣扎着想要起来对我行礼。

山顶是制高点，从这儿我能看见城中和周边的情景。我看到暗影长老们正在撤军。这是个好兆头，看来能让我们的弟兄们稍微喘口气了。

这些伤兵们也能为我所用了。

纳拉扬也没闲着，跟这个聊两句，跟那个说两句，伤兵们好像都很怕他。这个小个子到底是何方神圣？

“拉姆，快生火，烟越大越好。”

拉姆起身吆喝了一声，四个伤兵随他一起下山砍柴去了。

纳拉扬则悠闲地踱着步，脸上还挂着狡黠的笑，身后跟着一个不知道从哪儿冒出来的汉子，肩膀比城墙还宽。塔格洛斯人大多瘦小，可他身后这人却壮得像头熊。“这是辛迪，夫人。他是远近闻名的好手，咱们用得着他。”纳拉扬把巨汉带到我面前，这大熊笨拙地朝我鞠了一躬。

“那我将不胜感激。”我边说边打量着眼前人，看见巨汉系着一条红色的缠腰布——他是个古尼人。

“那就烦劳两位了。”

纳拉扬还是笑着，向我行了个礼，带着巨汉转身走了。

我面对着战场的方向，盘腿坐下来。我的法力还在吗？金甲缚就是个小孩子玩的把戏。

于是我定了定神，伸出一只手，心中默念着咒语——一团火在我的手掌中冒了出来。

我高兴得要哭了。

我望着身旁的几匹战马出了神。

半小时后，一匹高头大马向我走了过来，一匹、两匹……一共四匹。下山的几个人回来了。

他们带回了一百多个人，山顶这小小的空地都快挤不下了。

我站起身，他们都围了过来。

“我们吃了场败仗，弟兄们。有的人可能觉得我们玩儿完了。但战争还在继续，暗影不灭，战斗不息，谁没有胆子的话现在就可以滚蛋，现在不走，等会儿可就走不了了。”

人群里偶尔有几个人偷偷地交换着眼神，但没人离开。

“我们要向北进军，补充给养，招兵买马。等我们恢复了元气，就回来剁了这帮暗影长老！”

还是没人离开。

“我们明早天一亮就出发。逃兵杀无赦！”我硬撑着，假装自己信心十足。

晚上睡觉的时候，拉姆在我旁边打了个地铺，主动当起了我的亲兵护卫。

我认得那四匹良驹，战事开始之前，佣兵团带来了八匹骏马，一匹就抵得上一百个士兵。

夜晚的营地并不安静，每个人都在窃窃私语，他们不是在议论我，而是在议论纳拉扬。

我借着火光隐约看到拉姆的衣服上也有一块番红花标志。不过他的衣着没有纳拉扬或是辛迪那般考究。这几个人到底都是什么来头？

纳拉扬生火有道，过了几小时火堆还在熊熊燃烧。他还顺手安排了岗哨，蔬菜贩子的奴隶可没这么大的本事。

我迷迷糊糊地睡着了，这一段我的梦都大同小异，一个模糊的声音呼唤着我的名字……也许是我自己神经太紧张了。

不知道纳拉扬有什么魔法，竟然给每个人都准备了一份热气腾腾的早饭。

这时突然有探子来汇报，说敌军的骑兵正在向此方向集结。我兑现承诺，天刚蒙蒙亮就领军出发。严厉的军纪的确能带来好处。

8

德加戈城坐落在盆地之中，周围群山环绕，好在此地少雨，不然光雨水倒灌就能把城给淹了。城边有两条河，塔格洛斯人筑水道引河水灌溉，我命手下在水道旁扎营。

暗影长老的大军还在围城，我现在缺兵少马，只得处处小心，严明军纪，不然稍有不慎便会死无葬身之地。

“纳拉扬，你有什么高见？”

“夫人？”

“等再行军几日，军心必会动摇。”我现在把他、拉姆和辛迪都当作了自己的心腹。

“不错，夫人英明。士兵们已经厌恶征战，思乡心切。”他脸上永远挂着那谄媚的笑容，“吾等已经在稳定军心，告诉他们此次远征是天命使然，如此一来便能阻止军心涣散。”

塔格洛斯人善于用天命之说来笼络人心，每个人都是天命的信徒，但却没人说得出天命到底是何物。我打心眼儿里就觉得天命论是异端邪说，但是我现在身不由己。

我索性自己研习天命论，一旦我参透玄机，他们就能彻底对我言听计从。

“我要尽快擢升一批可靠的军官，纳拉扬，你去安排吧。”

“夫人英明。”他依旧笑着，他的笑可能只是数年为奴养成的习惯……但是我，一直感觉他笑里藏刀。

可我却挑不出他的毛病来。货真价实的塔格洛斯人，血统低贱，前半生靠走私蔬菜让自己吃上了饱饭。他身上体现出这个民族最优秀的品质——坚韧不屈。他还把我当成亲人一样……

反而拉姆的遭遇更让人同情。二十三岁就成了鳏夫，他的亡妻与他因真爱而结合，这在塔格洛斯太过少见了。妻子难产而死，一尸两命，从此世上再无牵挂，他参军作战只求一死。

辛迪则从不主动谈起自己的身世，他比纳拉扬还要狡猾，但他对我言听计从，看不出二心。

我与佣兵团征战多年，铲除大奸大恶之人无数，只凭这区区三人还奈何不了我。

塔格洛斯人世世代代敬神，城国律法也是按照各宗教教义写成，然而这三人却都不甚虔诚。我假装无意间问起他们此事，其中一人却大言不惭地说，因为此地没有教士约束。

我无法反驳，无论是何地何国，真正的信徒都是极少数，从这三人的经历看来，估计早就对自己的神灵失望了。他们的生活原本安安稳稳，却突然横遭变故，现在连自己的性命都要不保。看来塔格洛斯人也和我们一样，可谓众生皆苦。

我的人马已经扩充了三倍，现在有六百人之多，大多数人都是教徒，也有几个人笃信歪门邪说，还有一百个塔格洛斯的前奴兵也前来投奔我，这些人出了名地作战勇猛。因为军中信教者众多，每天都有人过着自己本教门的节日。幸好这里面没有教士，要不然自己人和自己人要先打起来了。

他们感觉自己一下子从地狱门口缓了过来，开始忘记对战争的恐惧，开始想起种族和教派间的冲突与仇恨，开始想起我是个女儿身。

传统的塔格洛斯律法规定女人如牲畜一般低贱，生来当为男人的附庸，即便是那些贵族人家的女人也不敢抛头露面。

这是当前最棘手的一个问题。

一个大清早我招来纳拉扬：“我们现在已经行军百余里，可今日我又饱受噩梦困扰，不知道该如何是好。”

“我们目前绝对安全。”纳拉扬拍着胸脯跟我打包票。

“我要另立新规。现在有几个人靠得住？”

纳拉扬听了大惊，噘着嘴跟我说，有三分之一的人靠谱，要是他放宽条件，有一半的人也说不定。

"这么多？此言为真？"我十分吃惊，心里觉得此事有诈。

"夫人您多虑了，他们大多是职业军人，我们塔格洛斯军向来军纪良好，奴隶兵们因佣兵团而得以赎身，他们对您更是感激涕零。而且——他们都知道单凭塔格洛斯人自个儿不可能打败暗影长老，您就是他们心里的大救星啊！"

"那还有三分之二的人呢？他们是怎么回事？"我的心情稍微舒缓了一点。

"我们塔格洛斯人不善变通，我们奉行强者为尊的铁律。"

"好一个强者为尊。你们没见过我的力量，纳拉扬，我比你们想象的都强大。但我从不对自己人动武——如果你们是自己人的话。"

纳拉扬听了这话突然哆嗦了一下，慌忙鞠了几个躬。

"你要谨记我们的目标何在，我们向远方进军，整编散兵游勇，韬光养晦，总有一天我们要杀回来。"

"遵命，夫人。"

"我们要收编一切可用之人，搁置矛盾，把以前就认识的、同族的和同教门的都分开编到不同的指挥官麾下。"

"可是，夫人，这么搞很容易出问题。"

"我明白你的顾虑，所以拉姆要去帮你，有异议的都缴了他们的械，等他们听话了再重新给他们武器。"

"但……夫人……拉……拉姆，不劳您费心了，我自己能行。"他慌得开始结结巴巴地给自己辩白。

纳拉扬果然没让我失望，最终仅仅有一小部分人被缴了械。

部队整编之后就开始了急行军，我令纳拉扬选派忠义可信之人殿后督军，跋涉整整一天之后我才下令安营休息。

我简单梳洗了一下，穿上黑色战甲，骑上一匹黑色良驹，略施法术，我的盔甲外面便多了一层薄薄的魔焰。

我骑着马穿过营地，火焰轻轻地浮在盔甲的外面，夜色下的我仿佛地府的判官骑着鬼马来阳间索命。这一招还是打仗前碎嘴教给我的，只消站在敌阵前，就能让杂兵们吓破了胆。但是这招却先用在“自己人”身上了。

我坐在马上缓缓地踱过每一个帐篷，审视着每一个士兵。他们都是聪明人，知道我在考验他们是不是忠心耿耿，他们也知道要滑头的人下场应该会很惨。

单凭看，也不难看出谁心怀鬼胎。“拉姆，”我漠然呵道，指着被我叫出来的六个倒霉蛋，“扒了他们的盔甲，缴了他们的刀剑，让他们滚。”每双眼睛都在盯着我，“这是第一次。第二次受刑，第三次受死。”

我无须多言，他们都听见了——第三次就受死。

“弟兄们，看看你的左边！看看你的右边！最后看看你自己！你们看到老天爷了吗？你们看到国王了吗？没有！大敌当前，你的左右没有神佛庇佑，只有你们自己，和你们身旁的兄弟！你们大可在心中向神祷告，但是在我面前，不得崇拜偶像，你们要忘记血统尊卑和以前的主子。暗影不灭，战斗不止！献给诸神最好的礼物就是胜利！”

我觉得自己可能太过冲动了，但是大敌当前，我没有时间了。

说罢我调转马头，命拉姆叫纳拉扬来见我。

我到了帐前下马卸鞍，不远处系着一头公牛，不断地晃着脑袋。天空的黑衣魔鬼——乌鸦们，一圈又一圈地飞，躲不开，逃不掉。

碎嘴生前很烦这些畜生，他觉得乌鸦们跟踪他，监视他，有时候还会跟他说话。我现在开始理解他的感受了。

碎嘴走了，现在无论是泪水还是自责都无法让他死而复生。

越往北，我就越能明白，当时，我丢掉的不是法力，我丢掉的是希望。

碎嘴的弱点就在于他太过仁慈，总是给人改过的机会。他相信人性本善，虽然每个人的心中都有暗影的力量在徘徊，即使面对大恶之徒，他也坚信放下屠刀就能使其立地成佛。

我曾无比笃信他的观点，但他自己却已经丢了命。

纳拉扬像只狸猫一样溜进了帐篷，满脸谄媚的笑。

“我们目前已经稳定了军心，但是前路遥远且危机四伏。”

“夫人，您还是怕不同教门的人自相残杀？”

“不全是，恐怕还有更严重的问题。”说罢，我朝着他微笑了一下，他却满脸都是意外，“我看出来了，你有一肚子的问题要问我，你不了解我。你了解的只是流传在坊间的风言风语，他们说我是个甘愿放弃王位去追随佣兵团团长的傻姑娘，对吧？但是我可不是他们口中的刁蛮公主，傻姑娘和顽童才不会放弃王冠，傻妞儿才不会出来冒险。”

“我只知道您是团长夫人，仅此而已。”纳拉扬回答，“我并不信那些坊间传说，您定比传说中的更加伟大。但是其中原因，还请您明示。”

“好，那我就给你明示。”我也被他逗乐了，“坐吧，纳拉扬，来听听你是不是押对了宝。”我并不会遵守塔格洛斯人的“妇道”，这些时候纳拉扬往往敢怒不敢言。

纳拉扬斜着眼睛瞅着我，一言不发，一只手却一直拽着皱皱巴巴的上衣。

“纳拉扬，我放弃的那个王位，统御着极为广袤的土地，若是从东边出发，走一年都到不了西边。从南到北则绵延两千英里。此王国是我从一个小城起亲手缔造而成，那时你的高祖还在牙牙学语。而且，这个王国并非我创造的首个国家。”

纳拉扬尴尬地笑了一下，他肯定觉得我疯了。

“纳拉扬，暗影长老皆为我的奴仆，他们个个法力高强，我原以为他们全死在了二十年前的那场大战中，直到前一段时间，我军抓了一个活的，我才知道他们还存于世上。

“两年前的一场大战使我法力大减，我同团长剿灭了帝国北方崛起的一股邪恶力量，那是我建立的第一个国家。为了封印那股邪恶力量，我自废法力，不过现在，我的力量正在慢慢地复苏。”

纳拉扬听得目瞪口呆，他脑子里女人无用的观点根深蒂固，而我，恰恰是个女子。但是他还是把宝押在了我的身上：“可是您，如此年轻。”

“我只是容颜不老，团长是我的第一个爱人，皮肉对我来说只是一副躯壳。纳拉扬，我在佣兵团成立之前就已经垂垂老矣，我曾经邪恶无比，曾做出令人神共愤之事。这世上的邪恶、诡计和战争皆是因我而起、由我而生。

“后来我成了团长夫人，不过我并不是贤内助，我是佣兵团的副团长，他的副手。

“所以现在我是团长了，纳拉扬。我在哪儿，佣兵团就在哪儿，我要重建兵团。为了掩人耳目暂时不能叫黑色佣兵团了，但是它会成为我手中的利剑，必将再起。”

纳拉扬意味深长地笑着：“您不久就能成为‘她’了。”

“成为，谁？”

“不久，夫人，不用过太久。现在时候未到，天机不可泄露，佣兵团还需韬光养晦、伺机而动。”他狡黠地眨着眼睛。

“此事可以再议。”我给纳拉扬留了装神弄鬼的余地，他对我还有价值，“只看当下，我们急需人马，尤其是久经沙场的老兵和军官，有了他们我们才能训练新兵。

“晚饭前，按照教派的不同，把每十人编成一队，每队至少要有一个无塔格洛斯血统的外地人和三个信旁门左道的。编好之后每队各司其职，在自行选拔出队长和副官之前，队与队之间不得有任何交流。希望他们能亲如兄弟，要不然可有他们好过的了。”

这是一步险棋。离开了自己同教门的兄弟，每天又生活在战争的恐惧之中，教派之间的歧视和冲突早已经根深蒂固，我则成了他们在乱世中唯一的精神支柱。

“各队选出队长之前，不得有任何行动，若队内发生冲突，严惩不贷。现在就发布命令吧，晚饭的时候各队就能自己开伙了，去吧。”我挥了挥手，让他下去。

他顺势站起身来：“若是能一同进餐，则代表能共患难、同荣辱。”

“正是。”每个教派都对信徒的饮食有一套严格的律法约束，若是这些人能够一同进餐，也就代表他们能放下偏见和隔阂，一同作战了。

教派之间的隔阂与仇恨永远无法解决，但是人对自己了解的人往往恨不起来，若是每天面对和你一起行军、休息、进食的人，就更难发生冲突了。

除了日常生活，一个小队也要共同训练，那些在正规军里当过兵的还勉勉强强能走直线，其他人就不用说了。看着这帮乌合之众，我常常怀疑自己是不是在做着东山再起的白日梦，可这时没人能帮到我，只有我自己。

我必须拉起一支正规军，才有谈条件的资本。

行军数日，有些难民和散兵陆陆续续地加入，每天也逃兵不断。有的人体力不支，长眠在路上；有的人还在咬牙坚持，心里怀着复国的梦想。

我不吝惩罚，更不吝奖赏。我要让他们知道，跟着我，就比别人强，这支队伍就是他们的归宿。

我并不爱惜自己的身体，每天只睡一会儿，连做梦的时间都没有。除了行军和睡觉，我抓住一切机会修炼，我现在急需法力的帮助。

我知道法力正在恢复，不过很慢，很慢。

我就像一个瘫子，一大把年纪了还要学怎么走路。

9

尽管我已经下令放缓行军速度，我军还是把落单的难民和小股的流寇远远地甩在了后面，越接近戈加城，路上的流民就越多，但是应征的人却越来越少。

我们被当成了异端。

大概有一万人从风暴关突围，如果他们运气好的话，大约能有一半可以成功抵达戈加城。不过他们的故土已经落入敌手。

转眼我们已经行军至戈加城外四十余英里处，已经地处塔格洛斯国的纵深地带。于是我下令在一条小河的北岸安营扎寨、修筑工事。北岸开阔平坦，南岸植被茂密，是个易守之地。

这几天不断有难民经过，跟我们说敌军的骑兵对他们穷追不舍。就在他们修筑营地的时候，我独自一人来到河边。远远望见六里外的村庄上空浓烟滚滚。难道敌兵已经来袭？

难道这是个一举扬威的机会？我们现在势单力薄，恐怕反倒自取灭亡。

如果不仔细应对，我们就要遭受灭顶之灾。

纳拉扬匆匆跑过来跟我汇报："夫人，暗影长老们的人马正在树林南方扎营，估计明日就抵达此地。"他的笑容终于消失得无影无踪。

我仔细地掂量着："将士们知道这个消息吗？"

"坏事传千里呀。"

"我去！怎么传得这么快。你先派可靠的人守住出入口，发现逃兵斩立决。让拉姆负责，你办完速速回来。"

"遵命，夫人。"纳拉扬退下了，没一会儿，他又像只耗子一样不知道从哪儿蹿了出来，"弟兄们开始有怨言了。"

"随他们去吧，只要不当逃兵就什么都好说。敌军知道我们在此地扎营吗？"

纳拉扬耸了耸肩。

"我已经派人在林中向南四分之一英里处埋伏了二十个好手，若是有地方斥候折返，必会经过此地。"看来敌人暂时成了瞎子和聋子，"你速速派那些无用之人在河边筑堤，把木头削尖，缠上藤蔓，钉在水里。小河南面无处渡河，敌军只能直插到我军阵前，你办好之后，回来找我。"当下稳定军心最好的方法就是让每个人都有事情做，让他们累得没空去害怕。我突然想起了什么："纳拉扬，回来！把会驭马的人都找出来！"

我军在河岸边上抓了十几匹野马，但是塔格洛斯人里只有沙达尔人和高种姓的古尼人通晓骑术，其余人只会骑牛犁地罢了。

纳拉扬来来回回跑了十趟，传达了我的指令。每个人现在都各司其职，再也没人抱怨了。每个人都认真地做着纳拉扬派给他们的活儿，仿佛做完了就能刀枪不入了一般。他们对我的敬畏已经逾越了对死亡的恐惧。很好，很好。

不过此时我在心中盘算的是敌军会从哪个方向来进攻，我找来纳拉扬为我参谋。

“我们现在要去查探敌营。”我对他说。

“我们？就我们？”他脸上的笑容凝固了。

“对，你和我——我们。”

“遵命，夫人，不过……不过如果辛迪也去的话……我……”

“他能管住自己的嘴吗？”

“当然了，夫人，他就像只耗子，来无影去无踪。”

“叫上他，抓紧时间，这儿天亮得快。”

纳拉扬意味深长地看了看我，却没说什么，转身走了。

我们一行三人悄悄渡河，辛迪和纳拉扬像两个隐形人，一举一动果然比老鼠还隐蔽。我们的出现让纳拉扬的探子们措手不及，他们结结巴巴地汇报说没有敌人的斥候经过。

“那他们真是蠢到家了。”辛迪嘟囔了一句，这是我第一次听到他主动发表意见。

“可能吧，他们本来就是一群蠢材。”暗影长老的狗腿子们一直使用人海战术，毫无兵法可言。

我们沿着他们营地篝火发出的光亮悄悄摸了过去。

他们直接在树林中分散休息，可恶的，我早该想到的。

纳拉扬突然拉了一下我的胳膊，凑到我耳边，轻声说道：“有敌军，先别动。”不一会他就返了回来，汇报说前方有敌军骑兵两人，不过都已经睡得和死猪一样。

我们蹑手蹑脚地爬出去，那两人没有察觉。

但有一个骑兵突然惊醒了，睡眼惺忪地坐起来，一歪头，便看到了辛迪。

然而纳拉扬早已悄悄爬到了他的后面，用缠腰布套上了他的脖子，手腕轻轻一发力，这倒霉蛋便一命呜呼。与此同时，他的同伴还在温柔乡中做着美梦。

辛迪也紧张地把缠腰布取了下来，握在手中。原来这是他们的武器。

他们小心地把尸体摆好，摆成他耷拉着舌头、还在熟睡的样子。我下令道："辛迪，看着尸体。纳拉扬，你跟我回营。"

我在黑夜里随着他往回摸，快到营地的时候，我问他："你们是怎么拿衣服当家伙使的？"

出乎我意料的是，纳拉扬没有回答。后来我才知道，他们管这东西叫索命带。

"拉姆，召集十个小队，全副武装，再叫上二十个骑马的好手。"

我边换上战甲，边对拉姆下令。拉姆大为不解："现在，要这么多人去干吗？"他话音还没落，我就发现了我的头盔被画上了奇奇怪怪的鬼画符。"拉姆！我命你好生看管我的铠甲，这是怎么一回事？"

拉姆的脸唰的一下红了，竟像个情窦初开的少年："夫人，这上面是一只猴子，代表我们的神灵基纳，基纳的化身之一便是勾魂使者。您看？是不是和您的铠甲有共通之处。"

"下次，记得提前通报我。"

十分钟之后，拉姆便已召集了人手，我和纳拉扬站在人群中间。"我们现在要去杀敌，我们不会坐以待毙，我们要主动出击，我们要杀他们个屁滚尿流，还能全身而退！荣耀和胜利属于我们！"

动员过后，我借着篝火的光亮，在地上画出我们的战术。“奇袭和撤退，不要杀红了眼，能伤几个就是几个，不要恋战。打起仗来没人管死人，但伤员会成为他们的累赘。无论情势如何变化，不要陷入敌营。等他们回过神来，咱们早就已经溜之大吉了。拉姆，你负责偷他们的马匹，其他人也要尽量缴获他们的武器和物资，但是别为了这点东西丢了小命。最后一点：悄悄地去，谁要是出声，我们就全军覆没了。”

纳拉扬报告说那个被杀的骑兵还是没被同伙发现，我派他去接应辛迪，充当前哨。一百二十名死士摸到了距离敌营二百码的位置停了下来，努力不发出一点声响。

突然敌营出现了骚动——他们到了换防的时间了。

拉姆带着他的人也摸了过来，我戴上了我的头盔，毅然走向了敌军大帐——敌军的头头们就睡在那儿。我边走边念着咒语，一层魔焰刹那间包围了我的盔甲。

火舌攀上了我的佩剑。

我回来了！

有几个南方人听到了骚动，起身想看看什么情况。

但我们已经杀到敌帐里，里面的暗影士兵惊慌失措，醒着的被刺倒在地上，没醒的一人被胡乱捅了几刀。我也斩翻了一个卫兵，冲进大帐，一剑刺进了帐中人的胸口，他痛得“哇哇”大叫之际，我一手拽住他的头发，一剑把他的脑袋剁了下来。我提着首级，扭过身之际查看我方战况如何。

南方人甚至都没组织起像样的防守就被杀了两百多个人，剩下的也毫无斗志，张牙舞爪地四散而逃。赢了？这就赢了？

纳拉扬和辛迪匍匐着向我这边爬过来，护住自己的头以免被人误伤。乌鸦在营地上空盘旋，叫声沙哑。我的人杀红了眼，见人便砍，一边舞着剑，一边往怀里揣着金银财宝，像是一帮强盗。

“纳拉扬，快去探明敌军是否组织了反击。辛迪，准备组织撤退。”

纳拉扬不一会儿就回来汇报：“敌军已经撤退到四分之一英里外，他们认为遭遇了恶魔袭击，没人想回来。但他们的督战队说不回去的格杀勿论。”

是的，是的，谁想和魔鬼打仗呢？

我指挥敢死队们在树林边排成一排，若是南方人组织反扑，我们马上就能溜走。

但是没人反扑。纳拉扬不停地前去探悉，回来说他们开始哗变，杀了自己的长官，没人想回来。

“诸神保佑。”我笑着说。我回去要好好看看这个猴子神基纳，她肯定是个臭名昭著的凶神，怎么我以前没听过这号神灵呢？

我们慢慢退回了营地，我叫拉姆指挥军中的其他人去敌营打扫战场，清点物资，命纳拉扬制作论功行赏的清单。

忠义勇猛之士必须得到嘉奖。

胜利来得竟然如此简单，没有参与奇袭的小队也士气大涨。他们此刻真正地体会到什么叫“战胜者之傲”，我的一言一行从此被军中奉为圣律。

他们必须为我所用，任何冲突与不忠都要被扼杀在萌芽之中。

铸剑不易，铸军更难。铸剑需要几年甚至数十年光阴，而重建黑色佣兵团的关键就是要发扬起其多年来建军之精神、恢复其治军之传统。

金器虽闪耀却是华而不实之物，自大与自负往往使人走向灭亡。

要得军心，须斩断士兵们与过往和外界的羁绊，军中的每个人从此歃血为盟，成为同袍兄弟。

我命人在河边钉了一排木桩，把敌军的头颅面向南方插在木桩上，警告来犯之敌莫要打我的主意。

纳拉扬和辛迪高兴得不得了，他们兴致勃勃地剁下死人的头，一点也不怕会被死者的亡魂骚扰。

我也不怕，无论是生者还是亡魂。

10

斯旺鱼竿上的浮漂浮在仿佛凝固的美因河河水上。今天空气燥热，连飞虫都躲在阴凉处不肯出来，他也躺在一片树荫下面打着盹儿，好不惬意！

尖刀一下子打破了宁静，他在一旁坐了下来："收获怎么样？"

"没有，连个鱼影都没有。有什么事？"

"那个娘们要找咱们。"他说的是拉蒂莎，她听说一行人接近戈加城之后——虽然那老巫师暗烟很不情愿回来——就一直在恭候着他们。这话把斯旺吓了一跳。"她说有活儿给咱们。"

"有活儿，有活儿，这个娘们一直有活儿。你叫她自己玩儿去吧。"

"我还以为你愿意去呢。"

"愿意去你自己去，求求你别扯上我，让我清净一会儿吧。"

"她想让咱们把暗烟老头儿带去一个他自己打死都不肯去的地方。"

"你怎么不早说？"斯旺猛地起身，把鱼竿从水里拽起来，鱼钩上空空如也，他依旧一无所获。他收了杆子，绕到树后面，问："科尔迪人呢？"

"还在那边等着吧，我吩咐他看着加哈马拉·加。他知道咱们要上哪儿，不用管他。”

斯旺扔下鱼竿，看着河对岸说：“现在谁给我拿一品托啤酒，我就帮他杀人。”没有军务的时候，斯旺天天在塔格洛斯的啤酒坊里面醉生梦死。

尖刀轻轻哼了一声，看着远处戈加城堡的城防出了神。

戈加城堡坐落在美因河南岸，暗影长老们在第一轮进攻被击退以后便修筑了此座要塞，以保卫他们在河南边的广袤占领区。然而佣兵团在河北边取得了大捷之后便顺势攻占了戈加城堡，塔格洛斯的能工巧匠们不但加固了此座堡垒，还在它对岸修筑了另一座工事。

斯旺打量着堡垒西侧的一片营地，大约容纳着八百人，有些是工匠，有些是南方逃过来的难民，这帮人都不怎么喜欢他。

“你觉得加哈马拉·加能不能算出来夫人在哪儿？”

加哈马拉·加是个法力高深的沙达尔人大教士，他曾指挥塔格洛斯骑兵南下作战。不过在前几天的作战中，他太过冒进，险些害得斯旺他们也丢了性命。

“我倒觉得他只是在虚张声势罢了，他昨晚还想偷偷派信使渡河。”拉蒂莎早就下令严禁任何战况外传。

“她想瞒到什么时候，斯旺，等咱们都玩儿完的时候？”

“那个送信的失足淹死了，”科尔迪说，“加哈马拉·加还以为他已经平安渡河了。”尖刀不怀好意地笑了起来，尖刀恨极了教士，要是没有律法约束，他恨不得剁了世间所有教派的教士。

“好啊，他这就露出了狐狸尾巴，咱们现在就去把他揪出来！”

“我知道该怎么做。”

“你知道怎么做？让我猜一猜你有什么妙计。一刀割开他的喉咙？”斯旺显得忧心忡忡，“咱们要考虑一下加的政治地位，擅自出手只会给咱们自己惹麻烦。”

斯旺想了一会儿，缓缓从嘴里吐出四个字——

“守株待兔。”

尖刀和斯旺走进要塞大门，门口的卫兵给两人敬了个礼，他们都是拉蒂莎的亲信，即使尖刀斯旺和马瑟现在总览着城堡的防务，也无权随意安排人手。

“尖刀，咱们现在要从长计议了，黑色佣兵团那边的情况不太明朗。”斯旺小声对自己的同伴说，“咱们自己恐怕也要受兵团战败的牵连。”

“你说得没错，咱们要步步小心。”

马瑟和暗烟早早地就等在里面了。暗烟这几天吃坏了肚子，脸上一点血色都没有，若非有要事商量，恐怕他一分钟也不想再站在这儿。

斯旺见状又开起了玩笑，他抬起眼打量着暗烟。

“别那么没有人情味，科尔迪，多关心关心咱们这位老伙计。”

科尔迪却没有接茬，他是三人中最内向、话最少的一个人，向来善于和稀泥，不过让他跟暗烟单独在一起待了那么长时间，看来也很是难熬。

“我们能进去了吗？”

“殿下已经恭候多时了。”

“那就快点进去吧，有一整河的鱼等着老子去钓它们呢。”

“是啊，它们等你等得都长白头发了。”马瑟讥讽道。

他敲了敲门，又一把将暗烟拽到了自己前面：“老人家优先。”

拉蒂莎站在房间里面，斯旺刚把门带上，看来今天是她的私人会议，因此她并没有拿出在人前一副居高临下的样子，直接就发问了：

“科尔迪，你跟他们说了没有？”

威洛·斯旺和尖刀悄悄交换了一下眼神，这个娘们儿怎么就直接用了这么亲昵的称呼，有意思。咱们这位老伙计私下里又是怎么称呼这位公主的呢，这位公主看起来不像水性杨花之人。

“还没有。”

“到底怎么了？”斯旺忍不住开了口。

“我今日听到流言——我在军中有自己的耳目——他们称佣兵团的团长夫人，那位副团长，不但没死，还拉起了一支队伍南下，在向此处集结。”

“这倒是个好消息。”斯旺长出了一口气，转头向尖刀挤了一下眼睛。

“你觉得是好消息？”

“我是说，她是一员大将，她要是没死对咱们有利。”

“我打赌，听说她阵亡的时候你肯定哭得像个小女孩一样。”

“没能保护好夫人，吾等已经罪该万死。您没有亲眼见过她吧，她既是足智多谋的军师，又是骁勇善战的猛将。若是您有她相助，我们三个人就可以光荣下岗了。”

“事情远没你们想象的那么简单，科尔迪，跟他们说一下情况。”

“大约有二十个我们的后备军成员刚刚来报，他们起初在路旁隐蔽，想躲开暗影大陆军队的巡逻，不料反而在城南七十英里处抓获了几名暗影长老的手下。据俘虏交代，他们被捕的前夜遭到了基纳神的袭击，死伤惨重。”

斯旺看了看尖刀，又瞅了瞅拉蒂莎，最后瞪着眼珠子盯着马瑟：“等会儿，等会儿，什么基纳，谁是基纳。”一直缩在门口的暗烟腹痛无比，好像谁给他的脑袋上泼了一盆冷水一样，身子像筛糠一样抖着，马瑟和尖刀厌恶地看着他，皱了皱眉头。

拉蒂莎见状给几人都赐了座："咱们坐下说，大家都随意一些。"

她眉头紧锁，似乎在理清自己的思绪："情况就是如此复杂，我也不隐瞒你们。"

斯旺点了一下头："您有话大可以对我们直说。"拉蒂莎继续往下说："基纳是吾塔格洛斯神系中一尊凶神，不受民众香火，不受真神管辖。她独立于塔格洛斯三大教门之外，自成一派，现身之处，必有血光。邪教徒以她为偶像，按照吾国律法，崇拜邪神基纳罪可致死，而且绝不会对任何人网开一面。但是即便这样，还是有大批侍奉基纳神的教士或信徒常常以杀戮和酷刑为乐，其成员斩不尽、杀不绝。邪教头子们躲在暗处默默等待着先知降临，死亡先知降临之时便是杀戮之年的开始。此邪教的历史可以说源远流长，他们的教徒自称为'欺诈徒'，隐藏于人民之中，表面上与常人无异，却一直在伺机而动。而且，吾国的普通民众之中，很少有人知道他们的存在。"

斯旺越听越懵："那这尊基纳大人，和死神哈达或者卡哈迪又有什么两样呢？"

拉蒂莎笑了一下继续讲："哈达也好，卡哈迪也好，不过是死神沙达尔的两种法相。加哈马拉·加通晓如何运用卡哈迪之力，然而沙达尔跟基纳相比，就如小猫和老虎的差距。"

斯旺本来就被塔格洛斯复杂的神谱搞得头疼，他并没有弄懂她刚才的那一套长篇大论。在塔格洛斯的神话中，每个神都有十多种，甚至二十几种化身或形态。他索性转向暗烟，嘲讽道："老头儿，你今天到底一直在抖什么，用不用我差人帮你换块尿布。"

"暗烟曾经摆卦预言过杀戮之年何时降临。据说若杀戮之年降临，吾国将尸横遍野，血流成河。最后他预测的结果是你们黑色佣兵团就是会招致杀戮之年的祸根，但其实他只想装神弄鬼吓唬一下我那个可怜的哥哥，把他吓得不行。没想到却一语成谶，歪打正着了。”

“好的，好的，咱们从头捋一遍，”斯旺还是像个丈二和尚一般，什么也没搞明白，“你是说，有个邪教，加哈马拉·加信的死神跟他们的一比就像小孩子一样，所以说你们这一小帮知道她存在的人被吓得屁滚尿流？”

“你要这么说，也没错。”

“他们信的邪神叫基纳？”

“她大部分时间的形态，可以称作基纳。”

“老子一点都不奇怪，你们的神都有几百个化身。”

“古尼人称她为基纳，她还常常被称作帕特瓦、考帕拉和巴哈马哈等。古尼人、沙达尔人和维纳人都把她纳入了自己的神谱中。譬如沙达尔人便认为死神哈达与卡哈迪只不过是基纳的化身罢了。”

“啊哈，那这个基纳真是坏到家了，为什么我们仨从来都没听过这一号大神？”

拉蒂莎愣了一下，尴尬地说：“你们是北边来的，我们并没有把所有的事都告诉你们，你们是……外人。”

“行吧，行吧，都怪老子是北方爷们儿，行了吧？不过我还是不理解你们干吗这么怕，你们是怎么被一个俘虏的胡言乱语就吓破了胆子？看呀，暗烟老头都尿裤子了，我还是不知道神话故事有什么吓人的。”

“好吧，”拉蒂莎叹了一口气，“跟我来，北方‘汉子’们。早知道有今天，我本不该瞒着你们的。”

斯旺却一下子发起了火：“别再耍我们了，大人。告诉我们真相，兵团已经被你坑得够惨了，你现在还想把我们也坑死吗。”

“行了，斯旺，拉蒂莎大人没空跟你扯淡。”

暗烟耷拉着眼睛，突然怪叫了一声。

“这老头儿是害了什么病？”斯旺大声吼了暗烟一句，这个老巫师最近的行为越来越古怪了。

“暗烟善于探寻事情背后的真相，他向来谨慎无比。他曾怀疑你们是佣兵团安插到城国中的间谍。”

“行了，该死的！咱们这下可要好好地说道一下了！佣兵团在北边可能做过点糟糕的事，但那是四百年前我们还在北边时候的事了，怎么还有蠢材在揪着不放？”

拉蒂莎依旧不温不火，轻声细语地说：“基纳的源起无从考证，可能是从异邦传入吾国。传说一位暗影亲王占据了一位最俊美的光之主的躯壳去引诱爱神玛希与之交媾，两人诞下一女名曰基纳，她继承了母亲爱神的容颜却没有继承她充满着爱与激情的灵魂。她只有猎食的本能，受最原始的欲望所驱使，无论是天神还是凡人最终都成了她的盘中餐，无论是暗影与光明都是她的仇敌。她还有别的名字，譬如噬魂者或吸血女神。她削弱了光之主的力量，以至于暗影亲王想要征服他们，并派遣了一群恶魔来对付他们。这个小伎俩大大地削弱了光之主们的势力，他们无力阻止暗影将恶魔的种子撒向人间，于是他们只得转而求助自己的爱女基纳。出人意料地是，基纳出手了，她横扫了人间的恶魔，吞噬了他们的肉体和能量。”

拉蒂莎讲得出了神：“但基纳变得比以前更加邪恶了，她又被称为吞噬者、灭世者和破坏神。她从此超脱于神谱之外，不受光明和暗影的管辖。她太强大了，暗影不得不与她结盟。最后她的父亲和其他的光之主们哄骗她睡去，最终在她熟睡之时制服并封印了她。”

尖刀没忍住笑了出来，揶揄道：“果然和其他吓唬小孩儿的神话一样精彩呀。”

斯旺却怎么也笑不出来：“你是说，基纳是天地本源的人格化？

对吗？”

拉蒂莎没有理他。“在基纳睡着之前，她已经知道自己中了计，所以她呼出一口气，把她自己的魂魄吐了出来。这一丝游魂就在人间游荡，寻找着合适的人做她的躯壳。她将利用这个人召唤出杀戮之年。若是这个基纳的代言人作恶多端，献祭了足够数量的灵魂，又给世间带来了足够多的痛苦，那么基纳就会重现人间。”

斯旺终于憋不出了，笑得满脸褶子，像个老头子一样：“你们信这些神话故事？”

“我们信不信无所谓，斯旺，但是欺诈徒们相信。要是基纳现身的流言传开，这些潜伏在地下的邪教徒们又要开始肆无忌惮地杀人和折磨，等一等！”她忽然噤了声，扬起一只胳膊，“塔格洛斯人天性嗜血，但世代以来我们崇尚和平相处，我们尚武的基因一旦被欺诈徒们唤醒，吾国之战斗力必将凶悍异常。”

尖刀从来都不信这些神鬼之说，他心里觉得要是人们能看出来以后谁会成为教士，那这些日后的害人精们在摇篮里就应该被掐死。

拉蒂莎接着说：“我们认为欺诈徒只有一个松散的团体，不成建制。他们通常选出一名首领，首领再指定教士与占卜士。头领在组织外几乎毫无影响力，他现在必然频繁活动以提升自己的名望。”

尖刀突然插了一句嘴：“这人还挺聪明的。”

拉蒂莎皱了皱眉，说：“他们的教士们在组织里传道解惑——其实就是教唆犯罪，他们每年都要教唆人作恶以取悦邪神，他们还有专门的史官，记录每年他们犯下的恶行。”

“聪明！”斯旺突然喊了一声，“说了这么多，你到底想让我们做什么？我看不如让我们带上暗烟老头儿去看看那些暗影长老的狗腿子们到底被谁给打得落花流水。”

“其实我正有此意。”

“但这是传说啊！”

“我觉得我已经说得很清楚了……”拉蒂莎强忍着怒火，“如果基纳真的现身，暗影长老也不过是次要威胁。”

“耍我们！”暗烟冲着她大吼，“你这是在虎口谋食！自取灭亡！”

“闭嘴！”拉蒂莎终于发火了，她瞪着他，“我和斯旺都受够你了。快去查清楚发生什么事了，再搜集关于夫人的情报。”

“我自有法子对付他。”斯旺挤出一丝笑容，“走啊，老头儿。”他一把揽过暗烟的肩膀，“不过，你不用我们去对付加哈马拉·加了？”

“我对付得了他。”

转眼间，几人骑马出了城。

“科尔迪，你有没有感觉咱们一直被蒙在鼓里，被人家当枪使？”

马瑟显然比他的两位同袍更有谋略：“他们怕我们知道了真相就吓跑了，兵团完蛋了，咱们是他们的救命稻草。”

“一直都是这样。”

“嗯。”

他们不远万里地来到这个国家，试图扭转钱库状况，不过，这个国家的话语权被各教派的教士们把持着，没人愿意听他们这些异教徒的号令。这么长时间以来，他们就像盲人过河一样，一瘸一拐地把这个国家从毁灭的泥沼中拉出来。他们忍受着排挤，几百上千号教士拖着他们的后腿。不断的尔虞我诈和宫廷权谋让尖刀和斯旺明白了，一直以来都是这样，以后也会是这样。

“基纳的那些鬼话你信吗？”

"我没觉得她骗了咱们，她只是恰好忘了告诉我们真相是什么。"

"等咱们骑远一点，问问暗烟这老头儿怎么样？吓唬一下他就招了。"

"也许能吧，不过咱们也不是没吓唬过他，这老头儿嘴里不还是从来没有实话。不管这么多了，先赶路吧。"

暗烟像被判了死刑，无精打采的。尖刀也耷拉着一张脸，但是斯旺知道他其实心情大好，因为他终于找到了机会可以施展一番拳脚了。

11

这个受伤的男人以为自己吃多了药，发了癔梦。他是个药剂师，他知道用药使人多梦，可这梦太离奇了，他醒不过来……他就要永远溺死在梦中了。

不可名状的碎片在他的脑子里漂浮着，他也飘起来了，时间仿佛已经停滞，世界仿佛也变得模糊了起来。他飘到了天空上，他看到了远方的地平线，哦，多美啊，真是世间罕有的好景。他在参天古树的枝头下面飘过，过了一会儿，他又掠过山峰，再后来，他徜徉在水草丰美的原野之上，忽然间，他又感觉自己溺在了汪洋之中。

天空中出现了一匹骏马，俯视着他，他见过这匹马，在哪儿呢？

有个人戴着斗篷，骑在马上……不……他没有人形……

他觉得这一切都应该是真的，但是他们不可能是真的……除了……那匹马。

这便是地狱吧，他想不起来自己是谁，也许我看到的这一切只是临死前……我一生的回闪，就像……又经历了一遍那样。

他还看到了战争，刀光剑影、血流成河……还有大屠杀……他能回忆出一些词了……德加戈城、大人、皇后之桥……德加戈城……还有……德加戈城。

啊，他还看到一个美人，黑发蓝眸，一袭黑衣，她一定对他无比重要。当然了，她是他唯一的女人……她消失了，取而代之的是一个个男人，他们都一身戎装又伤痕累累……他们叫什么？……他们是幽魂吧……

突然他胸口一阵剧痛，自己却动弹不得……他的世界消失了，只剩下那匹黑色的骏马……它是死神吗？它要带着他去来生吗？

他从未屈膝于任何一尊神像，因此他不知道自己的死神是什么模样。人死后则皮肉俱灭，正如鸟兽之死一样，但……神魂犹存。

他睡得太久了……时间已经停滞……

他的躯壳，缩在一节枯树里，他的神魂却在游荡……这枯树便是他的归宿，胜过他这一生待过的所有富丽堂皇的宫殿，这是他如今唯一的归宿。

一盏灯照亮了枯树，他的幻觉渐渐消退……他能感觉到自己在躺着。

他能感觉到自己的眼角仿佛有些许光亮，也能感觉得到自己的身上有什么东西在……滑过。

提灯的人穿着黑衣，隔着手套抚摸着他……意识……渐渐清醒……

他醒了过来，饥饿、剧痛、痉挛一瞬间袭来。他躺在自己的血泊里，头部受伤了，被人用棉花简单地包扎了起来。他还发着烧。他还能思考，知道自己肯定是受了伤，还受了寒……他知道自己要死了。

他零零星星地回忆起了一些事情，不过大都毫无意义。

他想起来自己在德加戈城外指挥四千大军作战，战况不佳，突然一支冷箭射穿了他的胸口，他却奇迹般地活了下来。他倒了下去，他的掌旗官披上了他的战甲，假扮成他的样子，试图力挽狂澜。

显然，摩根没能力挽狂澜。

他费力地咽了一下吐沫，喉咙如刀割一般生疼。

那个黑衣人走了过来。

自己是黑色佣兵团的指挥官，南征北战，建功无数，但现在，他连坐都坐不起来。他想起来了，佣兵团这么长时间以来，无论跋涉到什么地方，都有一大群乌鸦跟在头顶上。

太疼了，他现在太虚弱了。

那黑衣人是谁呢？他想起来了！

不，不可能……竟然是她！

搜魂！

不可能，死人怎能复生？

搜魂，当过一段时间的佣兵团教头，但是大部分时间里她还是扮演着佣兵团死敌的角色。不过她已经被杀了，十年前……还是十五年前，就已经死了。

他就在那儿，不但亲眼看着她被杀，而且先前还是他自己亲自带着人去制服了她。

他挣扎着想站起来。不能坐以待毙。

那只戴手套的手一下子把他摁在原地，一个熟悉的声音说道："别做无谓的挣扎，你伤得那么重，流了那么多血，肚子里又没食物。你现在清醒吗？知道自己是谁吗？"

他努力地点了点头。

"很好，我为你特制了药剂，还给你弄了点吃的，你就在此地好好恢复，不要乱动。"

她把芦苇管插到他嘴里，喂了他一小碗肉汤。他努力地把汤咽了下去，面色霎时红润了许多。

“吃饱了吧，我给你擦干净。”

他突然感到一阵恶心。“多久了？”他轻声问道。

她叫他伸出手，往手里倒了一小捧水。“先喝水，别说话。”

他边喝水，那女人边开始脱掉他沾满了血污的衣服。

“七天了，碎嘴。”她的声音突然变得如此陌生，像个油嘴滑舌的男人，“你的同盟们还控制着德加戈城，暗影长老们真够废物的。现在是莫盖巴在指挥军队。他是块硬骨头，不过马上就要撑不下去了，敌军太强大了。”

他张张嘴想问问题，却一个字也没说出来。“她？”搜魂笑了，“她应该还活着，至少现在还没找到她的尸体。”

她的声音又变了，像个女人，但比箭头还尖利：“她还想杀了我呢，哈哈哈！对啊，亲爱的，你还在旁边帮她，是不是？但是我不恨你，我知道她用邪术把你蛊惑。我要你好好地恢复元气，然后帮我复仇。赎罪！”

碎嘴一言未发。

她已经开始为他擦拭身体了，不知道她从哪儿找来的那么多水。

他现在虽然身负重伤、虚弱无比，但别忘了他是个足足有六尺高的巨汉，四十五岁，正值壮年。他的一头棕发没有一丝杂质，略微有一点秃顶，一双蓝眸锐利而通透。他的嘴唇又扁又长，胡须灰白且稀疏，不苟言笑。脸颊上还有少年时代青春痘留下的印记，他年轻的时候，也是个俊朗的少年！可惜岁月催人老，现在他的脸上布满了岁月留下的痕迹。

他年轻时一点都不像佣兵团的史官和药剂师，等老了一点倒是和现在的身份很相称——黑色佣兵团团长。

他觉得自己长得像个恋童癖，总是拿自己的相貌打趣。

搜魂用力地帮他搓着身子，这力道，让他想起了小时候母亲为他搓澡的场景。

“别搓破了皮。”

“你的伤口愈合得太慢了，我要是配错了药你得告诉我。”搜魂善于取命，却不善于救命。

碎嘴不明白她为什么要救自己，他如今毫无价值。他又是什么呢？一个没法自理的老佣兵罢了。“为什么你要救我？”

她笑了，那笑声竟然充满了稚气：“复仇，宝贝儿，我要报一箭之仇。但是我不会亲自动手，我要让她自己动手。”说罢她伸手拍了拍他的脸颊，伸出一根手指，轻轻地滑过他的下巴。

“命运，将我带到了这里。神奇的命运指引着我。”说这几句话的时候，她的声音活像个魔鬼，不过后面她选择了小孩子的声音，哈哈大笑着，那孩童般的笑声竟能如此可怕，“我要复仇，我要把她珍视的东西一样一样地夺走。”

碎嘴闭上了眼，他现在什么都不想去思考，只知道自己暂时不会丢掉小命。世事无常，一旦他失去了利用价值，也就离死期不远了。

什么都不用去想，他要先痊愈才能为自己留后路。

她还在笑着：“记得咱们并肩打仗的时候吗，碎嘴？咱们的手下败将们。”接着又是一阵大笑，不过笑声里的孩子已经长成了一个成熟的女人。

他笑了，他当然记得，肆意恩仇，戎马生涯。

“你记得以前你总说我会读心术吗？”

他当然记得，一阵恐惧涌上心头。

“你果然记得！”她又笑了，“看来你还没失忆，那可好玩了。所有人都以为咱俩死了。死人什么都不怕。”她又笑了，笑声越来越恐怖，“他们，是我们的猎物，碎嘴。”

他已经能拄着拐杖走路了，他若是不强迫自己多走一走，就永远都没法康复。但是他每天大部分时间还是昏昏沉沉的，一睡着就做噩梦。

他至今不知道梦中出现的那个地方属于何国何城，但是那肯定不是什么好地方。他记得那儿，发生过很多邪恶的事。

他总觉得梦境是那么真实，惊醒之后才知道不过是一泡幻影。梦里的天空上一直有乌鸦盘旋，他在梦里数着乌鸦的数量，一只……十只……上千只……

他们如今的栖身之所是一片残破的石屋，杂草丛生，一副仿佛建造了一半就被人遗弃了的样子。

“这是什么地方，我记得我来过这儿。”他站在石屋的门口，这石屋筑在密林深处。他对这片密林无比熟悉。

“我几个月前是不是来过这儿？”

“是的，这是基纳神信徒的圣殿，要是我们把石壁上的灰尘都擦干净，你一下子就能认出来这些代表基纳的图案。历史上，黑色佣兵团曾经从沙达尔人手中攻下此地，当时满地白骨。”

他转过身，看见她手里捧着一个硕大的盒子。她的兜帽中仿佛空无一物。离这么远，他也看不清楚那个盒子里装着的到底是什么东西，不过他心里已经猜了个大概。

“跟黑色佣兵团又有什么关系？”

“佣兵团把俘虏都带到这来处决，上千人。”

他不愿意面对佣兵团曾经的黑暗历史，太残酷，太不真实了。

“此话当真？”

“亲爱的，我骗你干什么。我看过暗烟手里的塔格洛斯巫书，书里记载着团里散佚的历史章节。你的前辈们都是冷血的莽夫，屠戮过无数的生灵。”

他越来越不安。

“为什么？他们那阵又为谁卖命？”

她迟疑了一下。其实他心里清楚，搜魂的这一举动代表她接下来说了假话：“书里可没写，不过，你的手下莫盖巴知道。”

她说得没错，莫盖巴其人诡异莫测，与佣兵团的复杂历史纠缠不清，他现在掌权了，又会干出什么事呢？

“基纳的信众们一个月之后就要来这儿欢度光明节了，两年一度，咱们不能拖沓。”

碎嘴一肚子疑问：“你带我来这儿干吗？”

“疗伤呀。”她笑了，“没人敢来这儿，我救过你一命，现在换你救我了。”她边说边摘下了头上的斗篷——空空如也，她的手里还紧紧地抱着那个锈迹斑斑的盒子。

盒子里面躺着一颗美丽的头颅，朝外面张望，长得和他的爱人一模一样。

不，不可能。

他的心又沉了一下。往事如烟，她和夫人，一对姐妹，不过后来她背叛了自己的姐姐，她觊觎夫人的帝国。

“你别做梦了！”

“你一定会帮我的，亲爱的。帮了我，咱俩都能活，你不想丢了命对吧？我要让她活着，等着我去复仇，我也得活着，我活着才能去复仇……至于你嘛，你现在还幻想着找到佣兵团……”她咯咯咯地笑了起来，“你的弟兄们还等着你呢，他们还有一线生机，你不会看着他们活活被困死的。”

12

天空电闪雷鸣，灰色的高头大马牵着诸神的黄金战车在下方的玄武岩平原上疾驰。

还有一人立在中央。身高十英尺，赤身裸体，结实得像乌木一般。她抬起脚向前走去，大地都在颤抖。

她周身不生毛发，腰间系着一串孩童的头骨。她的容貌变化无常，一会儿是位皮肤黝黑的美人，一会儿又成了长着尖牙的阎罗。

她随手抓来一个魔怪，挖出它的肠肚，卸下它的胳膊，大快朵颐起来。恶魔之血顺着她的嘴角滴落在平原上，把坚硬的岩石烧穿了一个大洞。她一仰头，就像吞耗子那样咽下了一个魔鬼。

妖魔聚起来妄图击倒她，纷纷举起长矛，她却全然不顾雨点般落下的攻击，她刀枪不入。她自顾自地抓起一个鬼怪，又吞了下去。吞了一个又一个，每吞下一个她的容貌就变得可怖了许多，一个个妖怪就像被巨蟒吞下去的耗子，一下子从她的喉咙滑进了肚子里。

“吾之骨肉！女儿！我在这儿！我是力量！我是梦境！”

一个垂垂老矣的人坐在路旁。路的中央停着一辆金色的战车，车顶上罩着一张大网，每根线都细得像头发丝一样，几千只蜘蛛在车顶上忙活着，还在继续编织它们的作品。可仔细一看，那些蜘蛛吐出的并非普通的蛛丝，它们吐出的是一缕一缕的寒冰。那声音就从车里发出来，无比浑厚，压得众生连眼睛都抬不起来；又无比缥缈，声波所到之处连时间都停滞了。

“来吧！吾之骨肉！我就是答案！”

脚下的大地也开始崩塌，我没法移动半步。

那声音还在召唤着我，似乎在等待着我，耐心地等我加入它的麾下。我，却无处可逃。

这是我第一次完整地记下自己的梦境，虽然每次的梦魇都不太一样，不过，好像也差不多，都是“他”在召唤着我。好冷啊。

我并不蠢，我知道我的梦境并非单纯的梦魇，有“人”在召唤我，“他”要将我召入麾下。“他”又是谁呢？我猜不透。“他”似乎想用不竭的力量和无上的权威引诱我上钩，这种已经在世上存在了几千年的老伎俩。不过似乎，为了我，他甘愿付出任何代价。

“他”知道我是谁吗？可能不知道吧，可为什么他会一遍一遍地出现在我的梦里。

“他”绝不是天神，他只是努力地伪装成神的模样。我只见过一尊神，那便是老神树——惶悚平原的主人，不过他也不能算是我们平常祭拜的那种真神，他只是有着超越凡人的不竭力量。

我行走世间，只有两人的力量在我之上，其一是我的夫君，帝王。他早已被人遗忘，记得他的人也只知道他是尊邪神。

其二便是先祖树，他的力量可谓是世间第一强大，我只能仰望他的力量。但是他粗壮的树根深深地扎根于惶悚平原，他的忠仆们就是他的手和脚。

碎嘴曾告诉我，先祖树是为了封印某种上古的恐怖力量而存在，树神不死，那力量就将永远沉睡。好在若是以一个凡人的眼光来看，树神永生。

可世界的其他角落里，可能还隐藏着无数个上古力量的种子。前人的历史已经消亡，无数的秘密也早已入土，不过那些各个时期的霸主们，不就是靠着上古的力量统御世界的吗？

上古的神灵是什么样子的呢？我只是他们的玩物吗？

我并不是不死之身，在探寻真相的路上，时间是我的死敌。

“夫人？您……贵体有恙？”每逢纳拉扬真的对我表示关切的时候，他那招牌式的笑容便消失得无影无踪。

“哦，没什么大碍，梦魇罢了，梦魇就是我们通向未知世界的钥匙。”

他满脸狐疑。

“纳拉扬，你做过噩梦吗？”我表面上轻描淡写地问，心中却波澜起伏，努力不想让他听出来我话里有话。

“从没，夫人，我从来都睡得像个孩童一样。”他也轻描淡写地回答，眼睛却滴溜溜地转着，“今日有何安排？”

“我们的武器是否充足？今日要安排一场比武。两军对垒？”我的人马已经扩充了大半，足足整编了两个四百人的兵团和一众骑兵。

“差不多吧，您要比武演练？”

“我就是此意，不过先想好胜者的奖赏是什么。”奖赏激励无疑会激发斗志，即便最后在比武中落败，这种斗志也会让他们越挫越勇。

“那我们要斟酌一下时间，现在弟兄们有的在轮岗休息，有的还要放哨巡逻。”

“时间可以再议。”我一直在想，等我们安全抵达了戈加城之后，可以让将士们把家眷都接到营中。

拉姆端来了早饭，我们都没有什么胃口。“夫人，咱们还要在此地驻扎多久？”纳拉扬边吃边问。

“此地已经不宜久留，我们如今目标太大，难免树大招风。不过大可以放出话去，若是比武中各队都表现优异，夫人便会下令行军。”

“遵命。”纳拉扬告退了，他的亲兵们在门口候着他，他们的铠甲下面隐约露出了底下色彩斑斓的衬里。

我的人马信仰各异，不过无论是三大主教的信徒，还是拜邪神的都能和平共处，就连刚刚恢复自由身的奴隶们也能亲如弟兄。管事的大多是纳拉扬和拉姆，两人也并非什么军官，可所有人都对他们服服帖帖。因为所有人都知道，我的意志不可违逆。

纳拉扬虽然嘴上不说，但我知道他通晓权术，那些高种姓的士兵们也甘愿为他效犬马之劳。

我其实一直在盯着他，他若是有异心，早晚会露出马脚。

他有时候表现得太过殷勤了。

“他们看着不错，给他们发军服吧。”

纳拉扬也点了点头，示意手下可以把这些新人招进来。他的计谋确实领着我们打了几场胜仗，但是他太过热心了。

“骑兵的训练进行得如何？”我深知这些乌合之众没几个正规军出身，他们连怎么给马擦身子都不会，真是可惜了这些良驹。

“不怎么样，不过我们一直在努力。您看就连我和拉姆也是生来就没碰过马。”

“努力！”

“努力”这个词是个万金油，什么事都能拿努力搪塞过去。

他可能没想到我居然没追究下去，这正是我的驭人之术，我生来就善于用人，更别说我现在已经领军几百年有余了。

“您曾说，此地不宜久留。”纳拉扬小心翼翼地探着我的口风，“夫人，军中现在已经谣言四起了。”他说完便偷偷盯着我，祈祷着还能把我糊弄过去。

“我军的粮草可否充足？”

纳拉扬并未回话，他只是站在那儿，也没有告退。

我被人监视着，我现在理解碎嘴为什么那么厌恶乌鸦了。我曾无意间跟纳拉扬提过乌鸦的故事，他只是笑着说它们是噩兆的好友。

噩兆，噩兆看不见，摸不着，只有乌鸦。

“纳拉扬，召集骑兵，随我出巡。”

“但……您？”

“我要出巡，我可不是娇弱的公主。”

“遵命，我叫卫队待命。”

待命，纳拉扬，你最好乖乖待命。

13

斯旺斜着眼睛瞥着尖刀，他知道眼前这个黑汉子越来越鄙视暗烟了。这个老巫师此刻像只将死的虫子，更像一片在风雨中飘摇的树叶，不断地打着寒战。

马瑟突然说：“她来过。”

斯旺点了点头，笑了一下，却没有抬头。“看来她这一路上都在招兵买马，治军颇有门路，你看这营房和工事很像那么一回事。”

他们骑着马绕着空无一人的营地走了一圈。“我们要进去吗？”尖刀死死地拽住暗烟的袖子，生怕他趁机溜了。

“先别，我还没看够呢。咱们去东边看看，那应该就是她偷袭暗影长老的地方，我觉得那里应该有更多的线索，看咱能不能找到点什么？”

马瑟突然发问：“你觉得他们知道咱们来了吗？”

“你说什么？”这个问题仿佛把斯旺吓了一跳。

“你刚才说他们现在军容严整。以咱们对夫人的了解，她凡事讲究个万无一失，必然在各处都安排了斥候和岗哨，自己的主力部队则在不断地转移。”

斯旺觉得马瑟说得有理，他们谁也没进营地看一看到底是什么情景。不过这么大一支队伍要是想来无影去无踪，就必须时刻在行军。“那咱走吧尖刀，看看路上有没有马蹄车辙什么的。”

尖刀点了点头，他在被黑色佣兵团招募之前，每日都活在逃亡和追杀之中，追踪是他的拿手好戏，也是他以前赖以生存的手段。

“嘿，暗烟，老头儿，你走前边。我没看见有谁想要拿你这把老骨头开刀，别躲在后边。”

暗烟还是一个字都不说。

尖刀在通往东边那条路的三英里处发现了蛛丝马迹。他领着其他几个人穿越密林，他们越往前走，路就越窄，这儿的环境比他们想象的艰苦得多。他们往东进发，尖刀说：“我估计，不出两英里，就是咱们要找的地方。”

“我想到了，”蚊蝇漫天，地下必有尸骨，“咱们跟着飞虫，就能到达目的地。”

这就是个大坟场，死人身上发出来的臭气仿佛都凝结到了一块儿，这就像传说中末日的场景一样。

臭气熏天，斯旺和马瑟都差点把早饭吐了出来，反倒是尖刀像没长鼻子那样这儿瞅一瞅那儿看一看。

“尖刀，你的眼睛都看绿了。”斯旺讥讽道。

“这些人死了有一阵子了，肉身已经腐烂。差不多两三百人，还有畜生的骨头，不过，都没了脑袋。”

“什么？”

“没有脑袋，他们的头被剁下来了。”

斯旺终于把早饭吐了出来，他的马则在原处兜着圈子，悠闲地啃着泥。

“没有脑袋？太奇怪了。”

马瑟突然说：“我好像懂了，跟我来。”一行人随着他向南骑了一会儿，原来他看见了一群一群的乌鸦在不远处的上空盘旋，果然，顺着乌鸦，他们找到了那些失踪的脑袋。

“想数数吗？弟兄们？”

“我看还是让咱们的‘老’朋友来吧。”

暗烟又开始吸吸鼻子，以示无声的抗议。

马瑟笑了，“怎么了？你还当自己是个大姑娘？”

“得了吧，哪有他这样的姑娘。”斯旺强忍着恶心也不忘调侃暗烟，“我现在等着看暗烟的表演了，别让我们失望呀，你不想让我们在公主面前帮你美言两句？”

尖刀在前边叫着：“他们大致就在一英里开外扎营了。”他果然是寻人的好手。

斯旺也对他大喊：“知道了！我们这就过去，上马！”

等他们骑过了这片满地横尸的战场，马瑟忧心忡忡地说：“你说这一路咱们前无接应后无援军，咱们根本就不了解对方，要是和她的人遭遇了，该怎么办？”

“别哼哼了老头儿！科尔迪，你的担心不无道理，咱们还是小心为妙，夫人可是一肚子的坏水，她要是想跟咱们玩一玩，谁也吃不消。”

他们先向北骑了一会儿，接着又拐到了西边，最后掉头往南走。他们自以为无论是否有人追踪，自己都能把他们溜得团团转。

大半天平安无事，突然，领头的马瑟大叫了一嗓子："哟！你们快看！"

14

我们骑着马穿梭在密林中。辛迪是我们的尖兵，他熟悉林中的一草一木，我们跟着他，沿着溪边一条蜿蜒的小路向西边行军。这到底是什么鬼地方，这么大片林子，别说鹿了，连个松鼠都没有。虽说古尼人和沙达尔人都不吃肉食，但此时能打到野味的话怎么也比饿着肚子强。

我们走了好长好长时间，连最善于奔袭的军人都开始抱怨了。

我们的目标太大了，这林中不知有多少双眼睛在盯着我们。虽说我早已放出了斥候和岗哨，可防得住一万防不住万一,万一有歹人在密林深处埋伏，万一有逃兵想钻进小径逃跑，都是我不愿见到的。

我必须要稳住局面，流言蜚语乃是最致命的杀器，暗影长老们最擅于用谣言蛊惑人心。

我们又沿着河走了几英里，才终于走出了林子，渡了河，到了对岸，开始掉头往东边走。"我们不必急行军，那些家伙不到火烧眉毛的时候是不会跑的，不过等我们真的离得很近了，他们必定也插翅难逃。"

我不知道此计能否奏效，也不知道他们能不能保持这种高昂的斗志，现在恐惧的心理和怀疑的情绪在军中蔓延，若是我不能及时地取得成功，必定会坏了大事。

"走吧，接着往前走吧。"

"沙达尔人！"我派出去的斥候们急匆匆地赶回来，给我们来报信。

沙达尔人，骑着马，装备精良，还穿着军服。是沙达尔骑兵！加哈马拉·加的人！我估计得应该没错。

我一声令下，就连麾下的沙达尔士兵也毫不犹豫地毅然拔剑杀了过去。

教士加哈马拉·加是塔格洛斯沙达尔人的头领和大教士，他的手上沾满了碎嘴和其他弟兄们的鲜血。德加戈城之战中，这位大教士刚刚看出情势不对，还没抵抗就立刻带着他的骑兵溜之大吉了。

加哈马拉·加没有任何的荣辱观念，他奉行的是“人不为己天诛地灭”。

他的队伍还没有受到任何正面冲击，这位大教士就认定大势已去，毫无胜算，于是他竟然就鸣金收兵，夹着尾巴逃跑了。然而当时在战场上，他的沙达尔骑兵是当时我军最强大的后援。

他是个小人，有机会我一定要好好地料理他。

我的人追不上他们，那五个沙达尔骑兵胯下的是绝世的良马，他们盔甲下冒着火的双眼又表明他们是骑兵中的精英。我的人，是一群乌合之众。

无须下令，我的骑兵就飞快地冲了过去。

与沙达尔骑兵对垒是无上的光荣。

只见他们先是向北疾驰，等我们的人要赶上，突然策马转了一个大弯，转而向南奔去。但我们穷追不舍。

突然他们中落后的两人被另一群人堵住，只能下马投降。

我带人过去，只见斯旺、尖刀、科尔迪，还有那个猥琐的老巫师暗烟正得意扬扬地看着我。搞什么鬼？

一个骑兵想趁机溜走，我一把将他拽了回来。

“你们在这儿搞什么鬼？”

暗影一脚踹到了他的膝盖上，他一下子就跪倒在地上，脸上毫无血色，嘴里喃喃着请求他的神庇佑他。

斯旺则在马旁边转悠着，看起来面色不好，脸上还大汗淋漓。他走到那个沙达尔骑兵面前，给了他一脚，又自顾自地去别处晃悠了。

马瑟和尖刀显然对斯旺的异样不是很关心，但是我看得出来，他应该并非受了什么伤。

那人爬起来又想逃，这回我没有急着追他。我命人放开他的战马，脱了缰的马一下子就蹿了出去。他踉踉跄跄地去追赶自己的马，但是两条腿哪跑得过四条腿。他伸手去拽马的尾巴，不料自己脚下一个没站稳，摔了个狗啃泥。斯旺缓缓地走过去，一脚踩到了他的脸上。

我看着这滑稽的一幕，扭头问马瑟："你们在这儿干什么呢？"

"拉蒂莎派我们来的。有流言说您还活着，还有谣言说您牺牲了。"

"我显然还没牺牲呢，是吧。"

我的随扈匆匆赶来。

"哈基姆、葛发尔你们俩过来，把他们交给纳拉扬去看管，好生审问他们，搞清楚他们在这附近鬼鬼祟祟地干什么。"

哈基姆和葛发尔其实是纳拉扬的左膀右臂，也是他的一帮小兄弟里唯二会骑马的，这些人名义上也效忠于我，其实不过是纳拉扬本人的耳目罢了。

斯旺吊儿郎当地靠在马瑟的身上说："您可把加哈马拉·加吓得够呛。他听说您没死，吓得像一只被踩了尾巴的猫咪一样。"

"此话怎讲？"

"您不知道，您的起死回生根本不在他的预期之内。他当时班师回朝，所有人马中只有他的人回来了。不过他这个人向来巧舌如簧，他用花言巧语哄拉蒂莎开心，把自己塑造成拼死作战最后又成功突围的战斗英雄，把佣兵团说成了贪生怕死的胆小鬼，王室还重赏了他。一切都按照他想要的来发展，结果突然听谣言说您死而复生，还大败了暗影长老的狗腿子们。他生怕佣兵团抢了他的‘赫赫战功’，也怕您把他们在战场上的怂样泄露出去。

“而且您的归来也让他的野心没法得逞了，他现在在城中的教士中威望甚高，大有一人之下万人之上的意思。然而您带着佣兵团勇猛作战的消息传遍了全国，那些原本听命于他的教士们也渐渐开始怀疑他说的话有几分真几分假了。”

尖刀听罢大笑起来。

马瑟接上他的话：“夫人，您本来就备受尊敬，但现在佣兵团遭受了灭顶之灾……”他说到一半突然抬起头直视着我的眼睛，“您是个女人，您的性别可能会成为一块巨大的绊脚石。”

“马瑟，今日重逢我无比激动，可乱世之中强者称王，加哈马拉·加在德加戈城前弃我们而去，我恨之入骨，但我手下只有区区一千人马，还无力辩白自己。”我确实无比地开心，但是开心就像风一样，只是一瞬间的感受，“加哈马拉·加虽然有把柄在咱们手里，但是毕竟没有实证。”

“夫人，德加戈城之战时我们就在一旁，敌军确实来势汹汹，加哈马拉·加自己的人都承认自己当了逃兵。”斯旺突然插了句话，吓了我一跳。

“但是无论说什么都没法罢黜加哈马拉·加。”马瑟无奈地摇了摇头。

还有三个沙达尔骑兵成功逃跑，他们肯定一回营就会跑到主子那儿求加哈马拉·加大人为他们出头。加哈马拉·加估计马上就会派人来除掉我。

“咱们赶快回营去吧，记得一定要带上俘虏。”说罢我调转马头，收兵回营，“负责北边的，注意警戒！纳拉扬、拉姆，你们俩过来！”

他们俩一路小跑，站到了我面前。纳拉扬气喘吁吁地问：“怎么了，夫人？”

“我们马上起程，急行军！快通知弟兄们带上干粮，咱们没时间开伙了。”

他们又匆匆去传达命令。

此时当值正午，戈加城就在四十英里开外，若是晚上不休息的话，十小时左右的急行军就能到达城下。

集合的号角已经响起，营中立刻喧嚣了起来，每个人忙而不乱，各司其职。斯旺和马瑟瞪大了眼睛。

“夫人，您果然治军有方。”

“您现在要去？”

“我要赶在加哈马拉·加动手之前行军至戈加城。”

“四十英里可不近，何况路程崎岖，没法骑马。”

“没法骑马就走路。辛迪！带上尖兵出发。”

辛迪不紧不慢地点了十二条大汉，全副武装，匆匆离开了。

我瞥见斯旺突然皱起了眉头。

“你们有什么事？”

他回话了：“夫人，我们一直没吃饭呢。”

“你们自己吃去吧，吃完记得赶上来。”

这个蠢材，还对我傻乎乎地笑了一下。

人马已经集结完毕，无须动员，大家心里只有一个目标——戈加城。

虽然我胸有成竹，可是我军还有一个致命的弱点：我并未建立起一套严整的指挥体系，我之下便是队长，每个队长之下只有十个人。此外，队长们也并非个个训练有素。

“马瑟？”

“夫人？”

“马瑟，你一直深受我信任且身经百战，我帐下现有两个兵团，一个由纳拉扬掌印，另一个就交给你指挥吧。”

马瑟愣住，看了我好几秒钟，支支吾吾地说：“可是，我现在听命于拉蒂莎大人。”

“我来吧。”

我扭过头去，说话的是尖刀。

暗烟不合时宜地咳了一下。

尖刀一脸的不快，“小老头儿，老子可不欠你们的。”

他又看了看斯旺：“我说什么来着？走着瞧？”

斯旺的脸色也一下子沉了下来，看起来就像谁刚刚捅了他一刀一样：“尖刀，你小子会把我们都害了的。”

“这是你自己的责任。斯旺，他们是什么人你还不知道吗？是不是，老巫师，你们把佣兵团害成什么样？”

暗烟哼哼着，没有接话。他知道，我随时能要了他的命，可我并非蛇蝎心肠之人。

“来吧，尖刀，你可以上任了，随我去见见你的队长们，他们以后都听你指挥。”

我俩并排骑到了没人的角落。

“你刚才那话是什么意思？”

“禀夫人：拉蒂莎，那个老巫师，还有他们的王子都感觉我们几个是您安插的耳目，但是我敢负责任地告诉您，他们自己其实也都是背信弃义之徒，他们肯定不想看到您活着走到卡塔瓦，他们从一开始就没想着要履行契约。”

卡塔瓦，碎嘴一直念念不忘的神秘城市——佣兵团起源的地方。四百年来，佣兵团不断向北迁徙，服务于一个又一个殿下、陛下。后来，他们遇到了我，曾与我为敌，之后又接纳了我，我们曾经人马众多，也曾损兵折将无数，在经历了那场人尽皆知的恶战之后，我们损失了很多弟兄，碎嘴带着几个侥幸逃生的人回了南边。

我们一路上招兵买马，等我们终于到了塔格洛斯，才发现距卡塔瓦四百里的路程都被暗影所占据。我们必须要打赢这一仗，打赢了我们才能去卡塔瓦。暗影长老的势力根深蒂固，他们手下兵强马壮，自己也个个身怀绝技。为了探寻兵团那不为人知的过去，我们必须要打赢这一场胜算不大的战争。

我们与普拉布林德拉的盟约是佣兵团将训练塔格洛斯的军队，帮助他们击败暗影。反过来，胜利之后他们将帮助佣兵团去卡塔瓦。

“有意思，但是在我意料之中。”我召回辛迪，辛迪是个好手，不需要我多嘱咐就能把事情办好，我告诉他照顾好我的客人们。

“让他们见识一下咱们的待客之道，让他们多下马走一走，和弟兄们一样。”

辛迪心领神会。

一言不发，但我知道他心有不满。

一小时后，我们继续进军。我心中大快。

15

十小时过去了，我们并未到达戈加城。晚上太黑了，我没想到在夜里一个小时只能前进四英里，我们只能小心翼翼地走一步看一步。尖刀还指挥我们绕了远路，他说原来的路上驻扎着加哈马拉·加的骑兵。不过他时间拿捏得还算得当，我们在拂晓之前赶到了目的地。

碎嘴生前极其擅长虚张声势，我现在只能学着他的样子排兵布阵。把人都安排到边上，显得我手下有整整四支军团那样，其实中间空虚，旁边的人倒是满满当当的。碎嘴在这一方面的确是一把好手，不过我却不擅长耍这些把戏。但是如今只要能让别人以为我手下兵多马壮，一定会有很多人应征入伍或者前来投诚，不用过多久我的麾下就会真的有四支兵团了。

行军路上，路途遥远崎岖，士兵们抱怨不断，哀叹声连连，却没人当逃兵。

他们或许肌肉酸痛，或许周身疲惫，但是每个人都能坚定地站到自己的岗位上，士气高昂。

难民们纷纷地涌了出来，好奇地打量着我手下的这支军队。纳拉扬派人去收集木材和燃料，丝毫没有理会难民营里这些落难的同胞们。辛迪正认真地“照看”着斯旺、马瑟和暗烟一行人。尖刀早就已经融入了角色，他在加入兵团前就是个有名的战争英雄。一切都好极了。

加哈马拉·加的大营就在不远处。我仔仔细细地观察，里面不但有高墙深沟，整整能装下三个兵团的营帐，院内竟然还种着几株皂角树，门口的围墙上也缠着玫瑰藤。“看啊，纳拉扬，那就是我们的加哈马拉·加大人，排场跟自己的王子一样大。打仗的时候还得带着这些花里胡哨的东西。”话音没落，只见加从自己的营帐中走了出来，在外面逛了十五分钟，似乎是在心里琢磨我们到底是什么来头，一脸的不开心。

“要是你手下的沙达尔人有敢开小差的，严惩不贷。我怀疑他们在我和自己的大教士之间可能会选择背叛我，你一定要死死地看好他们。”

“遵命，夫人。”

“纳拉扬，我深知你在各处都有朋友，我平日也最信任你，现在大敌当前，万万不可让我失望。”

他的笑容又消失了，每次他心里紧张的时候就会收起脸上的笑容——他知道我话里有话。

接着我骑着马去见斯旺和马瑟一行人。

“我们是你的俘虏吗？夫人，要是您再不放我们走，我们就要死在这里了，死因可能是百无聊赖和无所事事。”

“不不不，你和各位都是我尊贵的客人，各位想待多久就待多久。当然，要是诸位想走，烦请自便。”

暗烟低着头，摇着他的小脑袋，用眼睛瞄着斯旺，好像在审视他心中是不是对自己的王子与公主百分之百的忠诚。

“你是不是怕他成了佣兵团的探子呀？”我问。

他抬起眼皮看了看我，那眼神是那么陌生，我认识的那个暗烟去哪儿了？

他盯着我好一会儿，但还是一言未发。

斯旺冲我做了一个鬼脸：“就不劳您费心接待我们了，不过我感觉咱们可能不出一会儿就又要见面了，有人也想体验您的好客和热情。”

果然，一小时之后，斯旺回来了。

“夫人，公主殿下要见您。”

“果不其然。拉姆，把纳拉扬和尖刀叫来，还有辛迪。”

我吩咐辛迪留在军中指挥，告诉他我希望在回来的时候看到一个已经修建完好的军营。而后我又带上尖刀和纳拉扬随斯旺骑马飞驰而去。

我们停在了戈加城前，回头望去。现在离正午还有一小时，意味着我们六小时前就已到达。但我的大营已经如同铁壁，并且建制完整、兵强马壮。

未雨绸缪，才不惧挑战。

16

碎嘴倚在大殿的门上向外张望，却看不到搜魂的踪影。她好几天都没回来了。他是不是被留下来等死了？还是她看碎嘴已经能勉强自理，死不了也逃不掉，便去料理更重要的人去了？

他想逃跑，他对这一带了若指掌，知道几小时的路程之内就有一个小村庄。他能跌跌撞撞地走，虽然慢但是现在时候还早，万一现在不跑，可能再没有机会脱身了。

搜魂走了，可是天上那些乌鸦还在替她监视着他，那些黑色的眼睛，它们会给那娘们儿通风报信。碎嘴想，他是个瘸子，她骑着马，她能慢慢地跟他周旋，即便他跑到天涯海角，她也能轻易地抓住他。

走，还是不走……

这个鬼地方就像个孤岛，没有人影，也没有人气，阴冷阴冷的。

跑吧，他迈出了第一步，每走一步，乌鸦就往前跟。他努力不去想这些天上的幽灵，但是没法不管胸口的剧痛。他就这么跌跌撞撞地走出了林子，又一头栽倒在一截枯树上。

他想起来了，在这些德加戈城、戈加城的破事发生之前，他曾带人南巡，搜捕搜魂，就在此地，忽然一支箭擦着他的鼻子尖掠过，箭头上带着一张纸条，告诫他停止追捕。

然后暗影长老的人就从四面八方涌了出来，他跑啊，跑啊，跑得把这个地方都忘得一干二净了。

他摸着留下的箭孔想她当时肯定在看着他，是不是？她在跟他玩捉迷藏。

忍住剧痛，他继续向前。

胸口的箭伤越来越痛，他的身体还撑不住这么长时间行走，前面还有一座小山，他连迈出一小步的力气都没有了，更别说爬山了。

他被迫坐下来，一坐下来好多事就一股脑地涌上心头。搜魂预谋多久了，德加戈城的败仗是不是也因为她在背后搞鬼？这里的破事她到底掺和了多少？

打败暗影长老的得力盟友——风暴使，比他想象中容易得多，后来又更是不费吹灰之力就消灭了化身，可是那个小女孩，化身的徒弟却趁机跑了。搜魂知道这档子事吗？

他的心跳又恢复了正常，胸口也不那么痛了。他起身赶路，慢慢攀着石头爬上了山，他头顶上的鸦群突然叽叽喳喳地叫了起来。

“把嘴闭上吧，畜生们，老子去哪儿要你们管？”

不远处有几块石头天然长成了靠椅的模样，他赶忙一屁股坐了上去。

要是他没吃败仗的话，现在说不定连塔格洛斯都是他的了。

天空中三只乌鸦一齐向北飞去，好像赶着给人送信的鸽子。

他往后一仰，开始盘算这倒霉的一仗：莫盖巴还活着，他还在固守着城池，如果搜魂没骗我的话，至少三成的人都成功撤回去了。这可真是场硬仗。他想着。但是他心里并不在乎塔格洛斯的士兵，他只在乎自己的弟兄们，他们都是好小子。

他又开始担心起那几个南下的老友，他们还活着吗？军旗去哪儿了？摩根是不是已经阵亡了？寡妇愁呢？史书记载那军旗是从卡塔瓦时代流传下来的。

这些该死的乌鸦要干什么？刚才天空中还有上百只在盘旋，现在一看连十只都没有了，它们都飞走了吧，它们也有自己的村子和市镇吧。

“我这辈子，还能活着见到卡塔瓦吗？我还能找到那失落的历史吗？”

回忆一下子都涌了上来，第一次来德加戈城的时候是什么样呢？一个人影飘在空中，月影，对，那人叫月影，他让我们吃了不少苦头。

史书？那史书定在圣殿里，她把史书藏起来了！

他无奈地望着天空，鸦群忽远忽近，它们好像在对着他笑。

它们唰唰地冲了下来，有的平稳落在了石头上，有的干脆一头撞死在了山上。“别动！”乌鸦对他大喊。

他没有动，他心中还在盘算着成百上千个问题，他觉得自己肯定是疯了，鸟怎么可能说人语——除了有一次。有一次，在戈加城堡，它们说，去把暗影长老们干掉吧。

乌鸦们立在石头上，在夜色中仿佛与群山融为了一体。碎嘴喘了口气，现在山上只有他一人。过了一会儿，他定睛一看，乌鸦们在缓缓地移动。

乌鸦突然一群一群地飞走，是暗影长老们来索命了吗？

可是眼前的人却不是什么暗影，一群褐色皮肤的小矮子站在他面前，他们不会暗影巫术。

他们不理眼前这个躺着的大活人，还是他们根本就没有看到他？他们默默地转身下了山。

过了一会儿，越来越多的小人过来了，大概有二十多个人，他们是斥候吧。他想起来了，一年前他和小个子们打过一仗，那是据此地两千英里以北的一条大河边上，佣兵团拉开架势，把他们打得落花流水。

狼嚎!

斥候之后便是大军，一人坐着八抬大轿缓缓上了山坡，轿上的人像个耗子一样瘦小，身上裹着一堆破布，说话永远带着哭腔。

狼嚎乃十劫将之一，这十人原是夫人的左右，个个阴险毒辣又法力高强。世人全都以为他早就被杀了。

碎嘴挺直了腰板，等待着命运的审判，他身上的每一根弦都绷得死死的，连大气都不敢出。

轿子后面跟着更多的小个子，差不多有一百多个全副武装的武士，还有巫师。有巫师的话，这些武士可能都不必亲自动手。他们是异邦人，并不适应此地的气候，但是对劫将来说，他们已经超脱了凡人之躯。

他们要去暗影大陆。

有些暗影长老便是曾经的劫将，他要去接替某个阵亡的长老吗?

要是搜魂没骗我的话，夫人此刻正在戈加城中，四十英里之外，我要去找她，我要告诉她，形势危急。

“乌鸦呵，你也看到了吧。快给你的主人传个口信，暗影已至。”

碎嘴偷偷下了山，又顺着来时的路往圣殿走去，顺便寻找着佣兵团的军旗。

17

巫师们日常施展的不仅仅是魔法，也有舞台上的魔术，总之就是通过误导和欺诈达到目的的那一套。我每天死死地盯着暗烟，以防他用什么巫术的伎俩给他的主子送信。

见过拉蒂莎的人都知道此女非池中之物，但是塔格洛斯文化中女人永远上不了台面，她只得在人前装作一脸人畜无害的模样。旁人看来，她是个乖乖女，唯自己王兄的命令是从，但实际上她的手段可能在我之上。

“夫人，下午好，别来无恙？您能活着回来真是太好了！”

是吗？太好了？可能吧，她可没有那么好心，不过她还要仰仗我和我手下的人马搞定那些暗影长老们。

“别来无恙。”

她注意到了尖刀站在我这边，她也一眼就看出来纳拉扬身上流淌着贱民的血，身上还脏得不行，像裹着一堆破布一样。

“这是我军的两位军团长，这位你认识，尖刀。这位叫纳拉扬，我的爱将。”

她饶有兴致地打量着纳拉扬，可能是因为他的样子太过奇怪了。“纳拉扬”是个大众名字，确实，我的军团里就有六个沙达尔士兵叫纳拉扬，他们又称自己为赛昂，即狮子的意思。

我又指着尖刀：“尖刀，你们俩是老相识了。”

她又意味深长地看着暗烟，暗烟什么都没说，只是点了点头。

“尖刀，你自愿加入她麾下？”

“吾只愿为实干家服务，而非空谈者。”

了不起，尖刀本来就不善言辞，能说出这样有水平的话让我大吃一惊。

斯旺不知道怎的突然对拉蒂莎发难：“他说得对，您和令兄一直在虚张声势。”

他恶狠狠地重复着：“他，说得对。”

拉蒂莎并未发火，只是站起身来。

“诸位请跟我来，”她走到我身边，“我们全都欢庆您能归来，不知您是否还记得我们的盟约？”

“什么？”

“现在你们的情势不容乐观，团长已死，你们群龙无首。”她带着我们走上了台阶，台阶通向了一个歪歪斜斜的塔楼，那里是整个要塞的制高点，“我的宫殿就如拼图一般复杂。”

塔楼之上可以远眺全城，只见城下参天大树立在路旁，宫墙外就是如百家布一般的贫民窟，街区中人头攒动。“有大批的难民不断地涌向城中，我们快容不下他们了。”

“他们是什么人？”

“我军的家眷，被暗影长老抓了壮丁的男人们的妻儿，他们想看看自己的男人是生是死。”

城下有妇女哭喊着，劈开一根根木头，把它们堆砌在一起。“她们这是在干什么？”

“她们在造焚尸炉。”

“古尼人崇尚火葬，”马瑟给我解释，“古尼人并不土葬。”他看起来心情沉重。

“可是，城中并无战事？怎么会有如此多的死人？还要大费周章地建焚尸炉？”我有点没弄明白到底是怎么回事。

“她们还有种习俗叫殉夫，”暗烟终于说话了，“若是丈夫死了，即使没死在眼前，她们也要殉葬。”

“她们是在给自己修坟？”

“没错。”

“真是愚蠢的习俗。”

暗烟甚至笑了起来：“这习俗已经流传千年，比吾国的历史都悠久，且明明白白地写在律法里。”

我不理解他有什么好高兴的，他难道自觉拿住了我的软肋？

“草菅人命，他们的遗孤谁来照看？”

不过，我毕竟来自异邦，也不好妄下论断。这种习俗难道真的有存在的意义吗？

“此习俗的确源远流长，有些非古尼家族也纷纷效仿。”拉蒂莎对我解释说。

“此野蛮习俗应被废止，只有脑子坏掉的人才会服从这愚蠢的习俗。”不过幸好并非所有的教派都像他们一样愚蠢。

斯旺提醒我：“夫人，您来这可不是来制定法条的。”

“确实，我又不是执法官，我只是来打仗的。我们的好多弟兄还被困在德加戈城中，我们是否能派出援兵？”

“您是个女人，您并不能理解吾国文化之博大。现在团长阵亡，若您能以身殉葬，则吾国臣民必将对您另眼相看。”

暗烟咯咯咯地笑着，一边耷拉着眼睛偷偷盯着我的腕子——腕子上系着纳拉扬送我的带子，那不过是一条寻常的黄色带子——他的笑容一下子就消失了。

“百里不同俗，此事不需再议，虽然我现在法力衰弱，兵团又身陷囹圄，但我们的盟约当然要继续执行。”

“小女佩服，不过您的弟兄们恐怕不这么想吧。”

我冷冷地笑了一下：“盟约已立，绝非儿戏。您想必很了解我们佣兵团，那您肯定知道佣兵团从不毁约。”

拉蒂莎看着我，她不知道在这敌军压阵的关头，我一个手无寸铁之人有何勇气做此承诺。

“我等下差人给您一份清单，望您务必将清单上所列之武器、人力和物资及时送来。”

突然有人在门口大叫大嚷。拉蒂莎差马瑟前去查看，不一会儿，马瑟回来凑到她的耳边说：“加哈马拉·加要见您。”

“传他上来。”

我仔细地盯着拉蒂莎的眸子，锐利、凶猛，我从她的眼神里能看出来似乎有一只豹子藏在她的身体里，难道她也是个豹人吗？“斗胆问您一下，您为何处处防备佣兵团？”

她连眼睛都没眨一下，道：“答案您最清楚不过了吧。”

“我？我研习佣兵团历史多年，并未找到答案，不知道我们是在何年何月招惹过您。”

暗暗烟鬼祟祟地跟她耳语着，想必是在控诉我有多副面孔。这个老头子，还真是越来越招人烦了。

加哈马拉·加像个国王一般威风凛凛地走了进来。

他想必是给自己精心设计了极富戏剧性的入场方式，雄赳赳、气昂昂，仿佛真龙天子下凡。可悲的是，屋里却没人看他一眼。

碎嘴曾和沙达尔人作战，彼时他们的头领是个真正的战士，而这个继承人仿佛只学会了耀武扬威。他只是个可怜的傻子。

他在塔格洛斯人里确实算个大块头，身高六尺，体重两百磅，足足相当于两个他的同胞。他的皮肤白若凝脂，长相也算标志，可就是眼神里多了一丝畏畏缩缩的气质，他也总是缩着嘴唇，一副猥琐邋遢的样子，仿佛戳他一下他就会像个小姑娘一样哭出来。

拉蒂莎等了十秒钟，然后才慢悠悠地说：“大人有事禀报？”

这屋子里的人都不愿意理他，没人愿意跟这号人相处，就连暗烟老头儿都一脸鄙视地瞅着他。若是突然飞来一把刀割开了他的喉咙，恐怕在场的人会一下子哑然失笑。

见他没有回答，我索性问他："刚好大家都在这，你还在玩你的那套小把戏？"

"什么小把戏？"他向来喜怒形于色，一下子就慌张起来。

"临阵脱逃，从德加戈城一路逃回到这里，你这把戏可是害死了好多人。"

"没……没有，我们被打得一败涂地，我……我设法保存……失利……哦不……实力。"

拉蒂莎轻蔑地笑着："还没开打您就溜之大吉了吧，你有何颜面面对阵亡将士的家人？"

加哈马拉·加还未曾受过此等责问，他竟恼羞成怒："我加马哈拉·加可不怕威胁！任何人都不能威胁我！"

"我说，加哈马拉·加大人，您到底是怎么当上这么大的官的，给我们讲讲？"

"你今天若是立刻辞去所有职务，还有机会求得从轻发落。"我一下子戳到了他的软肋，在他的主子公主殿下面前又补了一刀。加哈马拉·加仿佛一只被戳破了的皮球一样，脸色煞白，竟然吓得瘫在了地上。

公主一脸厌恶地看着这个教士。

"你天性软弱，不可成大事，继续留用必会有更多冤魂。"

他眼巴巴地瞅瞅这个，又瞅瞅那个，没人同情他，没人肯帮他说话。见这样，他瞅准机会爬了起来，自己拖着圆滚滚的身子跑下楼去了。

看着加哈马拉·加走了，尖刀放声笑了起来，我抬手示意他收声："我军务繁忙，若你乐意合作，我也坦诚相待，若你笑里藏刀，我依然坦诚相待。走吧，尖刀。"

我们一走出大门，尖刀便紧张地问我："加哈马拉·加不会狗急跳墙吧。"

“好啊，我倒想看看他能跳多高。纳拉扬，要我说咱们先下手为强？”

纳拉扬沉吟了一会儿，道：“小人愚见，咱们不需动手，加哈马拉·加必会自取灭亡。”

我军大营的外部工事已然完备，我命人建起的高墙已经竣工，军士们正在热火朝天地挖着深沟。小孩子都知道，围墙不怕高，壕沟不怕深。

“放出话去，我军急需骑兵，让那些沙达尔骑兵知道加入我麾下重重有赏，看加哈马拉·加军中是否有人来投奔，若有投奔者，必有重赏。我们要找人传颂我军的神勇，还要在那个傻瓜回过味来之前就给他来个釜底抽薪，你赶快去办吧。”

“包在小人身上，”纳拉扬站在我面前试探着说：“小人在河对岸有不少朋友。”

“随你去吧，此事不宜操之过急，咱们要慢工出细活。”

我爬上营中的瞭望台，看着远处的城池，看着脚下我的弟兄们忙忙碌碌像蚂蚁一样。

这城内外还在筑墙的，只有我的人马和古尼人的寡妇们了。

滚滚浓烟从石梯上升起。之前大火肆虐时，一个女人纵身跳入火海。我现在对此深信不疑。

我回到自己的帐篷里，命拉姆负责守卫。

我要开始修炼了，希望过不了多久，我的法力既能救我的命，又能扭转局势。

18

我的梦魇越来越可怕了。我，梦见了死亡。

谁都做过噩梦，但我的梦魇却那么真实，即使醒来之后，我还能感觉到它要努力地钻出来，生吞活剥了我。

有人说梦由心生，难道我的心生病了吗？

穹顶之下一片死寂，荒野上躺满了密密麻麻的死人，草木枯萎，烂泥和蜘蛛网覆盖着大地。疯了，我肯定是疯了。

疯了。我站在荒原中央，手无寸铁，可是我渴望死亡，这才是我统御的领地，还能见到我那战死的夫君，这才是我的归宿。

那遥远的地平线上一片昏黄，最后的希望也将被死亡吞噬，最后的色彩也将消逝。

直白得残忍，恐怖得无力。

这只是我诸多梦魇之一，不过别的也大同小异，都充斥着腐朽的气息和死亡的场景。无论是白天还是黑夜，都死尸遍野，黑色的物质在死人堆里面流淌，既不是烟，也不是河。这是什么意思？我不知道，但是我害怕。

我睡着之后无法控制我的梦魇，但同样，我醒着的时候他们也别想来烦我。

“我已经传达了您的命令，夫人。”纳拉扬此刻正操心着招兵买马的事，我命令他全权负责此事。

“夫人，我觉得咱们要在德加戈城安插耳目。”尖刀人如其名，说话直来直去，但我心里隐隐预感他终会祸从口出。

“戈派尔和哈基姆已经带了二十个人去办了，他们向来谨慎。”纳拉扬微笑着回话。

“你已经派出了探子？”

“辛迪带人去的，他最精通此术。”

这些纳拉扬的小弟兄们自成一派，有着自己的一套规矩，连我也摸不清楚其中门路。纳拉扬在营中威信不在我之下，辛迪也只勉强能赶上他。

“不过既然已经有眼线在外，他们在外面打探了这么多天，为何迟迟没有情报传回来？”

“夫人息怒，我们的人还没能打入加哈马拉·加的桌前会议。目前只知道加哈马拉·加军心不稳，有不少人伺机而动等着来投奔您。我们还打听到了……他还散布消息称您不肯殉夫是因为您不守……呃……不守妇道。”

“不如直接剁了他！”尖刀狠狠地说。辛迪似乎找到了知音一般，在后面点了点头。

“我看不必，攻心为上。我们要把眼光放长远一点。”

“可是此人不除，后患无穷啊。若是咱们不杀他，他迟早要毁了咱们。”

“好吧，但是办得干净点。我们在那边有很多朋友吧？”加哈马拉·加龟缩在他的大军之中，只能偷偷潜进去找机会下手。

“有的，时候未到，到时候咱们的朋友自然现身。”

“去办吧，加哈马拉·加只是眼前的敌人，别忘了北边的更应提防。”

“明白，只是暂时人手不够。”

是的，我们目前人手不够，所以要尽快把眼下的事解决干净。

“拉蒂莎和她的巫师们身边有没有我们的人？马瑟和斯旺已经变节了？”

“变节？”尖刀连忙辩解，“夫人，只要您还心向兵团，他们永不会变节，他们只是现在走上了歧途。”

也许吧，不过他们总会碍了我的事。

放出消息之后，便有两百名加哈马拉·加的人前来投奔。虽然我自己这边也有五十个逃兵，但这几天还有几百个流民参军，拉蒂莎听到这个消息之后肯定高兴不起来。

就在同一天，城中又有一百个古尼人寡妇殉节，她们毅然踏进自己给自己建好的火化堆，我在营中都能听见城里诅咒我的声音。

我曾与几个丧夫之人面谈，她们却一心向死，不肯放弃殉节。

有时候我也会怀疑我身边的人是否会像她们对自己的礼教一样虔诚地对待我，纳拉扬、辛迪，甚至尖刀的心里，是不是有自己的小算盘呢？

我现在野心勃勃，我现在斗志昂扬，为了成功我必须迈出这一步。我并不热衷于杀戮，但是我热衷于胜利，而只有踩着敌人的尸体才能敲开胜利的大门。

我去城中的时候偶尔能看见暗烟，每次见他，他就眯起小眼睛打量我。

我在不同的人面前有不同的面孔，在纳拉扬他们面前是一个样儿，在弟兄们面前又是一个样儿。

我激情似火，我必须要斗志昂扬，不然这些加哈马拉·加的叛军们也必将离我而去。

我们在对面的朋友密报说，加哈马拉·加妄图谋害王子，以殉葬为掩护，顺便要把我和拉蒂莎也一并除掉。

我只得先下手为强。

纳拉扬的朋友把我们带到军营，夏天的军营臭就像泔水桶一样，稍不注意清洁，便会瘟疫横生，甚至会导致战斗力尽失。

营中的军人倒不多，但是一看就戒备森严，光门口就架起了四堆篝火，每堆篝火旁边站着一位士兵小心护卫，把整个营门照得像白天一样，还另有一堆卫士专门负责把门。看到我们，他们面面相觑，不知道该如何是好。

“看我来想个法子。”我说道。不过看他们的神情，他们心里肯定觉得我只不过是说笑罢了。

纳拉扬把头埋到了兜帽下边，嘴里轻声地咒骂着，辛迪则一副愁眉苦脸的样子：“咱们没法子进去，探子说门口的那些卫兵都是加最信得过的亲信，而且他们还特意记了咱们每个人都长什么样子。”

我心中想到了一个能让我们隐身的咒语，不过这咒语和那个凭空变出锤子的戏法一样，也是小孩子们玩的把戏，我有好一阵都没试过这个咒语了。而且这个咒语有个致命的缺陷，施咒者看不出来自己是不是已经隐身了。危急的时刻儿戏也能要命，一旦失手，我等必将血溅当场。

我不知道隐身咒是否成功，检验它的唯一方法就是看别人还能不能看得到你，我轻念口诀，硬着头皮战战兢兢地走过去。不是生，就是死。还好，门口的士兵们都跟瞎了眼一样，自顾自地谈笑风生，连歪头看我们的人都没有。

我放下心来，直奔大帐而去，却把辛迪和纳拉扬两人吓得大气都不敢出。

果然没人看得见我！我的心一下子就放了下来。

我伸手招呼他们俩：“过来呀！”兴奋得手舞足蹈。这两个小个子犹豫了一阵子才将信将疑地走了过来，他们俩像军犬一样连滚带爬地到了我跟前。他们还是不相信所谓隐身法真的能遮住他们，不知道我到底显了何种神通才能使出如此奇妙的咒术。

我们一行人摸到了加哈马拉·加的帅帐外面，帐篷门口挂满了华丽的装饰物。这么晚了，加一定已经睡着了，但是我们不敢确认他有没有自己的贴身侍卫。于是，不顾他们反对，我自告奋勇地为他们打前站。

有时候只有你自己把最脏、最累、最危险的活儿揽到自己身上，才能赢得手下的信任——这是我还是个小孩子的时候就熟知的驭人之术。

我掏出自己的匕首，率先溜了进去，纳拉扬一众人紧紧地跟在我的后边。我们看了一圈，里边只住着加哈马拉·加一人，他的帅帐却装饰得跟行宫一样富丽堂皇，顶棚上和门口一样挂满了装饰物。

我确定我们没有发出一丁点的声音，但是他上一秒还在卧榻上呼呼大睡，下一秒却听到了动静，被惊醒了。他坐在床上睁大了眼睛瞪着我们。他法力果然高强，这小孩子把戏一般的隐身法还是瞒不过他。帐篷里只有一盏油灯的光亮，但是借着这点微弱的灯光已经足以让他认出我们每个人的脸——我、辛迪和纳拉扬。

加哈马拉·加真是个法力高强的蠢材，他足可以发功当场擒住我们三人，但他却蠢到只想着逃命，蠢到连大声叫嚷都忘了。他跌跌撞撞地下了床，扭动着他肥硕的身躯撞向辛迪和纳拉扬，妄图冲出去。

我的手腕轻轻一抖，纳拉扬送给我的那条黄色带子就飞了出去，他们称这玩意儿为索命带。只见这带子飞了出去，像一条蛇一样攀上了他的喉咙。我上前两步，拽住了索命带的另一头，把它紧紧地缠在自己的腕上。

不知道是上天眷顾还是加本人已经完全失去了方寸，他本可以把我甩出去，但他却丝毫没有反抗。

辛迪和纳拉扬显然棋高一着，见状一下子就把他制服了。他们俩一人抓住他一只胳膊，让他的身体舒展开来，又把他的脸朝下摁在地上。

我走过去，单膝抵在他的脊梁骨上，拿一只手掰起他的脑袋，另一只缠着带子的胳膊死死地发力，让索命带能够紧紧地缠住他的喉咙。他像一只肥硕的蛆虫在地上徒劳地扑棱着，嘴里呜咽着。

我全身的肌肉紧绷，一刻也不敢放松，那带子在他的脖子上越缠越紧，挤出了他身体里每一寸空气，他最后连声音都发不出来了。

人被扼死需要一段时间，有经验的暗杀者掌握着如何让人尽快断气的技巧，他们手上的巧劲能让受害者的脖子断掉，死得更快，也更加彻底。不过我的腕子不像职业杀手那样有力，我的杀人技巧也并不像老手那样娴熟。我用尽了全身的力气，加还没断气，我的肩膀胳膊已经开始发酸了。

我差点瘫倒在他的尸体上，最后是纳拉扬把我扶了起来。我已经精疲力竭，浑身哆嗦着。还好，没人进来，也没人发现有任何的异样。

辛迪的脸藏在兜帽里，嘴里似乎在念叨着什么。他看了看纳拉扬，纳拉扬冲他点了点头，然后纳拉扬又扭过头来盯着我，像傻子一样咧着嘴。

辛迪蹲下来对着加哈马拉·加的尸体比比画画，挪开地毯和家具，在他的尸体边上清理出了一小块空地。

他们要干吗？

只见纳拉扬从袍子的衬里中掏出了一个小玩意儿，又像锤子，又像起子，上面装饰有金银、象牙和红宝石，那宝石鲜红艳丽，就像浸满了人的鲜血一般。他把工具递给辛迪。

辛迪接过那物件，开始用一头凿起地面来，看似胡乱刨地，却没发出一点声音。

他们是在搞什么花样？这东西绝对是个邪教的工具，虽然我以前没见过，但是我一下子就能看出来。

等地被凿得差不多了，纳拉扬又从袍子里掏出一个小盘子。辛迪接过小盘子，再小心翼翼地把刨出来的土都搁在他之前翻过来的地毯上。我看得出了神，这一套仪式如行云流水一般，他们的脸都埋在兜帽之下，嘴里诵着经文。那经文诉说着预兆、诉说着手足之情、诉说着神话之中的夜之女、诉说着他们自己和他们背后的组织。

我就站在一旁看着，他们俩也一脸肃穆，没有下一步的动作。

也没有卫士进来查看。

原来他们在地上挖了一个大洞，洞深不到三英尺，我不知道他们挖出这么一个洞来到底有何用意。

我很快就知道了。

纳拉扬开始用小锤凿碎加哈马拉·加全身的骨头，就像拉姆那天在树林里做的一样。他嘴里念念有词："汝已归去，莫再流连！"

他们又剖开了加哈马拉·加的肚子，敲碎他的头骨，把他的尸身搁到了坑里。一寸也不大、一寸也不小，他们用土把洞中的缝隙都填满了，地面看起来完好如初。估计等一个半小时之后，谁也看不出来这儿以前还有个洞。

原来那么大的人死后还能缩得这么小。

他们默默把卷起来的地毯重新铺到地上，一切就像什么也没发生。

"我以前倒是见过人在我面前被开膛破肚。"

纳拉扬只是点了点头，看起来有点兴奋，他此刻的感情似乎难以言表。

"夫人，我们要速速离开这里。"

营中的篝火照亮了哨兵的脸庞，他们都是尽忠职守的义士。我还能施隐身咒，我们能大摇大摆地走出去。

"夫人，好功夫。您把索命带耍得很好。"我们已经回到了军营，纳拉扬一边蹭着鞋上的泥一边奉承我。辛迪一言不发，还是把脸深深地埋到兜帽中，只是默默地点着头。

“你们为什么要埋了他？这样就没人知道他到底遭遇了什么，我也没法杀鸡儆猴了。”

“人间蒸发，更能滋生恐惧。传言往往比事实更加唬人，您也不必为杀害教士而背负骂名。”

也许吧。

“你又为什么剖他的腹、碎他的骨？”

“他身躯庞大，一个小点儿的坟更加隐蔽。若不剖腹碎骨，他的尸体便会膨胀发臭。”

果然老辣，不知道杀了多少人才能如此轻车熟路。

“我们得找个时间聊聊，纳拉扬。”

纳拉扬笑了笑，想必届时他会告诉我真相的。

我睡得很好。做了几个美梦，其中一个梦里，我还是站在死人堆中，不过一个黑皮肤的女人从天而降，亲切地唤着我。她说我是她的女儿，说我做得很好。一觉醒来，精力充沛，天色已经大亮。那梦，也有了色彩。

我的练习已经小有成效。

19

大法师加哈马拉·加就此人间蒸发，教众惊愕，流言四起。坊间流传其与拉蒂莎和夫人斗法，自己反而遭人暗算。我从未承认是自己动的手，纳拉扬也赌咒发誓自己并非泄密之人。可就在我们动手短短两天之后，人人确信加哈马拉·加已经被我所害。

人人无不自危。

尖刀似乎也大受触动，不过他受触动的结果是从此对我更加死心塌地，我也无比欣慰——我还从未见过如此憎恨教士之人。

纳拉扬则受我之命继续招兵买马，又有两百沙达尔骑兵前来投奔，还有建制大约五百人的德加戈城之战残部请求我收编。他们之中大部分人只是希望能在乱世中吃上一口热乎饭。塔格洛斯的社会建立在种姓制度之上，而此种制度从未加强其国家的韧性，反而在此时成为阻碍。

我的部队扩张迅速，现在营中已经人满为患，我只得安排纳拉扬扩建军营。我又差尖刀去提拔可靠的人当军官，军中急需军官统兵打仗。

塔格洛斯人永远令我大开眼界，他们当中心地最善良的人也觉得敌人本该受辱，辱尸使人愉悦。他们并不善战好斗，但又天生崇尚暴力和血腥。一个塔格洛斯人并不可怕，可怕的是他们一旦聚到一块儿，杀戮就会变成他们的集体狂欢。

拉蒂莎在加哈马拉·加死后第三天邀请我去宫中开会，会议的内容主要是给各方势力做一个战况的简报。经过这次会议，我越来越确信暗烟就是一个奸诈之徒，他在会上像打了鸡血那般认定我要为加哈马拉·加之死负责，耗费了大量宝贵的时间来指责我。他越来越激动，拉蒂莎的脸色也越来越难看，这是我第一回看到她心中的想法反映到脸上。

她希望一切尽在自己掌控之中，那样她才会放心。

是夜，拉蒂莎趁夜色带着暗烟和一小拨随从经美因河北上，还特地留斯旺等人在堡垒中以掩人耳目。不过这些小伎俩在我的情报网面前都是徒劳。纳拉扬消息无比灵通，早早就把她的行踪汇报给了我。

今日对我来说同样重要，第一批平民主动参军。虽然只有区区三个人，其中两个还是纳拉扬的小兄弟们拉进来的，不过无论如何，这也标志着塔格洛斯的普通人开始逐渐接受了我。

军营中招兵与训练日复一日，我一直力求让他们不要仅仅听从自己的同门弟兄和指挥官，我要求他们做到对整个组织的绝对忠诚。

被解放的奴隶们往往是练兵场上最积极、最认真的身影。他们了无牵挂，暗影长老们早已把这个国家搅得天翻地覆，我有意派他们去征召更多的外国难民前来参军。

纳拉扬和辛迪又来汇报拉蒂莎自以为神不知鬼不觉的行踪，我对他们说："坐下吧，看来也是时候说说你们自己了。"

他们都是聪明人，不过出乎我意料的是，他们并没有我想象得那么紧张，看来他们之前早就预感到了这一天会到来，也早早就做好了准备。我先开了口："你们的真实身份到底是什么？你们又有什么目的？"

纳拉扬深深地吸了一口气，并没有像往常一样直视我的眼睛。

"夫人，吾等乃欺诈徒，是女神基纳的信众。基纳有千万种庄严法相，化身无数，但无论哪种形态，她最终代表的都是死亡。"他又花了好一会儿给我解释了基纳与塔格洛斯以及周边地区的神谱有什么联系，不过这些所谓邪神的故事向来大同小异。纳拉扬和辛迪两人也没能说出个什么所以然来，只是让我感觉到他们是真的很虔诚。

欺诈徒乃是杀人犯的同义词，一个人说自己是欺诈徒，就和他承认自己是个恶贯满盈的杀手无异。

辛迪主动说话了："夫人，纳拉扬是长罗尔帮的伽玛德哈，他是我们教派中的大人物。"这话是该由他来说，毕竟纳拉扬没法开口吹嘘他自己，"他此生已侍奉了一百个灵魂给吾之真神，皆去了极乐之所。"

“一百五十三个。”纳拉扬轻轻地说了一句，显然不像是在虚张声势。

“极乐之所？什么是极乐之所？”

“为神而死的牺牲可以超脱出命运之轮，其魂魄将在极乐之地永生。”

命运之轮起源于古尼神话，传说此轮周转不停，灭而复生，世间万恶了却之时，便是此轮停转之日。可古尼神话中超脱出命运之轮者并不会进入什么极乐之地，而是会以不竭的力量随光之王一道对抗暗影。暗影，光的另一面，劝人向恶。等这世间的善人足够多的时候，这些好人的灵魂便会填满这个宇宙，暗影就会被这股强大的力量彻底打败。

“极乐”一词来源于维纳人的传说，开始是由那些半大小子和脏兮兮的老年流浪汉编造出来自欺欺人用的。据说生前受苦之人都可以进入极乐世界，享受永世不竭的欢乐。最开始的传说中，男人和女人只要符合条件，都可以在死后进入极乐世界。

但是随着时间的推移，传说也起了变化。如今维纳人的极乐大门只对死去的男人开放，他们觉得女人只不过是男人的附庸和生育工具罢了，空有一副躯壳而没有灵魂。话说回来，维纳人的文化在整个塔格洛斯各派各族的文化中是最不轻视女性的了，他们不但有自己的女性神灵，还会传颂女子英雄。维纳人向来服从指挥，他们将我视为他们的女英雄艾斯米拉，为了我鞠躬尽瘁。

我并不了解他们的宗教，但我从不歧视任何教派。我会主动提问、主动学习他们的文化。熟知他们的宗教最终能让我抓住他们的心。

纳拉扬并不承认他所信奉的乃是一尊邪神，他视基纳与其他真神无异。“夫人，史书记载，当神示出现，基纳之嗣将降临人间。神示乃是一封天书，用万年之前的古语写就，史书中记载了几百次基纳子嗣的降临。”

“什么史书？那些书现在又在哪儿呢？”

“有时候人们称之为‘死亡之书’。这些书早就已经失传了，每次基纳子嗣降临，背后都有一段血腥的传说。一说上古之时曾有位君主名曰拉哈达雅克，骁勇善战，领土广袤。他登基之后曾羞辱基纳神。基纳神迁怒于凡间，她亲自骑着高头大马准备踏平拉哈达雅克的城池，不料他也立刻发动圣战，四处屠戮基纳教派的徒众们。此书的保管者纷纷隐居躲藏起来，直到贤者马哈坦纳·但·嘉科出手才用银色的索命带彻底消灭了拉哈达雅克。”

辛迪把头藏在斗篷后面，一直在小声默念着什么：“赞美主呵！求您庇佑呵！”

“那又是怎么一回事？”

“马哈坦纳是世间唯一一位银带侍者，他曾侍奉了一千个灵魂进入极乐。”

辛迪像念经一样缓缓地讲：“凡人第一次用索命带侍奉过后，则可感知基纳神的狂喜，便可知马哈坦纳之伟大。”

纳拉扬一下子眉飞色舞起来，脸上又挂起了那标志性的微笑。“马哈坦纳·但·嘉科不但救我们于水火之中，他还在后来历次的斗争中保住了性命，又活了整整四十个年头。”

他滔滔不绝地为我讲述着基纳教派的前世今生。碎嘴生前最爱研读这些不为人知的历史，我努力地听着，假装自己和碎嘴也有着同样的爱好。纳拉扬坚持说死亡之书并非凭空编造出来的传说，他说它就静静地躺在世间的某个角落，等待着某个时代的伽玛德哈们去发现。“夫人，暗影长老们的力量，就来源于这书中，然而他们学到的，还只是皮毛而已。”

我并未完全理解这种古书的前世今生，但我知道，类似的典籍，世上绝不仅一本而已。

我并没有完全理解他们的教派起源，于是我们索性又谈起那本死亡之书。他给我形容了那些古籍被藏匿在了怎么样的一个地方，越说越像那个出现在我梦中的山洞。他们教派的历史主要靠口口相传，竟然还能在几千年之后延续下来。

基纳教派的历史必然不止这点秘密，他们肯告诉我的，恐怕连皮毛都不算吧。

几周之后，他们终于讲完了整段历史，我现在熟识了基纳教历史上或大或小几百个人物，了解了这尊天神的起源和传说。

每个塔格洛斯人都听过基纳的名号，他们也相信这尊女神并非虚构而是真实存在的，每个塔格洛斯人也都听过扼喉者这个组织。不过他们觉得扼喉者更像一个可怖的帮会堂口，而非什么宗教派别。与前者不同的是，一百个塔格洛斯人里才能找出一个相信扼喉者是真正存在的。

我曾问过纳拉扬怎样看这个问题。他听罢微微地笑了一下。

“夫人，这是我们赖以生存的策略罢了，其实没人真正相信我们存在。您看，您知道我和辛迪是如何费尽千辛万苦掩盖身份的。所以我们俩这种看起来就无比粗鄙之人可以大摇大摆地走进人群里，大喊我们就是可怕的扼喉者，却没人会相信我们。他们并不怕我们，因为他们觉得扼喉者早就死绝了。他们会防备我们，他们觉得我们是一群疯子，幻想着自己是扼喉者，不过是在模仿古时候欺诈徒的跳梁小丑罢了。”

“但是总有人真的相信你们。”譬如拉蒂莎、暗烟老头和其他的王公贵胄们。

“是的，夫人，有人相信，这就够了。”

他是个狡猾的小个子，可能真是个好人缘的古尼蔬菜贩子，是个好古尼人，甚至是个好爸爸、好爷爷。不过等旱季到来，塔格洛斯人会远行到各处去做生意。他和他的同党们恰恰就隐藏在这么一副副面具下，在旅途中屠戮无辜的同胞。也许，纳拉扬正是因为深谙此术才让辛迪那么崇拜他。

看来你在此教派内部的地位，取决于你手上沾满了多少人的鲜血。

纳拉扬必是个大富豪，因为基纳的信徒们会在杀人之后把受害者的财产也据为己有。

他们似乎比其他的教门更加“公正”，在塔格洛斯这种等级森严的社会中，像纳拉扬这种低种姓又顶着异教徒名字的人，靠着自己的天生才智和日复一日的侍奉，成了他们小团体中的伽玛德哈。看来基纳是能够使他改头换面的大恩人。辛迪说他已经是活着的传奇，是未来能够被载入史册的圣人，是扼喉者们争相崇拜的偶像。

“是的，他不需要抱臂人。”辛迪说，“只有黑带侍者才能做到不需要抱臂人就能干净利落地侍奉。”

好一个活着的传奇，这个活着的圣人如今却乖乖地在当我的副手“抱臂人？”有意思，这个抱臂人听起来更像一种专门的职业。

“正是，夫人，每个教派都有自己的一套规矩。刚刚入教的只能当递刀客和碎骨人，他们不曾侍奉。当了黄带侍者便可成为扼喉者的学徒，他们也是最低级的扼喉者，大多没有机会亲自动手，只能给红带侍者当抱臂人，或者当敢死队。你听说的大部分扼喉者都是红带侍者。再上一级就是黑带侍者，他们通常为伽玛德哈和教士，教士负责修史、奉神和裁决。”

“我从未当过教士，上了学的人才能当。”纳拉扬说。

从未当过教士，却曾经为奴，他努力地去侍奉，一路铺满了白骨。

“我曾经在侍奉之时无比激动。”纳拉扬仿佛在讲别人的故事，“但是真神基纳教导我们，切莫因怒或受辱而杀戮，我们只以她之名而侍奉。除非生死存亡之际，我们从不为政治而杀人。”

“有意思，你们的教派有多少人？”

“不可说，不可数，夫人。”纳拉扬不卑不亢，“我们曾在基纳座下起誓，伽玛德哈只识自己手下人的名讳，可以识得其他的伽玛德哈，但不可探听其他兄弟的身份。我们自有辨别自己人的方法，但我们从不聚会。”

辛迪接着说：“光明节是我们最大的集会，教中的每一个派别都会派出一人参加圣墓之中举行的仪式。”

纳拉扬示意他不要插话，自己接着说：“沙达尔人也有一个同名的节日，和我们的圣日没多大区别，所有的队长和教士都要参加。我估计参加的人数不会超过真正教徒数量的二十分之一，总计一两千人，有一半要从外邦赶来。”

听起来还不算可怖，几千个杀人犯齐聚一堂而已。

“纳拉扬，最后一个问题，你为何选择我？你有何企图？”

20

碎嘴被叽叽喳喳的鸟鸣声吵醒，发现自己卧在圣殿的门口，身后的树林雾气弥漫。

搜魂回来了，她座下的那匹黑色骏马发出一声嘶鸣，她回头咒骂了一声，惊飞了林中和她身边的乌鸦。碎嘴迎了过去。

“你去哪儿了？”

“我去拿你的铠甲了。”她轻轻抚着那黑色畜生的面门。

“你去了德加戈城？何必呢？”

“我要了解到底发生了什么事情。”

“我的人怎么样了？”

“比我想象得好很多，还在支撑，旋影还没痊愈。”她的声音可以随心所欲地变换，此时她的声音充满了攻击性，不过说着说着，她的声音听起来像一个人畜无害的小女孩，“说实话，要救出你的弟兄们可不是什么容易的事。”

“狼嚎昨日路过此地。”

她把手中的箱子举起，和眼睛的位置一样高，这样的话他就看不见里面到底装着什么东西。

“他？跟我说说。”

碎嘴很听话，一五一十地讲了事情发生的经过。

“越来越有意思了，你猜长影是怎么把这尊大神从他的破庙里请出来的？”

“我哪里猜得出来。”

“行了，我累了，我不想说话了，碎嘴，扶我进去吧。”

他乖乖地照办了，他现在不想招惹这位姑奶奶。他们一踏进门，满地的乌鸦惊得飞了起来，向南飞走了。

搜魂进了屋休息，碎嘴不敢轻举妄动，自己的小命还捏在她的手里呢。碎嘴向来谨慎，从不会做出类似于虎口拔牙的举动。

一早，碎嘴率先醒来，他盯着熟睡的搜魂，心中盘算着，久久没有行动。

他下床给自己弄了点早饭。

碎嘴还面向灶台，根本没发觉搜魂已经走了过来，突然一道粉色的光芒闪过，青烟弥漫在他的眼前，一个孩童一般大小的怪物凭空出现在他的身后，朝着搜魂行了一个礼。

“大厨，好久没品尝您的手艺了。”

“是啊，是啊，有很久没见了，蛙脸。”碎嘴说。

“没意思，怎么没吓着你。”

“啊，你可吓不着我，我还觉得你长得更像一棵草呢，只有一只眼睛的又不全是恶魔。”

“管好你的嘴，队长大人！我当然不是恶魔，我是小妖。”

“好吧好吧，抱歉，我无意拿你的种族开玩笑，我还以为你现在为化身效力。”

“那个老鬼？你觉得他给得起我什么？”

碎嘴接着说：“你们都去了德加戈城？”他强忍着自己心中的怒火，小妖曾是黑色佣兵团的得力干将，又恰恰在关键的节骨眼上不知所终，“你都知道点什么？”

小妖虽然只有两英尺高，但麻雀虽小五脏俱全，他看起来就像个小几号的成年人。他瞟了搜魂一眼，搜魂微微点了点头，他才敢开口：“长官，莫盖巴比你还难缠，暗影长老的狗腿子们吃尽了苦头。但是他为人太过霸道，你的老伙计们——独眼呀、地精呀可不太喜欢他。不过，不管怎么说，旋影已经出局了，玩完了！现在的情况和你受伤之前已经大不相同了！”

“旋影，出局了？什么意思？”

“他伤得不轻，还好他的亲密老友长影出手及时，救了他的命，但他那一把老骨头被这么折腾一下，一时半会儿是没法施法了。他们这些长老们就是喜欢背后捅战友的刀子。长影现在拼了命地想攻下德加戈城。人家想自立为王呢。”

搜魂开了口，声音却比蚊子的嗡嗡声大不了多少：“他现在要担心他的老朋友狼嚎了，还有我。”

小妖脸上的坏笑一下子消失了。“老大，你一点都不知道保密，所有人都知道你在这儿。”

搜魂骂了一句娘，“早知道我就再小心点了。”

“嘿！别愁眉苦脸的！他们只是知道个大概而已，等他们知道到底在哪儿了，说不定咱们已经把事儿办完了，希望他们还和以前一样热情好客，是不是？是不是？”

记得碎嘴第一次见蛙脸的时候可有一阵子了，那时是独眼把他带进了兵团，除了兵团巫师独眼之外，所有人都一直怀疑蛙脸对兵团有二心，但后来这个小妖一次又一次地证明了自己并非一无是处。

碎嘴歪头问搜魂：“你在计划着些什么？”

“是的，你先站起来。我看看。”她把一只手贴到他的胸口上，“恢复得不错嘛，我自己可时日无多了。”

突然一阵寒意涌上他的心头。他心里一下子明白了她要他做什么，那一定是他不愿意做的事情。“好啊，搜魂，我这下看明白这个蛙脸小妖为什么在这儿了，你信得过他是不是？他是来监视我的，对不对？”

“嘿，大厨！”小妖大声抱怨着，“你真是太伤人了，难道我就一点功劳都没有吗？”

“哦，我可要帮他说说好话。只消我一句话，咱们这位小朋友就要忙坏了。”搜魂的声音听起来就像一个小姑娘，不过她的语气让人不寒而栗。

“团长，我前半辈子过得可真惨，您能赏我点什么吗？”

“你看我现在身上还剩什么？你拿去好了。”

“你只要随便赏我点什么，就可以抚慰我受伤的灵魂。”

搜魂打断了两人，“你们俩都闭上嘴吧。碎嘴，你先冷静一下，准备好给我手术。我和蛙脸会把一切东西都准备妥当的。”

她裸着身子，脚离地面足足有四寸，她飘了出来，脖子上空空如也。碎嘴倚在一张木桌旁，打量着这副如蜡像一般完美无瑕的胴体。在他看来，只有她姐姐的身体才能与其媲美。

他轻轻地拍着墙壁上雕刻着的石兽，斜眼看着小妖。小妖冲着他挤了挤眼睛。“大官儿，给咱露一手吧。”蛙脸的玩笑并没有抚平他心里的紧张。

他低头看了看自己的双手，还是和以前一样有力，就是这双手曾经在各种险恶的战场上做成了无数的手术。

小妖早早就把草药和工具都准备妥当了，碎嘴走过去仔仔细细地看了一遍，叮嘱他务必要服从指令。“我让你干什么，你就干，我不让你做什么，你什么都不要碰，听明白了没有？”

“遵命，大人，我乐意效劳，但您得先告诉我要干吗。”

“我首先要小心地沿着疤开刀，你要替我止血。”其实他心里也不清楚会不会流血，毕竟谁也没给一个已经死了十五年的人动过手术。他甚至都不相信手术会成功，按常理来讲，这是件不可能完成的任务。但是搜魂现在还没死，这难道就合乎常理吗？

她到底有什么目的？他要在她的计划中扮演什么样的角色？她自己又要亲自去干些什么？他都不知道。碎嘴思前想后。不过他现在要专心手术，要小心翼翼地把脑袋和脖子里的每根血管和神经都接好。

不可能的，死人怎能复活。

他拿起了刀子。一拿起刀子，他就会全身心地投入到这台手术上，他不知道手术失败的后果是什么，他把一切考量都抛到了脑后。

21

长影看着太阳慢慢沉没在地平线之下，他大吼着朝门外发号施令，门口的下属毕恭毕敬地回复："遵命，大人。"太阳落山之时，他便龟缩在自己的水晶寝宫之中，目送又一个白天的离去，迎接黑夜的到来。

"现在是敌人的时间了。"现在是夏日，长影喜欢夏日，昼长夜短。

他现在并不像以前那般恐惧、那般迷茫了。他的这双手仿佛能够运筹帷幄，决胜千里。旋影的大军被拖在德加戈城，她本人也生死未卜；狼嚎为我所用，正在来的路上。多洛特娅·森扎克自以为神机妙算，其实那娘们早就成了我的刀子。

瞭望塔堡垒的城墙上每七尺就摆着一块水晶，水晶中镶嵌着一面大镜子。塔楼中火把熊熊燃烧，镜子反射出的光芒则更加热烈。暗影，无处藏身。

他的心魔不再那么可怕了，他知道自己还有更伟大的事业，他看着屋中央的法球，盘算着、琢磨着，他要步步为营。

那球周围四尺，球身上有若干肉眼可见的入口，光芒直射在球上，便会顺着入口直达内里。他的手就这么伸进了球的内里，仿佛插在浮冰里那般容易，内里的光就像毒蛇一样，纠缠不开。

过了一会儿，那入口大开，黑暗慢慢涌入，驱散了光芒。黑暗厌恶光明，正如暗影长老们厌恶黑暗。

长影念起咒语，那被驱赶出来的光芒霎时泛起涟漪，慢慢爬到了他的胳膊上。那球开始嗡嗡作响，仿佛有个虚弱的男声在诉说着什么，长影听罢，便将这黑暗驱走，又重复了一遍同样的仪式，召唤下一个黑暗降临。

如此反复四次，他开口说道："传信给塔格洛斯人：斯人当立。"

等最后一缕黑暗消逝的时候，长影走到窗边，望着远处的平原。

远处并无活物，只有如墨色般的黑点正缓缓汇聚成一股，朝这边涌过来。

“乌鸦！该死的乌鸦。”

这是晚上，乌鸦从不在晚上集会。

从此，瞭望塔的上空永远有鸦群盘旋。

“她！都是她！”长影孩子气地诅咒着这些黑色的精灵们。

他并不感到恐惧，现在只有满腔的怒火，他走向法球，可窗外的乌鸦似乎发出了叽叽喳喳的嘲笑声。

他转身回到了窗边，手指间发出了“噼啪”的电流声。这些畜生的死期已到，她别想再监视他！

他大手一挥，成百上千只乌鸦化成了一缕黑烟，天空中下了一场血肉和肠肚的雨。

不对，它们难道故意引诱他出手？

不好！那法球！

他连忙转身，不料此时，黑暗已经完全腐蚀了那球的内里。

“不！”

他先伸手去抓，却被自己的腿绊倒在了地上，那黑暗早就溜走了。

那团黑暗穿过他的寝宫，穿过长廊，又穿过城墙，消失得无影无踪。

那是暗影，已经在他的堡垒中徘徊。

不知道从哪儿传出来一声惨叫，暗影徘徊。

长影绝望地瘫在地上，暗影徘徊。

外面，乌鸦叽叽喳喳地笑着。

“你们的死期已到，滚去告诉你们的主子，你们失手了——老子还没死。”

22

被监视之人永远感觉自己能瞒天过海。

一声尖利的悲号划破天空，不见其人，先闻其声。过了一会儿，只见那叫狼嚎的小个子坐在轿子上，一脸怒色地训斥着轿夫。轿夫们赶忙一路小跑起来，直接进到暗影长老旋影的大帐。那双眼睛早已溜之大吉了。

狼嚎开门见山，问了前因后果，了解了当前形势。时间掌握得恰到好处。

等长影的狗腿子们跟在狼嚎的屁股后面匆匆赶来时，狼嚎早就不知道已经走了多长时间了，他来过的唯一证据就是旋影的身体状况大大好转。旋影把这一消息严密封锁了起来。

23

风向随着季节改变，现在开始刮起东北风了，吹来了河对岸的烟。“纳拉扬，我们能否没收他们的木材？”

他们花了整整一天自己往火坑里面跳！

“夫人，恕我直言，恐怕不妥。如此行径容易招来反叛，您在群众中的根基尚不稳固。”

他的话不中听，不过也是大实话。“想个法子吧，也不能太迁就他们。”我现在的一举一动都要把他们本地的风俗考虑在内。

当然这些习俗之中肯定也包括纳拉扬的。我并未亲口问过他，不过我深知他如此虔诚，肯定想迎接杀戮之年。除此之外，他还想迎接基纳的降临，想要成为欺诈徒之中的圣人。据说成了圣人就能永生不死，超脱于轮回之外。

“那还要从长计议，夫人，咱们可以先放眼当下。今日有何安排？”

“你觉不觉得现在佣兵团的人数有点像雪球越滚越大？”

“滚雪球？夫人？”

我不该拿雪球打比方，我以前不知道塔格洛斯从不下雪，也不知道他们对“雪”这个词毫无概念。不过我预计这周之内，或者说不超过十天，参军人数就将大大超出预期。

“可是现在咱们腹背受敌，前有拉蒂莎，后有……”

他已经认定了那女人是自己的敌人了。

“你知道何为同仇敌忾的力量吗？”

纳拉扬是个聪明人，这所谓的同仇敌忾让我军中欺诈徒的数量激增。

纳拉扬这回听懂了，他也明白我暗指现在军营中潜伏的欺诈徒们。“夫人不必担心，军中并没有太多我的同教派弟兄们，我们的同门皆是良善之人。”

“要保证他们同别人一样令行禁止。”可能一个两个欺诈徒待在一起的时候都是良善之人，可一百个聚在一起呢？两千个呢？现在我的麾下有整整两千个欺诈徒，暂时看似还守规矩。

“我们谨遵您的军令。”

“只要服从，你和你的朋友们都不必担心性命之虞。”

但是我深知星星之火，可以燎原的道理，目前黑色佣兵团的名头还能镇得住这些人，可我们现在恶名在外。碎嘴幸好已经看不到这一切了，若是现在的境况被他知道了，心中肯定不好过。

“对你的人来说，现在你们还是星火，不过万一你们这些点点星火变成了火烧连营该怎么办呢？”

纳拉扬并未接话，他心中恐怕也想不出什么建议来。

我接着说："现在贵教搞得全军都人心惶惶，我们要编造出一条消息，既能消除别人对你们的成见，又能鼓舞士气。"

"夫人，我们要联系所有的伽玛哈德。"

"好啊，纳拉扬，你把所有的队长和刺客头子都招来。你肯定能保证他们都能跪倒在你脚下吧，毕竟你是未来的大圣人。"我的语气里带着狠狠的讽刺，"我的营中不需要几千个刺客，你的朋友们要留在原处发挥用处。敌营有何情报？"

"暗影长老们已经忌惮您的实力了，至少吾国境内的暗影士兵们会怕您，他们向来吃一堑长一智。"

没错，我军现在已然名声大噪，出于对暗影长老的恐惧，有无数在德加戈城之前没有机会来参军的人纷纷应征入伍。他们中有在战争中获得了自由身的奴隶，也有戈加城的平民们，这些人的加入让我现在兵强马壮，急需一场大胜打出威风。

不过在塔格洛斯各大教派的庙堂之中也有些许关于我的传言，那些人对我又怕又敬，他们想来应征入伍，但是又生怕背上个叛教的骂名。

"我们在城中可有朋友？"

"据我所知不多，不过辛迪可能认识不少人。"

"你以前说拉姆就是城里人？"

"没错，他也有一点自己的关系。"

"我们必须要赶在拉蒂莎和暗烟之前争取到更多的盟友。"我说"我们"的时候，自认指的是"我"和"我自己"，纳拉扬也心知肚明。

"不过此时动手又谈何容易，您手下现在有几千号人。接下来还有几千号人等着来投奔您，您万万不能就这样一走了之。"

我笑道："不如咱们分头行动？你带一半人固守，我带一半人进城，如何？”

他的反应几乎是下意识的，不过恰恰在我预料之中，他想时刻让我出现在他的视线之中。

“不过尖刀也可以作为指挥留守，他经验丰富又声望颇高。”

“夫人，高！实在是高明！”

有时我分不清楚我俩到底是谁在利用谁。

“你觉得辛迪如何？”

“他是个强者中的强者，让他留守有点大材小用了。”

“好吧，若派尖刀留守，则必须让他知晓辛迪和汝教的事情。”

“夫人？”

“若你要掌管一支军队，你就必须要搞清楚个中的底细，现在军队中，各教派的教士们无疑力量最大，还善于笼络人心。”

“高明！夫人，您说得对，尖刀不敬神，他不了解各教派的事情。”

这个小个子真是老奸巨猾，我有一种预感，我和他之间必将有一场恶战。

“汝教的教众们，能否乖乖隐藏身份？”

“夫人！”他的声音提高了八度，仿佛我刚才的话冒犯了他。

“现在咱们在各个地方都安插了耳目，你看有什么办法能打入教士们的内部？”

“恐怕很难，夫人，他们各教派内部就如同铁板一块。我们在塔格洛斯人中也很少有得力的朋友。”

我无比怀念以前的时光，那阵子我法力高强，能随意招来一百只魔鬼听我差遣，也能与万物对话，还有移行之术，能随意穿行于世界的各个角落。

我曾告诉过纳拉扬，在很多年很多年以前，我曾建立过诸多强大的国家，但往事已经随风凋零，我如今法力尽废，就像武艺高强的剑客突然被人收走了自己的宝剑一样。

但我感觉得到我体内的力量在慢慢苏醒，我的利剑终究会回归于我，但是这过程对于我来说太过缓慢了。

“传尖刀来见我。”

我带着他到要塞东边的河岸边上去散步，我走得比他慢，不过他毫不抱怨，在前面乖乖地等着我。我们绕到要塞后面，看见了斯旺经常来垂钓的那个水坑。“看起来斯旺是再也不会过来了。”

尖刀向来对我言听计从，我望着那高耸庄严的要塞，他曾随斯旺和马瑟一起统御整个塔格洛斯的军事力量，现在却被我呼来唤去。我曾怀疑过他内心会有不满。我不知道他有过怎样的一段心路历程，他只是个寻常人，并非像我一样生来就能呼风唤雨，他如今的一身好本领都是自己慢慢学到的，这是多么苦痛的一个过程！我仿佛能从他粗犷的外表下看见他那坚毅的灵魂。

若是我没有看走眼的话，他这种人才是真心志向高远的人，他这种人才配称作胸怀家国。

他这种人很容易被人利用，比斯旺容易。斯旺就像个出世的高僧，自己心里的想法多得很，让人捉摸不透。

“尖刀，我有意提拔你，你对此有何看法？”我告诉他。

“有何看法？夫人，悉听遵命。”

“我将提拔你为戈加城驻守军的司令。我则作为整个军队的统帅，尽快北上，另有要务。”

“您要去北边？”尖刀说话向来直来直去，“夫人，我要早知道是这样，那还不如留在塔格洛斯人身边，日子还比现在舒服得多。”

“你并没看透你的任务有多么重大。”

“请夫人明示。”

“你任务艰巨，要得人心、得军心，尤其是要把那些能招兵买马的教士们看好。你需要尽快提拔得力的副手，但是我这儿并无可用之人。”

“那只有我一人？”

“也许纳拉扬和辛迪会给你很多有用的建议吧。你是否熟悉这两人？”

“并不，夫人。他们都活在面具之下，与我不是一路人。”

“你说得对，他们有两副面孔。”

果然，他们的伪装骗不过聪明人。我犹豫了一会儿，小心地组织着语言：“你可曾听说过欺诈徒？又叫扼喉者？”

“杀人犯组成的邪教，也是传奇，还没有哪个组织能让拉蒂莎和教士们如此忌惮。不过，他们早就不存在世上了，只是传说，不是吗？”

“并不尽然，有些可能就在你的身边。”

他笑了，我看不出来他脑子里闪过了什么念头，显然他也有一副精致的面具。

若是寻常人听到这种话，怕是早就吓得魂飞魄散了。

“夫人，小人定当不负您的重托，您大可放心北进。”

他一副信誓旦旦的样子。

我俩一同漫步在河边。

“尖刀，你又何必来追随我呢？”

他嘴角抽动了一下，但很快就恢复了正常。“欲除恶罢了。”

“你又为何不信神？为何如此憎恨那些教士？”

他的回答干脆利落，但同时也让人似懂非懂：“欲除恶，必先除传恶之人。”

确实，多少淫邪之事背负着宗教的外衣在世间横行，那些作奸犯科的伪君子甚至不晓得自己恶贯满盈。我不知道尖刀在到了要评判自己的时候，还能否做到如此客观。若他今天说的一切是哄我开心的把戏，那么等待他的将是我的利刃。

就在前两天与他再次重逢的时候，我并没觉得他和斯旺有什么两样，我反而觉得他会同自己的弟兄们一道弃我而去。恐怕他早就盘算着要来向我投诚，只不过他那几天表现得像个普通的傻大兵一样，一点都看不出来他还会有这么一手。

这倒是把我给搞糊涂了，他到底是不谙世事，还是老谋深算呢？

“您要见威洛和科尔迪他们吗？您觉得我有必要跟他们见一面吗？”

“你怎么看。”

“视情况而定，若是您想与他们对话，只消吩咐一句，我能把斯旺带到任何地方。”

“我恐怕没有什么兴趣。”

“明白了，那把他们的事留给我来解决就行了，您大可放心地去北边处理您手上的要紧事。”

第一缕晨曦刚刚照耀到大地上，我就已经骑上了高头大马。纳拉扬和拉姆护卫在我左右，身边是整整两个兵团的人马。我们要去找暗影长老的狗腿子们，我们渴求胜利。

24

暗烟不紧不慢地念着诀，拉蒂莎焦急地等着他施完防窃听咒，她的哥哥则半躺在椅子里，表面上一副置身事外又漫不经心的样子。不料，等老巫的施法一完毕，却是王子殿下先开了口：“又有坏休息了吗？”

“坏消息？我说不准，但起码不是什么好消息。据说德加戈城现在成了一片废墟，但是谋士们说暗影长老们也伤了元气，一年之内都无力再发起攻势了。你心心念念的那个女人没死。就是这些。”

王子笑了：“那你说这到底是坏消息还是好消息呢？”

“不好说，看你怎么去解读了，但我感觉暗烟可能说得没错。”

“他说了什么？”

“暗烟觉得起码不赖。她同意履行合约，还要求我提供了更多的人手和物资，她坚持要去与暗影长老的军队作战。”

“她当真要履行合约？”

“没有半分的虚假，果然历史上黑色佣兵团守信的盛名并非空穴来风。”

普拉布林德拉·德哈放声大笑起来：“不简单不简单，单凭她一个女流之辈？”

暗烟嘴里含糊不清地在说着什么，好像是在自言自语。

拉蒂莎没有管他。“她现在麾下已经有两千人马，王兄，她现在的威胁不容小视。”

暗烟又开始发出吱吱呜呜的声音，似乎是努力想说些什么，过了好一会儿，其他人才听懂他那日渐不灵光的嘴里到底吐出了什么话。

“是的，她杀了加哈马拉·加，加哈马拉·加碍了她的事，他就人间蒸发了。”

王子挺了挺身子，深呼吸了一口。“这点她倒是做得很对，教士不可信任。”

暗烟又开始嘀嘀咕咕的了，努力地想要插话。

“尖刀现在成了她的副手。暗烟，你到底想说什么，给我一次说完！”

“小人认为，斯旺等人虽然还留在宫中，但也必忠于他们。小人想知道殿下您对这个女人到底有何看法？”

普拉布林德拉·德哈王子又笑了起来："肯定的，她可是个标致的尤物，他们现在在哪儿？"

"据说，他们已经走了，目的不明。她现在自封为团长，我们在她那儿的耳目会让我们随时掌握她的动向。"

"有何动向？"

"我们怀疑她与扼喉者达成了协议。"

"扼喉者？"

"基纳的信徒们，暗烟一直跟你说的那帮人。"

"他们啊。"

"她第一次来见我的时候带了两个人，那两人中的一个显然就是个扼喉者。"

暗烟终于说了句大家都能听懂的话："她自己都穿着扼喉者的制服，我怀疑她亲自动手杀了加哈马拉·加，按照邪教的礼法把他开膛破肚又大卸八块了，她把他献祭给了邪神。"

"等一下，"王子打断了他，仍朝拉萨蒂说，"你是说她现在是邪教头子了？还是她仅仅是与他们合作。"

"我们也不清楚，我们在邪教内部没有眼线。"

暗烟哑口无言，拉蒂莎总跟他唱反调。他又忍不住插了嘴："殿下，小人亲眼看见她自己就带着邪教徒的索命带，又有确切情报说她在与暗影者作战时自己就扮成基纳的模样。"

拉蒂莎见哥哥一头雾水，只好亲自解释暗烟如天书一般的语言。

王子似懂非懂地点了点头："所以我们要做好最坏的打算了？"

"即便她只是身边有几个扼喉者朋友也相当危险，王兄。他会教她邪术，他们连死都不怕。这些人做事不计后果，我们还对他们一无所知，他们表面看起来与平民无异，咱们根本没有法子分辨。"

“杀戮之年，”暗烟轻轻说着，“要降临了。”

“我们不要太过紧张，我的好妹妹。你去和她谈谈，看看她到底有何目的？”

“履行合约，重建黑色佣兵团。”

“听起来没那么大的威胁。起码眼前没有威胁，对不对？为何不让她先履行了合约呢？”

“我们必须选择杀了她！”暗烟一下子激动起来，“现在不除，必是后患。”

“咱们有点反应过头了，是不是？我的好妹妹？”

“我也说不好……”

“那你现在的反应又如何解释呢？”

“你看来并不了解她，也和她没有什么接触。我俩一直有联系，可以说是知己知彼，她比你想象中可怕得多。”

“暗影长老那边呢？咱们怎么办？”

“我们还有一年喘息的时间。”

“你觉得我们要自己训练出一支军队吗？”

“我说不好，我们与佣兵团的合约无异于与虎谋皮，斯旺他们几个恐怕早已觉得咱们是背信弃义之人了。”

“我们要步步小心。”王子严肃地说，“但是眼前，我并没看出她哪里威胁到咱们了，若她想打暗影长老，那就随她去吧！”

“杀戮之年，杀戮之年……”暗烟仿佛着了魔，嘴里一直重复这个词，时不时还夹杂着几句粗话。他好像一下子精神崩溃了一样，兄妹俩只好让他先退下了。

这对兄妹之间看似貌合神离，其实感情无比和睦，两人私底下的对话就跟说笑话一样，很是有趣。

“他怎么了？他是不是疯了？看来他好像有点没有脑子。”

“他本来就不太正常，哪里来的脑子。”

“不不不，他怎么被所谓的扼喉者吓成这样？暗影长老来袭的时候他都能淡定自若。”

“他们吓到我了。”

王子哼了一声，道：“我的好妹妹，三大教派能为我们所用，不必惊慌。”

拉蒂莎嗤之以鼻。她深知这股力量简直不值一提，加马拉·加的死就是证明。

25

八条汉子坐在一栋早就没了房顶的四层小楼里，他们都坐在顶楼，围着篝火，屋外便是塔格洛斯最差的贫民窟之一，此屋的主人恐怕早已遭遇不测。

这几个人刚刚到这儿没几天，他们长得不大像本地人，更像河边来的。在河边聚居的塔格洛斯人与他们城里的同胞长得不太一样，不过这个地方就像一个大杂烩，素来三教九流混杂，所以突然多出来几个生面孔也没人在意。

他们总有一天要为自己的大意而后悔。

现在正是夏季多雨之时，河水暴涨。虽然整天都是些淅淅沥沥的小雨，但也已足以给这夏日平添些许凉意，塔格洛斯人在前几天还为这凉意而感到惬意，可日复一日的阴云终究会影响好心情。

八个人中的七个人坐在那儿，盯着炉火发呆，剩下的一个人不时往里面添柴。火越烧越旺，烧得冒出了黑烟。他们很有耐心，每天晚上都要如此坐上整整两小时。

忽然一道光闪过，还冒出了缕缕青烟。他们依旧坐在那儿，一动都没有动。被炉火映在墙上的影子突然舞动起来，可这八个人实际上一个都没有动。添柴的那个人又把火烧得更旺了一些，他把一根手指放在自己的嘴唇上，似乎在等待着什么。墙上的影子遽尔都聚到了他的身边，暗影徘徊。

暗影在那人的耳边轻轻地诉说着什么。“我们明白了。”他说的并不是塔格洛斯语，塔格洛斯方圆几百里之内都没人说这种语言。

暗影散去。

好像在火焰完全熄灭之前，这些汉子一动也不能动，看来此时突如其来的雨帮了他们大忙，本来还在熊熊燃烧的炉火一下子就熄灭了。

领头的那人简单地给其他人交代了几句，每个人都点了点头，他们都知道自己的任务是什么了。转眼之间，他们几个人就四散离开，消失在塔格洛斯贫民窟的人群里。

暗烟也被这雨浇成了落汤鸡，他嘴里默默骂着娘，他的心情和这天气一般糟糕，没人相信他，那对自大的兄妹正在自掘坟墓。

他们给塔格洛斯也挖了一座坟，让整个国家给他们陪葬。

他必须让自己尽快清醒起来。还有补救的法子，他要赶快想出方法，他现在是唯一的救世主。

一只蝙蝠扑棱着翅膀从他头顶上飞过。

“一只蝙蝠？在这种鬼天气里还有蝙蝠在飞？”

他一下子想起来，在战争开始之前，城中到处都是蝙蝠，那个随佣兵团一道而来的巫师曾建议立刻消灭它们。

他突然停下了脚步，细细思考着，心中打起了鼓。不好！蝙蝠通常不会在这么坏的天气里出现。这必定是个噩兆。

一分钟之后，又一只蝙蝠飞过。他脑子一片空白，什么也不想，索性转身就跑。

转眼间，三个人拦住了他的去路。

他轻蔑地笑了一下。

后面、左边、右边……他被包围了。领头的人操着不熟练的塔格洛斯语："有人要见你，跟我们来。"

他别无选择。

暗烟的人生和人格一直处在矛盾交织中。一开始他确实被吓到了，可是转眼就不再害怕了。他乖乖地跟着那几个人穿过大街和小巷，确实，如果他愿意的话，只消一个咒语他便可以轻易脱身。

但是他心里有预感，真相就在前方。

他依旧装作一个胆小懦弱的老头子，乖乖地走着。

他们把他带到了城中最破旧的街区，走进了一座看起来马上就要倒塌的屋子。他们看起来似乎比这个已经当了俘虏的老巫更加害怕，领头的走上前去敲门。

门开了，他被带了进去，里面等他的人说着一口还算不错的塔格洛斯话。

"你就是暗烟？火之元帅？还有什么什么的？你头衔太多了。"

他们知道暗烟的真实身份。

"我是，你们是何方神圣？"

"我并无姓名，不过我是八侍僧的头领。无所谓，我是这儿唯一一个会说你们话的。"

"那请问你们找我有何贵干？"冷静、冷静，不能让他们看出来我有多害怕。

“因为我们和您都有一个共同的目标，我们都认为一个可怖的恶魔即将重生，它将会吞噬人间，杀戮之年即将降临。”

暗烟一下子就知道他们是谁了。他估计得果然没错，虽然他一直苦苦地隐姓埋名，但是显然暗影长老们对他的真实身份了若指掌。

他努力地保持着镇定，面若平湖，其实心中仿佛有惊雷炸开一般波澜起伏。他多年来的努力终于成了泡影，这一天终于来了。

斯旺可能是对的，他就像一个懦夫，没错，他现在就是一个懦夫。他……知道自己其实胆小如鼠，但他此刻必须隐藏恐惧，上天已经抛弃了他，他只能自救。

斯旺早就把他看透了，他就像一只用两条腿站立又长了一副人样的动物。威洛·斯旺，谁也骗不了他。

“杀戮之年？”暗烟索性开始装疯卖傻，“那是什么东西？”

“我们有大把时间陪您耗下去。”无名氏不怀好意地笑了，“你知道基纳已经苏醒，她已经呼出了新生的第一口气。过不了多久，那女人——她复活的圣器，就会知道自己的使命何在。”

“你以为我真的蠢吗？”暗烟的声音突然高了八度，“你们以为单靠吓唬小孩子的把戏就能让我改换门庭？你们觉得我暗烟的忠心是纸糊的吗？”

“不，我们没人想震慑您，”这次换了一个褐色皮肤的小个子跟他说话。他的头领说对了一半，自己并非这八人中唯一一个会说塔格洛斯语的，显然眼前这人也会说，只不过说得实在不好。“让您改换门庭也并非我们的本意，您还不够格，你在派我来的人眼中只不过是卑微的耗子和蝼蚁罢了。但是他现在面临着更大的恐惧，那女人让我们都意识到了杀戮之年并非传说，而是真真实实会降临到我们每个人头顶上的灾难。

她现在已经感受到了基纳邪神的召唤，她的每一次呼吸都是唤醒基纳的咒语，若我们联手，我们就能在末日到来之前阻止她。若是末日真的降临，什么精兵强将在她面前都像是手无寸铁的黄口小儿，过不了几招就会被屠戮殆尽。派我来的人单凭自己的力量没法去接近那个女人，她自己栖身于基纳徒子徒孙的簇拥之中，咱们每耽搁一秒，她的法力就会增强一分。派我来的人不能离开自己的堡垒，他要坐镇暗影之关，以免咱们被黑暗的势力抄了后路。他现在只能寻求你的帮助了，他请求与你结盟，他会满足你的一切要求，给你应有的荣耀和地位。”

先给一个大棒，再给个甜枣，正是所谓话中藏刀，若是他还是拒绝的话，可能无法活着走出这破屋了。他在脑子里盘算着面前人说的话，情况比他想象的糟糕得多。这个地方被施了咒术，没法轻易地作法，他现在也没时间去破解这个咒法了，老巫暗烟只想尽快脱身。

“你的主子是哪位长老？”他当然已经知道了到底是哪位长老派人来找他的，毕竟，只有一位暗影长老。

眼前这个褐色皮肤的小个子终于舒展开来眉头。“长影大人，当然，他还有别的名字。”

长影，暗影之关的主人。他是目前已知的四位长老中领地离塔格洛斯城最远的，不过听说他现在疯了，并没有参与对塔格洛斯的进攻。

面前的异邦人接着说话：“派我过来的大人跟你们的战争没有半点关系，他从一开始就没想和自己的同门一道进攻你们的城池。长影大人不能亲自赶来，他自己正在处理更要紧、更危险的威胁。”

“我听说，有一些和你们一样的暗影者遭遇了几次大败。”

“确实，你消息很灵通。就在河边，在你们领土的南边，我们的部队遭到了攻击。巫师，你不妨猜一猜是谁攻击的我们？”

“女人？”

“对，就是那女人，基纳的化身，派我来的人对这个女人恨之入骨。她所到之处血流成河，没有什么力量可以与她抗衡。她现在四处横行，我的主人对此无能为力。他曾直言自己深深地畏惧那女人的力量，他需要盟友，只要您肯与他结盟，他愿意付出任何代价。末日的种子现在已经深深地植根于塔格洛斯的大地之下，只有我们携手并肩，才能把它们连根拔起，拯救你的国家。”

“没错，我们现在都被卷入了战争之中，但是你们要知道，是你们，而非我们是这场战争的始作俑者。”

“我已经说过了，我们的长老和你们一样无意挑起战争。他能让塔格洛斯人和暗影联手起来对付共同的敌人！他有毁天灭地的实力却选择按兵不动，反而是他的同门联手起来大举地进攻。不过现在他们三人非死即伤，月影和风影已经死了，旋影还在苟延残喘，他手下虽然指挥着大批的人马，但是他自己也已经身受重伤。你们的长老，有实力也应该去促成和平，我们可以联手结束这疯狂的战争，而且我们也不是在空手套白狼，我们可以拿东西来换取您与我们的合作。”

“你们现在还能用什么来换取我的支持？”

“辉石，你们自然知道，卡塔瓦。您并不是一个大字不识的农民，我知道您饱读诗书，尤其是史书古籍。那想必您一定听说过沙达尔人中的卡哈迪派不过是基纳信仰在台面上的遮羞布罢了，这么多年来，卡哈迪派的教士一直拒绝承认他们背后黑暗的秘密。您知道卡塔瓦在古语里是‘卡哈迪圣座’的意思，也很有可能就是掩埋着卡哈迪圣地古迹的地方，派我来的人和您一样对历史特别感兴趣，他认为卡塔瓦的传说不过是幌子罢了，它的黄土下面隐藏的是基纳教派的真实历史。”

暗烟又惊又惧，他努力地压制着自己内心的情感，强行在脸上挤出了一个笑容。“你们果然给我献上了一份丰盛的宴席，我可能还需要消化一下。”

“别急啊，这还只是一道开胃菜。派我来的人现在已经走投无路了，他是真心想交朋友，他需要一位在这里能量巨大的朋友，能够在那些末日的种子开花之前就把他们揪出来。他生怕您不信，好生交代我要跟您解释清楚他的诚意。他对您一直敞开心扉，无论您想知道什么，都尽管来问我，他要的也只是以诚心换诚心。若是您觉得城里不安全，他还会派出自己最得力的手下当您的保镖，日日夜夜地保证您的安全。”

“我可能，需要消化一下。”暗烟又重复了一遍刚才说过的话，他想再等一等，对方的好人戏码已经唱完了，是不是还会有人出来演恶棍？

“我希望您能满意，我们的这道前菜已经能让您把这世界搅得天翻地覆了，后面还有源源不断的大餐奉上。我们不希望今天您回去了就人间蒸发，请您回去仔细地想一想，尽快给我们答复。”

“我如何联系你们？”

这个褐色皮肤的无名氏微笑了一下：“我们联系您。您走之后，我们也不会再回到这个地方了。不过请您别想着逃跑，除非您想当烈士。您逃不出我们的手掌心。等我们要找您的时候，我们会派蝙蝠去找您，别躲起来，好好地回家和上朝，我们可不想为了找您再耽误时间。”

“好吧，好吧，我保证会答复。”他终于松了一口气，转身向门口走去，他现在还不知道自己到底身在哪条街、哪间房。不过，他推门出去，没有尾巴跟着他。

他确实有大量的信息需要消化，看来当年那个黑色佣兵团里的随军巫师那么着急地叫他们捕杀蝙蝠并非发神经，它们是暗影长老们的耳目。他今天也终于知道了，除了蝙蝠，暗影长老还有数不清的内应潜伏在城内。

见暗烟出了门，那个褐色皮肤的小个子用结结巴巴的塔格洛斯语问自己的头领：“你觉得他会上钩吗？”

无名氏笑了。“他一定会回来的，咱们开出的条件他无法拒绝。我们知道他在怕什么，也知道他想要什么，还知道他有野心。我们现在给了他一个机会，他可以利用这个绝佳的机会去扫清自己的仇敌，这个机会还能让他成为全国的大英雄，为整个国家带来和平，也让他能够与更强大的势力搭上线。若我是他，我也会心动。”

无名氏笑了，小个子笑了，屋里的八个人都笑了起来，他们边笑边收拾着自己的行囊。他们知道，若是这老巫真的油盐不进，就会跟自己的主子汇报这一次对话，塔格洛斯的卫队可能已经在赶来的路上了。

他希望暗烟不要被愚忠蒙蔽了双眼，他的主人——暗影长老长影，不是喜欢浪费时间的人，若是这事拖得太久，惹了他不高兴，他们全都要吃不了兜着走。

26

拉蒂莎的人比我们早出发一天，一路上纳拉扬努力提高了行军速度，但足足一千人马的行动自然比不上小股的部队，我们光是把部队集结起来就花费了不少的时间。到达城下的时候，拉蒂莎已经进城两小时了。

我策马昂首，一派凯旋的派头，径直穿过城外的工事和营房。这些设施还是几个月前佣兵团按照合约训练当地军队的时候留下来的，不过当时的新兵营已经成了难民营。营房里足足挤了三四千人，他们都想加入我的麾下，其中大多是在战场上被丢下的伤兵和无家可归之人，也有一些是被我的胜利所感召自愿来参军的。现在军营中已经人满为患，前来应征入伍的人还在不断地增加，似乎马上就能突破四千大关。

“纳拉扬，看好这些人，看看多少能为我所用。”我一安顿下来，就布置纳拉扬去清点这些新加入的人马，“把他们同族和同教门的人通通分开，不要让他们结党抱团，以免生出什么事端。”话虽这么说，不过单凭纳拉扬能不能治住这帮人，我还不知道。

“您到达的消息已经传开了，不一会儿全城人都会知晓。”

“无须避讳，我已经考虑过了，咱们一路上招募的不是难民就是残兵，他们在城中的亲人们都不知道他们这些没有回家的同胞是死是活。”塔格洛斯的国民有权知晓真相，他们的亲人或朋友在参军之后好多都音信全无，我无须戒备他们，我要借此机会赢得他们的好感。

“您不怕有变？”纳拉扬现在对我越来越直言不讳了，他现在自认为是我的左膀右臂和铁杆盟友。

“放出话去，还有大批塔格洛斯人，他们的同胞被敌人围困在德加戈城，而我能把他们解救出来。”

纳拉扬一脸狐疑地看着我。“不可能了，夫人，他们早就战死了。即使那些没死的，也早晚会死在暗影长老们的刀下。”

“我当然知道，但是世人不知情。我们要尽快整编我们的人马，清点好我们的武器。一定会有人来问咱们到底是什么来头，只要他有心，咱们就有意，把那些有一点想法的人大胆地拉入咱们麾下。我以前听尖刀说过，普通的塔格洛斯人对教士们恨之入骨，他们觉得教士们的手上沾满了自己丈夫、儿子和兄弟的鲜血。那些教士定会来搅局，我们要利用好他们各教派之间的隔阂，若是有古尼人教士前来发难，就把他扔到沙达尔人或维纳族的帐篷里去。当然，要提醒他们，帐篷里住的不是好糊弄的山野村夫，他们个个都是杀人如麻的职业军人。”

纳拉扬脸上泛起了标志性的笑容。“您果然考虑周全。”

“你觉得还有什么需要做的就大胆去做吧，我们要抢在所有人之前掌控住局面。”

纳拉扬善于管理小团体，但是我不知道他是否是一个能统领几千上万人的将领。他以前似乎曾经指挥过小股的部队，但是如今我麾下的是一支编制齐整的大部队，我要看看他是否有更大的能耐。

一想到这儿，我就想起了我的亡夫碎嘴。碎嘴和他不一样，他并不是一个高高在上的偶像，他是一个靠实干起家的将领，他的每一步晋升都伴随着几次至关重要的胜利。碎嘴并不工于心计，他只是精力充沛，无论大事小情都必亲自过问。他一直是个合格的指挥官，可在德加戈城的战场上，他的天真要了他的命。

他的脑子跟不上他的行动。

算了，我到底还是个女子，他已经走了。

我心里不愿意想他，一想到他我的心就开始不好受。

我必须要找点事情转移注意力。我开始想我麾下的大军，我该怎么治理这么庞大的一支队伍。

现在我的手下有着充足的长枪兵，有无数的热血青年，但是他们还太过年轻，还不能成为军官，独当一面。

该死的，可是我自己呢？我也已经没有了刚刚出发时的满腔热血。

该死的！我在这干什么呢？我现在似乎是在漫无目的地神游，我终究只是一个女子。不过我不能回头，身后就是万丈深渊。

我撑不住了，我没法排兵布阵，没法辨别忠奸良莠。

拉姆一直守护在我身边，保护着我不受伤害，可能他只是听从他的伽玛德哈——纳拉扬的指示罢了。

“拉姆，你知道塔格洛斯有哪些邻国吗？”

“禀夫人，不知道，我在参军之前都没到过这么远的地方。”

“派人去打听清楚。”

“夫人？”

“此地太过开阔，难以防守。更何况，我军队里的好多人本来就是因为流离失所才参了军，他们现在已经以军营为家，我不能让他们连新家都保不住。我要为下一步做打算。”

“遵命。”他犹犹豫豫地转身出去了。拉姆的脑子确实不太灵光，不过他一直踏实肯学。

纳拉扬比他先回来复命：“夫人，我已经把事情办妥了，消息传播的速度和咱们俩预计的差不多，太好了。那些居民，目前至少有六百人已经了解了咱们的战斗力，也听说了咱们是怎么把暗影长老的狗腿子们打得落花流水的，知道咱们能在雨季前收复德加戈城。”

到了雨季，美因河水位大涨，大批兵马必然无法渡河，暗影长老们的上一次进攻因此失利。

若是我不在雨季前成功，美因河也会挡住我撤退的去路。

“纳拉扬，你过来……”

“夫人？”

“没事了，我忘了你是半路参军，并非从一开始就跟着我。我要交给你一件要事去办，务必要在我军南下之前就完成。”

俗话说知己知彼，但是现在我连“自己”什么样都不清楚，现在我的部队就像一块百家布，我需要尽快弄清我到底有多少军士、多少武器、多少骡马，还有谁有什么能耐，这些都会成为我谋划下一步行动的参考。

我心中在盘算着，若是我们人员精良、物资完备，什么样的大水都挡不住我们。

“夫人？”纳拉扬等不及了。

“哦，没事了，纳拉扬，我刚才可能是发了糊涂，我最近就经常犯糊涂。”

他打量着我，似乎是在审视我够不够资格重建佣兵团，再借我的手实现他的计划。

“纳拉扬，没事的，谁都有犯糊涂的时候，是吧。”

“没关系，夫人，您需要休息，休息一下就能好不少。您等下可有得忙了。”

“此话怎讲？”

“夫人，您看，咱们到达的消息已经不胫而走，有不少教士估计马上会赶过来巴结您，谈一谈您有多大的能耐，看一看能不能利用您。”

“没错，他们想看看我是不是个很容易就被洗脑的傻姑娘。”

拉姆带了几张地图和十几个人回来。那十几个人吓坏了，他们都是新兵蛋子，我在北边打仗的时候他们还不知道在干吗呢，想必以前从没有直接面对过部队里的主帅。他们战战兢兢地给我呈上三个地方的地图，可惜的是，这些地方明显都不是安营扎寨的好地点。我还能奢求他们干什么呢？我看了看在身边挂着的头盔，索性决定亲自去看看。

权当作打发时间。

我感觉自己变得和以前的碎嘴一样了，婆婆妈妈的。

我嘉奖了每一个人，花了几分钟时间大大地表扬了他们一番。纳拉扬说得对，我们现在只不过是承蒙上天眷顾，求得了短暂的喘息机会。大敌当前，军心最为重要，马上我眼前的这些士兵们就要背井离乡，可能从此就一去不返，这辈子再也见不到他们的爱人了。

我把这些地图都带进了营帐里的内室。说是内室，其实就是被围挡住的一个角落，我不愿在大庭广众之下入睡。我一下子躺到我的小床上，硌得后背发疼。这种境况下，能有一张上面铺着亚麻布的石头床已经是非常奢侈了。

我也需要休息，要好好地睡一觉。

安眠的时光永远是那么短暂，我又做了奇怪的梦。

梦中，我隐隐约约地听见了纳拉扬唤醒我的声音，是那么奇怪，那么浑厚，又那么悠远。

我赶忙起身，让自己的头脑尽快清醒起来。“怎么回事？”

“刚才士兵的家眷们，有上千人，一开始还在门口排着队，现在开始吵着要进来，还有的人想把营门给拆了，人越聚越多。”

“你怎么不早点叫醒我？”不知不觉，天已经黑了。

“您需要休息，何况现在下雨了，堵门的人应该散了不少。”

“确实，老天保佑，大雨还是能让一些人待在家里不出来。不过咱们当务之急是怎么安抚那些人的情绪。我记得从南边过来的时候有一个小广场，我不记得叫什么了，你去把家属们都带到那里，让他们做好在雨中走一小段路的准备。拉姆！把我的头盔和铠甲拿过来！”

我命令所有士兵统统集合，又让拉姆帮我穿好了我的盔甲。不过，事态紧急，我忘了戴头盔便匆匆赶了过去。

我骑着马来到这几千人面前，我身后的士兵们举着的油灯和火把汇聚在一起，仿佛一片火海。我费了好大的劲才让他们安静下来，我调转马头，在马背上静静地看着他们。

“你们有权知晓，自己的至亲至爱即将面对什么！我和我的弟兄们在进行伟大的远征，只要你们听话，合作者生，违逆者死！”我的塔格洛斯语如今流利无比。

“我现在挨个儿念士兵的名字，听到了自己家的，就过去道别，要快！士兵们！你们也把要说的提前想好，你们的战友们也有亲人要见，不要耽误他们的时间！”

我开始还怀疑这种做法到底能不能有效地控制局面，我早在暗中埋伏好了人马。好在塔格洛斯人民风温和，他们已经习惯了顺从，若是真的有人敢趁机生事，我为了掌控局面恐怕会下令自己人向他们的同胞动刀子。

还有几个人没找到自己的亲友，想要围上来询问，我命纳拉扬给这些人单独辟出一个地方来。纳拉扬照做了，起码到目前为止，我的这位副手还对我十分地顺从，执行命令的时候也十分地卖力，也许，短时间内他还能保持对我的忠诚。我不知道如果哪天他开始消极怠工了我要怎么料理他，是胡萝卜？还是大棒？

时间比我想象的长了不少，耗费了整整一个晚上，但是起码大部分的人都安心地散去了。看着这些新兵的脸，我想到了随莫盖巴在德加戈城征战的弟兄们，他们每个人的模样我都记得清清楚楚，可是他们也许马上就要牺牲了，也可能早已经阵亡了。托加马哈拉·加的福，他带着自己的人马临阵脱逃，回到了城里，这给了民众们不切实际的希望。他们觉得今晚没找到自己的亲人，可能不过是被困在德加戈了吧，大不了，就等一等，他们早晚会回来。

我心中多希望他们没死，还在合围之中苦苦支撑。

有人来报，有教士们在门口求见，该来的还是来了。“让他们等着。”我笑了起来，他们为什么等到现在才来呢？难道是因为他们为了怎么处置我吵得不可开交？还是单纯地在观望，看看我能搞出什么名堂？不过我不在意，这边不完事的话，我是不会去见他们的。

雨停了，空气异常清新。

在解决了家眷风波后，我和纳拉扬一同走在军营中，“你注意到这些蝙蝠了吗？”

“是看见过几只，夫人。”他有些困惑。

“他们和基纳有关吗？”

“我觉得没有，不过，我毕竟没当过教士。”

“他们于我意义非凡。”

“请您明示？”

“咱们直说吧，暗影长老们在咱们的人里安插了眼线。传令下去，杀掉所有蝙蝠，端了它们的巢穴，而且，要多加留意那些异邦人。”

也许被举报的人都是人畜无害的小人物，但宁可错杀一千，也不可放过一个。

27

三大教派的代表们齐聚一堂，我迟到了，他们个个面带愠色。然而我并不会道歉，我本来在他们心里就没有什么好名声，也不强求他们对我有好的看法。

不过我让他们在这残破的大堂里歇脚并非有意羞辱他们，是因为此时在军营里我只能找到这么一个像样的地方去安置他们了。其实这个大厅还比较宽敞，但是他们一堆堆都挤在一起，因为他们不屑于跟不同信仰的教士们站在一块。

在我赶来之前，我跟纳拉扬定的第一条规矩就是——他们来求我，我绝不会去求人。

“也许，他们之间会达成某种秘密协定。”

“也许吧。”

我换上了我最好的制服，上面还镶嵌着金光闪闪的铠甲，走进了这破落屋里。

“各位早上好，各位能赶来共商大事，我不胜感激，不过我其实也没什么太多时间来接见你们。既然我已经迟到了，咱们就直奔主题，不必寒暄了。”

他们不知道我有什么手段，他们认识的女人们都对他们百依百顺，没谁像我这样。

有些人可能想当众让我难堪。

“好吧，开门见山。我是个士兵，我并不关心宗教，我原本隶属于黑色佣兵团。现在我的团长牺牲了，我作为副团长接替了他的位子。你们都知道我们先前和加哈马拉·加签订了盟约，现在我将作为新任的团长继续履行我们抗击暗影长老的职责，你们有何异议吗？或者，你们要是对其他事情有什么异议的话也可以现在提出来。”

“没有人提问？”他们当然满腹的疑问，只是不敢说而已。

“好吧，我跟上一任团长可不一样，他是个很有耐心的人。不过我说过了，我没有太多时间去伺候你们这些老爷。你们都不问，那我来问问你们吧。”他们越多沉默一分，我的怒火就越增长一分。

我指着台下的一个古尼教士说：“塔尔，你有什么要说的？”我知道他这个人是个刺儿头，就连他的同门们也不怎么喜欢他，他是个秃子，今天却一身红色的长衫，甚是显眼。“塔尔，我知道你们都很不高兴，但是今天咱们是来谈判的，不是来斗气的，我已经说过了我对宗教没有什么兴趣，我只关心军事和战况，说吧，你有什么想说的？”

漂亮啊，塔尔，他果然没让我失望，他竟然直接责问我为何不去殉葬，这已经不是刺儿头不刺儿头的问题了，这是直接对我性别和人格的侮辱，已经触及了我的底线。

他的话音还没落，就被我召唤出的金锤击中。我并没有瞄准他的心脏，故意打中了他的右侧肩膀，我还不想取他的小命。金锤飞出去，把他击倒在地。

包括纳拉扬在内，每个人大气都不敢喘，眼神遮遮掩掩的，偷偷地瞟着躺在地上的教士。塔尔在地上声嘶力竭地惨叫着。

我已经不需要再多说什么了，碎嘴从不会这样做，但是我不得不做。

“你们看到了吧，我和我的前任团长不太一样，他是个通情达理的人，他可以用外交礼节来跟你们沟通，但我不会迁就你们的繁文缛节，我在打仗的时候有自己的一套规矩。”

其实在佣兵团与他们的合约中已经写得清清楚楚——佣兵团团长为战时主官。只不过在过去的一年里，碎嘴不想撕破脸皮，从来没有真正地行使过这项权力。

“大家回去吧，我还要处理军务。”

他们一个个都灰头土脸，仿佛是被判了死刑的犯人得到大赦了一样，头也不回地就都溜走了。

“妙，”纳拉扬笑嘻嘻地走了过来，“妙极了。”

“我不想树敌，只想树立起威信。现在他们知道了，我为了完成我的使命可以什么都不在乎。”

“他们心里想必已经有了答案，只不过是还不太清楚这前因后果。”

“是的，他们会乖乖听话的，只不过他们还需要一段时间来适应现在的新形势，我猜他们就要开始串联合谋了。纳拉扬，叫拉姆和他手下的那些见过我的新兵蛋子们过来，到他们大显身手的时候了。”纳拉扬张了张嘴，想说什么，但是我打断了他，“你别忘了告诉他们，要是他们想充当我的贴身侍卫，就必须先把骑马给我学会了，我现在喜欢到处逛逛，光走路怎么可能跟得上我？”

“遵命，夫人。”他匆匆退下了，边走边偷偷地回头。他彻底被我搞糊涂了，他被我搞糊涂的时候就是我胜利之时。

“稍息！小伙子们！”他们整整齐齐地站在我面前，心中都打着鼓，又忐忑，又激动，不知道为何能如此深得我的信任，冷风顺着破掉的窗子吹了进来。

我转身走回我的座位上，等着拉姆来见我。

28

碎嘴在一个伸手难见五指的黑夜中偷偷摸到了马厩，手里把玩着一个两寸高的稻草人，小人儿散发出大蒜的气味。他耸了耸肩，把它抛向远处，从口袋里又摸出一个新的来，他自己做了几百个小人儿打发时间。他已经能听到一匹马喘气的鼻息了，就是它了，他准备偷偷地把它牵出来，然后骑上马溜之大吉。若是有了马，他有五成的机会可以顺利逃出生天。

突然身后传来一阵“梆梆”的声音，他转身向那女子走过去，她不知道从哪儿搞来一整套武器师傅的工具，两天来一直敲敲打打。看起来她在打造一副黑色的铠甲，她要这玩意儿干什么呢？

她似乎察觉到了碎嘴走了过去，回头看看他，又看到了他手里牵的马，似乎一下子就看出来他在打着什么鬼主意。“我能给你搞来一些纸和墨水。”

“你真能？”他想要这，想要那，他还不习惯如此颠沛流离的逃亡生涯。

“可能吧。不过你也不是小孩子了，要求真不少。”

他又耸了耸肩，牵着马走了。“歇一会儿吧，我来检查一下。”

她已经不用穿斗篷了，身着紧身黑色皮衣的她无比诱人，她称自己这套衣服为“勾魂儿”，她本来就不习惯戴头盔，没有也无所谓。

她把工具放到一旁，看着他的眼睛说“你的语气怎么这么不好？”这次发出的是极温柔的声音。

“我确实心情不好，你先站起来。”她照办了，摘下了脖子上的皮护具。

“恢复得蛮快，我明早接着手术。”

“会留疤吗？”

“不一定，看你自己的体质。”

“我是个人，我是女儿身，有了疤多丑！”这次的声音明显不那么温柔了。

“你已经很美了。”他只是不假思索地说出了自己内心的想法，其实并没有抬眼瞅她。她的确是个美人，就像她姐姐一样，她换了装束之后，碎嘴对她的态度一下子改观了不少，他心里与恶人为伍的负罪感也一下子减轻了不少，男人对作恶的美人向来就宽容。

“我在读你的心呢，碎嘴。”她笑着说。

其实她没有，她如果真的做了的话绝对会惹他生气，但是她经验老到，从举手投足之间就能看穿一个人内心的想法。

他皱了皱眉，他还不太习惯两人如此亲密地相处。“你这几天在做什么？”

“铠甲，等咱们恢复得差不多了就动身，接下来发生的事情会很有趣。”

“可能吧。”他的胸口又如刀绞一般疼了起来……他已经快痊愈了，比他预想的要快，他已经能开始练武了。

“亲爱的，我们就像牛虻一样，会扰得他们心烦意乱，却逮不到我们。无论是我姐姐还是塔格洛斯人都不知道咱俩还活在世上，他们不知道你医好了我。不过那些该死的暗影长老们知道我的方位，却不知道你还活在世上。总有人要么以为我，要么以为你，是冥界的幽魂，我要好好跟他们玩一玩。我相信若是他们看到我们还在世间游荡，会被耍得摸不着头脑。”

她伸出手拍了拍他的脸颊说：“你壮了不少。”

“哦？”

突然她的声音又变得那么冷酷、有力。“各处都藏着我的耳目，我知道狼嚎去见了旋影，若是他俩搅和到了一起，那长影的美梦可就做不成咯。”

“该死的！他肯定会全力进攻德加戈城。”

“不，他会低调行事，假装没有换帅。围城对他来说又不是什么难事，他应该想和长影好好交流一番。他知道一旦他失去了价值，就会被长影当成弃子。我要把他们玩弄于股掌之中。等尘埃落定之时，就只剩你和我，联手统治这世界，何乐而不为？”

他听得呆了，但是他知道，这事虽然听着离谱但是并非没有可能。她的咒语能顷刻之间令千人丧命、万人臣服，而她把杀人和破坏当成自己取乐的法子。

“我试着慢慢理解你说的是什么意思吧。”

她“咯咯咯”地笑了起来，像个天真的小姑娘。“我自己都理解不了我想干吗。”可惜，她既不年轻也不天真。

游戏。她第一步最爱把别人当成棋子和木偶，把他们耍得神魂颠倒，只是为了好玩，并非为了达到什么目的。不过，她最爱的还是中了她法术的人在地上打滚哀号，看着她的咒语在他们身上炸开花，或是召唤出什么东西把他们生吞活剥。她今生只品尝过一次失败的滋味，那就是被她的姐姐打败。不过现在看起来那次也不算是完全的失败，至少她现在还活在世上。

“不久之后，基纳的信众们就要来了，我们要去其他地方先避一避风头。咱们先去德加戈城找点乐子，太有趣了。等我到了那儿的时候，旋影老头儿就不得不把头从自己的乌龟壳里面伸出来了。”

碎嘴并不知道她在说些什么，但是他也不愿开口去问，他每天就像猜谜一样，推测这个女人的真实目的到底是什么。不要逼得太紧，他还有时间，还有希望。

“时候不早了，咱们进屋休息去吧。”她领着他进了房间。他现在并不困，但是没有争辩。他乖乖地跟在后面，眉头紧锁，心事重重。

这地方，这些事现在都越来越诡异，到了每晚要入睡的时候，他都在心里盘算着这眼前的怪事，可闭上眼睛，他也不得安生，梦魇总会按时地找上门来。

也许到了那儿之后，他能想办法脱身。

十五分钟之后，搜魂提着灯来到他床前。

“你没睡？”

“睡不着。”

“太冷了？”

“啊，这儿一直冷得要死，每天晚上都冻得我打哆嗦。”

“你为什么不来我这儿？”

“我不想。”他抖得更厉害了，这次可不是因为冷。

“改日吧。”她大笑着回去了。

他睡着了，他的梦却比梦魇还可怕。

夜半时分，他又被冻醒。他睁开眼看见搜魂提着灯，对着一群乌鸦说笑着，似乎关于塔格洛斯的事。他不想探究个中缘由了，他太困了，闭上眼，又是一段长梦。

29

从不会有所谓的不破阵地，据说这个地方在很久以前也被人称作攻不破的堡垒，但是几个世纪以来，人们已经把古堡垒的石头都搬回家去盖房子了。

“没人还记得这地方叫什么。”我回头对拉姆说，他跟在我身后，护送着我穿过城镇，“引人深思啊。”

“您说什么？”

“万物随时间而消逝，这地方可能在塔格洛斯历史上举足轻重，现在却没人知晓这地方到底叫什么。”

他一脸不解地看着我，并没理解我何必要为一堆石头感慨。

他并不傻，只是有时不开窍，他的大脑袋里其实装着不少好点子，但是却从来不去仔细思考，等他知道了怎么学以致用就好了。

“没事，不明白就不明白吧，我只是有感而发。”他懂什么叫有感而发，他说他的老妈和姐姐就经常“有感而发”。

的确，他此时也没法去思考什么哲理。他此刻正骑在马上，吓得够呛，努力保持着平衡，不让自己摔下来。

我们回到了难民营。又来了一群家属在门口大叫大嚷，纳拉扬对此已经轻车熟路了，他不慌不忙地应付着这些不速之客。我经过的时候，那一双双眼睛纷纷打量着我，想看看我是不是三头六臂，可惜不是，我甚至不是个男人。我在他们心中就是一个模糊的概念罢了，我是所谓当世的传奇，他们心中怎么想，我就长什么样。

纳拉扬过来找我。“刚才来了一个宫中的信使，他带来消息，说王子邀您共进晚餐，在一个叫花园的地方。”

哦，我自然知道那地方，碎嘴第一次入城便带我去了那里，那里的客人不是达官就是显贵，往来无白丁。

“是请还是命？”

“应该是请，我看开头写了一大堆什么若是您能莅临就不胜荣幸之类的客套话？”

“好的，那你接受了没有？”

“没有，小的又猜不透您的心思。”

“传话给他，我会赴宴。什么时候？”

“他没写清楚，说是要再协调时间。”

我现在虽然军务繁忙，但是跟王子去吃饭并不算是寻欢作乐，我能从他的嘴里套出很多有用的信息，我倒是要看看这位王子葫芦里卖的什么药，不过如今我一心想要修缮我的军营。“咱们要把这片营地整修一番，你选派五百名得力的手下去办吧。门外的那些家属们还在闹吗？”

“我已经解决妥当了，夫人。”

“现在还有没有主动来参军的？”

“有一些，但不多。”

“最近有什么新情报？”

“咱们最近多了很多新朋友，信息很多，大多是关于异邦人的，十分有趣。”

“你盯紧这个事情，等我赴宴回来跟我汇报。还有，你们给我列一张军需表，等合适的时候，我会当面递交给普拉布林德拉王室，毕竟，我是去打秋风的，口说无凭。”

我在我的一堆行李中找出了上次面见王室的时候穿的那件华美服饰，我的华服和马车都是在北边特意定制的，在我跟随碎嘴向戈加进军之前我把它们留在了此地。

“拉姆，在我们南下之前，我找了几个能工巧匠为我特制盔甲，我希望你帮我找来他们。”

我自己回到内室，心中想着王子这么突然的邀请到底有何用意。

我的马车看起来毫不起眼，可驭四匹马，外面有一个车夫的位置。但是我略施小计，车和马都披上了一层火焰的外套，甚是耀眼，马车的门上也镌刻着黑色佣兵团的标志。上等的好钢打造的轮胎无比地平稳，马车行驶在地面上，好不威风。

我坐在车中，无比满意。

我在日落之前一小时赶到了花园，里面满是塔格洛斯的达官贵人。拉姆和一个叫拉布达的维达人护卫在我左右，我并不认识这个拉布达，是纳拉扬向我举荐了他。

他们精心打扮了一番，拉姆在腰上别了一把精致的短刃，剃了须，换上了新衣服，竟然如此神采奕奕。拉布达则是一副穷大兵的样子，面相凶恶。

要是再来个古尼出身的保镖就好了，这样那些向来喜欢拿教派说事的人就永远都挑不出我的毛病来了。

王子面带微笑，出现在了我面前。

简单寒暄过后，他看了看我左右的两人，也许是对自己和臣民的忠心无比自信吧，自己却是孤身赴宴。

“请您自便，”他邀请我落座，“原谅我冒昧替您点了菜，应该都是您爱吃的。”

“我上次来这儿的时候，有人意图谋害碎嘴……算了，不提那档子事了，我相信今天定会很安全。”我该不该把自己的性命托付给拉布达，这个看似精明的陌生人？

等侍者们一道接一道地上了菜，不得不承认，塔格洛斯人擅长享乐。

“您不必如此紧张。”

“紧张惯了罢了。”

“您今晚可以放松心情。”

“怎么，暗影长老们说他们要休假了？”

他嘴里大嚼着一道像海虾的菜。这儿离海这么远，从哪儿弄来的海虾？

我心中突生一计。

王子费力地把虾咽了下去。“您是不是一心想让我没法好好快活。”

“此话怎讲？”

“您做事太过雷厉风行，我们一点反应的余地都没有，您，打破了平衡。”

我微微笑了一下。“若是我凡事不抢先一步，今天就没法好端端坐在这儿跟您吃饭了。我和您不同，您天生尊贵，不必为俗事烦恼，但暗影长老们正蠢蠢欲动要除掉您呢。”

“您说得没错，但人非圣贤。”

“暗影长老们就等着您露出破绽。”

侍者又端上来一道新菜，盘中是某种鸟类，要知道这位王子是个古尼人，而古尼人向来食素。

环顾四周，两件事最为扫兴，一是不远处的树枝上栖着十余只乌鸦，二是我看见那个曾经被我当众羞辱的教士塔尔带着一群自己的人一直在盯着我。

“您给我施加了不小的压力，我的一举一动都被全国所瞩目。”

他难道不是他妹妹和暗烟的傀儡吗？

“我能给您提供帮助，可是我不知晓您下一步的行动。”

我于是把我的计划和盘托出。

“听起来，有些人还在暗中捣鬼？”

“无伤大雅，我定会履行合约。不过，无论本邦还是异国，我对所有的敌人都一视同仁。”

他也是个聪明人，一点就透。

“加哈马拉·加是不是真的被你所杀？”

“是的。”

“诸神啊！为什么？”

“他碍了我的事。”

王子猛地吸了吸鼻子。

“他在德加戈城临阵脱逃，这条已经罪可致死了，何况他还意图谋害您的妹妹然后嫁祸于我。我听说他还有个妻子，您可以帮他的妻子去造火化台了。”

“您会挑起一场内战的！”

“他自己的那点人还不成气候。”

“您不懂，教士们在这个国家的势力盘根错节。”

“您指他的那几千人？您还是先去给他扫墓吧。”我毫不在意，“您不必惊慌，无论如何我都会履行盟约。”

“什么？”

“听说您和令妹有点自己的小算盘，不过没关系，佣兵团不容欺骗。”

他久久没有回答。

“我不是长袖善舞之人，我向来直来直去，只注重结果。”

“冤冤相报何时了，您杀了加哈马拉·加，他的追随者们随时会找您复仇。”

“他们现在忙着自保还来不及呢，天命已定。”

“杀人不能解决问题。”

“当然了，只有那些想当然的人才会丢了小命。”

王子吃惊地看着我：“此话怎讲？”

“盟约已定，我去铲除暗影长老的势力天经地义，你们有什么不高兴的？”

王子瞪大了眼睛，似乎在嘲笑我的天真。我也开始想，今天来赴宴可能是我犯下的一个大错。

“您要知道，如果没有我的话，你现在即使没被暗影长老们生吞活剥，也会被邪教头子们取了小命。我只知道，那些人一旦攻占了塔格洛斯，无论何人都会被屠戮。”

“与你争辩毫无意义。”

“因为我说的就是对的！”我顿了顿，接着说，“城墙的工事应该加紧修建，守军的数量也不太够。”

他面露怒色。

“您怎么不吃了？”

我们俩都想缓和气氛，但此时这个餐桌已经和战场无异了。

我加紧攻势：“我还要暗烟藏起来的那本书。”

他笑了一下，“暗烟早就预料到了，他跟我说这本书恐怕就是你赴宴的目的。”

“哦？”

“杀戮之年。”

“什么是杀戮之年？”很奇怪我心里却并不怎么吃惊。

他抬头看了看拉姆和拉布达，久久没有开口。他在心中盘算着坊间关于我的谣言。

“你的朋友们可以给你答案。”

“我在城中只有一个朋友，那便是你——普拉布林德拉·德哈。”

“那真是可惜了。”

“您又有多少朋友呢。”

他苦笑了一下，看来我戳到了他的痛处。“恐怕很少，我也许该学学怎么交朋友。”

“我们都需要交朋友，但是我们的敌人们，可不希望我们身边有太多的朋友。”

他的语气里带着失望，他今天来还有别的目的？

“殿下，感谢您的款待，改日我回请您。走吧，拉姆，拉布达。”拉姆一边护着我，一边盯着塔尔一行人。

“殿下，希望下次见面的时候我能为您献上贵国宿敌的人头。”

他看着我们离开，脸上带着既悲伤又渴望的神情。我理解他的想法，在北方时我时常有同样的感受，只不过我掩饰得更好。

30

“夫人，我感觉不妙。”拉姆在我身旁耳语。

“怎么？”

“那帮古尼教士一直在盯着咱们，他们看起来一副准备好慷慨赴死的样子。”

“什么？”我没想到他竟有如此的判断力，他向来是个不善于分析之人。我招来一个侍者：“请叫格普达老爷来见我。”

格普达老爷是花园的老板，对自己的手下极其严苛，却向来善待客人——尤其是普拉布林德拉·德哈这样的贵客。

“夫人竟然屈尊光临，小人不胜荣幸，有什么可以为您效劳的？”

“来一把剑如何？”我今日穿得像个大家闺秀，并未穿着铠甲，也就无法携带武器，腰间只有一把小匕首。

“一把剑？”他的眼睛张得圆圆的，“您要我用剑做什么呢？”

“我今天出门忘了带我自己的，如果您有的话，能否借我一用？”

他的眼睛张得更大了，又像捣蒜一样给我鞠了几个躬。“遵命，小的这儿没有宝剑，不过若是能找到普通的剑，马上就给您拿过来。”说完他转身进了库房，出来的时候肩上扛着什么东西。

“拉姆，你来把我挡住，我要更衣。”

拉姆这个人最怕流言蜚语，头一遭拒绝了我。

“拉姆，看来你以后是想专门负责给咱们的军营砌墙挖沟了？”

我的威胁让他不得不放下面子。现场有几十个男人，我则躲在他魁梧身躯的后面脱下这些让我行动不便的华美服饰。他臊得面红耳赤。拉布达站在一旁，没有主动提出过来帮忙，他很懂规矩，自己主动把头扭了过去，非礼勿视。

格普达老爷回来了，手里拿了一把剑，那把剑就像小孩子的玩具一样。“夫人，小人从一位好心的客人那儿给您借了一把剑。”他也把头扭过去，没有看到我的躯体。花园是这个城里消息流传得最快的地方，谁也不想让这些流言蜚语缠身。

“格普达老爷，我不胜感激，等下我就会差人把宝剑原封不动送还到你的手上，想必你的伙计们已经把我的马车停到门口了吧？我现在刚好吃完要走了。”

“若是您出了门，发现马车没有在门口恭候您，那我的伙计们恐怕要吃些苦头了。”

拉姆压低声音，自以为没人能听到的时候又想对我耳语，我比他先开了口：“若是有人想动手，只能在院子里动手。等咱们上了马车就安全了。”

“您已经有了计划？”

“咱们见机行事，给他们一个下马威，别让他们聚到一起，到时候抓到一个够本，抓到两个就赚了。咱们让这些被抓的人从此人间蒸发，刚好还可以杀鸡儆猴，你觉得怎么样？”

拉姆听懂了我的计划，他陷入了沉默，不再试着跟我交流什么，眼神中充满了忧虑。

“加在一起九个人，被您教训的那个应该不敢靠得太近，他不会亲自动手。”拉布达也凑了过来。

“是吗？”

“他是有头有脸的人，自己干这些见不得光的事太丢面子了，我在给别人做随从的时候经常见这种事。”

我并没太听懂他说的话是什么意思，我并不关心他的过去，此时也不是听他叙说身世的好时机，我现在只关心如何安全脱身。

我们慢慢地往通向出口的小径上靠。

花园是个露天的餐厅，但院内种着几棵高大的树木，枝叶繁茂，遮蔽了天空，也遮蔽了外人的视线，让里面用餐的达官贵人们可以享受到片刻的安宁。

我心里并没有底气，对方看起来个个人高马大，在这剑拔弩张的时刻，芝麻大点儿的细节的疏忽都可能致命。

就在我支走格普达的时候，我心中就已经在默念起咒语，刚好现在应该差不多了，虽然这也是个小孩子把戏，不过此时只能如此了。一个火球慢慢从我左手上缓缓升起。

他们慢慢围了过来。我抬起左手，盯着从左边包抄过来的敌人们。

这时火球已经升到了十英尺高，其温度已经足以熔化钢铁。

爆裂。

他们头顶上下起了火雨。

有人惨叫了一声。

又有一个倒下了，他身后的人绊倒在他身上。

另一个火球也早早升到天上，那些想从右边杀过来的人也遭了殃。

“咱们且战且退，把他们引到门口。”我们撤到了走廊上，门口被三个目光凶狠的小个子堵住了，他们结实得就像三头小牛犊。院内的草木都烧了起来。

不过此时，这三个截住我们后路的人也被火烤得昏死了过去。

我们向门外冲出去，那些狗腿子们遍体鳞伤，想要撤退，也纷纷挤到门口想要趁乱逃出生天。饭店的看门人目瞪口呆地看着这一切，他直勾勾地盯着院内燃起的大火，不知道如何是好。

“拉姆，把这些家伙都带上车。”守在马车旁的护卫认出了我们，他们赶快冲过来，把我往车上迎。

“遵命。”

拉布达堵在门口，一个被火烧伤的人手里似乎拿着某种古怪的法器要跟他拼命，只见这位欺诈徒放声大笑，拿出自己的索命带，缠到了后者的脖子上。有了这些杀手在我的左右，我都没有机会用我这把借来的宝剑。

拉姆把杀手们的尸体扔进马车，我看着那个已经被吓傻了的看门人，把借来的剑扔给他。“告诉格普达老爷，小女子很感谢他的款待。今日惊扰，很是抱歉，教士尚达尔·常·塔尔会很乐意做出补偿的。”

“拉布达，准备好出发了吗？”我顺着车夫旁边的台阶走上马车，坐下之后打开窗子，看见教士塔尔和他的两个狗腿子呆呆地站在路旁，浑身是血，眼神呆滞。我冲他们微笑了一下，关上了车门。

“夫人，咱们出发了！”拉布达对我说。

从一个女人的角度来讲，我对拉姆和拉布达很满意，他们竭力不让我一个女流之辈去面对这血腥的一幕。“拉姆，我应该像一个塔格洛斯女人那样躲到男人身后吗？”

他红着脸，缓缓地摇着头。

“上车。”

我们的车驶到了塔尔和他同党们的旁边时，把他们掳了上来。

“回营之后，你们俩可以随意处置这些人。”

塔尔人脸色苍白。剩下两个不为所动，要么是反应太迟钝，要么是心智够坚硬。

31

微风和煦，天空中浮云朵朵，天气出奇的好，好得不像雨季的日子。要是一直待在屋内的话，甚至连汗都不会出。现在是下午三点左右，营地的工作在黎明时就开始了，四千人取得了明显的进展。

我想要壕沟、马厩和足以容纳一万人的营帐，连纳拉扬也说我有点太过于急功近利了。

今天早上，我给士兵们训话，我告诉他们守誓者有天助，而守誓即服从长官的命令。

纳拉扬巧妙地调和了不同教门之间的冲突，那些顽固分子被扔到了异教徒堆里，任他们自生自灭。这样的人差不多有三百个，别无他法，只能给他们“加训”。

我自己站在阴凉处，默默地看着他们。

纳拉扬又悄无声息地回来了，就在刚才，他被我派去城里执行任务。

“怎么了？”

“办妥了，最后一个也找到了，一小时之前。”

“不错，”塔尔的手下被我们血洗，纳拉扬的朋友们也把他们剥了皮，“不错，杀鸡儆猴。”

“不好说，夫人，我们碰见了一个古尼人，他说自己作为使者来调停冲突。”

“怎么个调停法？”

“他想让我们释放塔尔的人。我搪塞过去了，我骗他说塔尔的人早就被放走了，他应该不会相信。”

“暗影长老那边有什么消息？”

“没有，但是有人看见了您说的那个褐色小个子，他肯定就在那儿。”

“这还不够，我要知道他们想干吗。”

“咱们宫内的朋友说，普拉布林德拉·德哈突然下令修筑工事、修缮城防。城中税赋也增加了。很奇怪，王子往常从不过问这些事。”

“看看能不能让我们的朋友在工地上谋个职位，有人愿意干吗？”

“这事是小菜一碟。听说还有不少人在观望，等着看您有多大能耐。”

“合情合理，谁愿意把赌注押在输家身上呢？”

我还是很好奇，坊间会如何议论我，可惜我的耳目不够多。

“这事改日再谈。”我想起了一件更要紧的事情，“你能找到多少会射箭的？”

“找不到太多，夫人，射箭在城中乃是贵人的娱乐活动。”

“那就是还有会的，让他们当教官，教人射术。”

“您这个想法不错，就是，可能吧，咱们永远也用不上。”

“但我们不能因噎废食，是不是？”

他没有回答，永远一副皮笑肉不笑的样子，我真想把他的脸割下来。

“若是要训练射手就必然需要大量的弓和箭，我记在心上了。”我此时并没有心情在他身上浪费太多口舌，他最好是真的记在心上了。这几天梦魇又开始折磨我了。

噩梦在继续，仿佛把我内心的阴暗面都挖了出来，展示到我面前，我不知道自己能否撑下去。

我又想到了自己的前夫——帝王，还有他的驭国之术。我的手段并不高明，不过我的人每天忙于训练，累得精疲力竭，也没有时间去钩心斗角。

有一天纳拉扬来找我。“夫人，距光明节只有不到一个月的时间了。”

一想到他的圣节，他便有些忘乎所以，不断地暗示我应该到场参加。他说若我出现的话，那些扼喉者们便会知道背后有我的支持。

我还要继续深究这个教派的更多秘密，挖出纳拉扬内心的真实想法。

大大小小的军政事务接踵而至，压得我喘不过气来。

我们在德加戈城的耳目传回了第一条情报，莫盖巴还在坚守，好样的！不愧是出了名的硬骨头。不过我并不想见到他，他和我一样，都自认为自己乃是佣兵团的第一把交椅。

慢慢来，慢慢来。

32

拉蒂莎在与教士的会上大发雷霆，她的哥哥在旁边傻笑，一言不发，他的谋士暗烟竟然也出言讥讽：“有些事，妇道人家还是做不得。”

他们自认为身处密室之中，神不知鬼不觉，然而谁也没注意到有双黄澄澄的眼睛，从始至终就在观察着他们。

“我觉得咱们有些冒进了。”德哈还是坚持自己的观点，“我觉得她很可靠。”

“神啊，”暗烟捶胸顿足地赌咒，“别这样！”

拉蒂莎的神态渐渐恢复了正常，但余怒未消。“我们今晚就差那么一点！都是那些神棍们碍事！暗烟，咱们不得不承认，没有她，咱们现在已经完了。”

德拉接着说：“咱们现在万万不可轻举妄动，举国上下都在等着我出错呢。”

“她会生吞了咱们，”暗烟不服，努力地压制着自己的怒气，“她和扼喉者们勾搭在一起了！”他必须、必须要说服眼前这对兄妹。

“他们在全世界不过就几百人罢了，在暗影大陆上呢？更少！我看城里的那些教士们比什么扼喉者可怕多了！”拉蒂莎还在揪着刚才的事不放。

“求你们了，读读这些史书吧。”暗烟都要哭出来了，“咱们的先祖们目睹了杀戮之年的恐怖，万万不可与黑暗为伍呀！恶魔复苏，屠戮人间，咱们现在好比是请来老虎驱走屋里的狼，若黑暗降临，咱们就真的毫无胜算了。你们想一想，那个女人今晚干了什么好事！”

“真惨呀，院里的树都被烧毁了，可惜了这么个好地方。”德拉说。

“不是树！是人啊，人！被巫术烧成了焦炭，还有七个人下落不明。

教士们在城中公然被屠戮！扼喉者干的！”

“可能吧。”

“您想一想，一年之前，怎么可能会有教士光天化日之下惨遭杀害！”

“行了，咱们让逝者安息吧，他是个蠢材，不过你说的也有点道理，他和加哈马拉·加一样，都是吾国的重要人士。你们想想，她能轻易地干掉两个大法师，说明什么？说明人家厉害呀！依我看，暗影长老们绝不是她的对手。不过，话说回来，她的这些行径，也许只是幸运罢了，若是她没有占尽天时地利人和，恐怕早就不知道死在哪儿了。”

“王兄说得有理，塔格洛斯人绝不会永远被一块石头绊倒。”

“哦？”

“若是咱们任由那个女人这样下去，她迟早把咱们也当成她的棋子。暗烟，你说得对，但不是那些什么扼喉和什么年的玩意儿，这个女人，胃口巨大。”

暗烟一下子来了劲，“对对，我说的只是一方面……”但是他不能告诉他们，自己和长影使者的密会，他们不会容忍自己最亲密的谋士与他人私通。

只有这个小老头儿预示到了真正的威胁，可悲呀，可悲。

“我有一计，现在夜之女降临，咱们要做的只需……”

“行了，行了，你说一晚上这些鬼话我们也听不懂，我们还是先想想眼下的问题，如何处置那些教士们。”

暗烟无奈地摇了摇头，那女人，会让所有人开始互相残杀，黑暗正以此为乐，到那时，说什么都晚了。

但是现在，他说什么都不会有意义了。

真的等那一天到来，他就是头号公敌。

他要镇静，保持清醒，他需要思考。暗影长老！若是我和他们小心合作，可以保证塔格洛斯的安全。

他现在只想赶紧离开议事厅。

“暗烟，为什么她要那么多死蝙蝠？”

“死什么？福？”

“有几个沙达尔人告诉我，她雇那些小孩子去杀蝙蝠，拿死蝙蝠可以换钱，现在穷人们都去捉蝙蝠了。她想干吗？”

“我也不知道。”

他撒了谎，他的心都提到了嗓子眼。她识破了吗……

死蝙蝠可能没什么用，活蝙蝠却是暗影长老们的密友。他真想永远躲在这密室里，他一出门，就会有蝙蝠在他头顶上盘旋。

33

碎嘴坐在林中的一块大石头上，后背倚在树上，活像一只大猫。头顶上乌鸦盘旋，他连看都不看一眼，他心中在盘算着搜魂的事。

她不是一个好旅伴，她多年来一直独来独往，并不太通人情世故。其实他何尝不是一个样，他们就像两条平行线，却在终点相交。但她是绝对不会放他走的，他是一枚重要的棋子。

“老大，干吗拉着个大脸，谁欺负你了？”小妖的嘴还是那么碎。

“关你什么事？”

“你是老大呀！”

“行了，跟我说说德加戈城怎么样了。”

“我在那儿可真是忙活了好一阵。”

“忙什么？”

“天机不可泄露！”他的脸还是那么欠扁，“我上回在那儿的时候，你的小兄弟们干得不错，现在估计没有那阵轻松了。老独眼和莫盖巴合不来，这么说吧，水火不容。”

“老独眼会被扫地出门的。”

“他并不领情，一点也不。”

“搜魂也去过？”

“是呀，你自己问她。”

“她恐怕不会告诉我，她叫你去的？”

“我直接向她汇报，那些有趣的事。你问问她，她说不定就告诉你了。”

“她去干什么了？”

“回圣殿了，收拾一下，不然被人看出来咱们在那儿住过就玩完了。那些疯子们没几天就会来了。”

“夫人，怎么样？”

“还行，春风得意，和塔格洛斯佬们勾肩搭背。”

“她还在塔格洛斯？”搜魂并没有告诉他，他也没问。

“她在那儿好几周了，尖刀留下来做她的驻守军司令。”

“是的，她不是坐以待毙之人。”

“哦！她好像回来了，快把东西收拾好。”

“什么东西？”他仅有几件破衣服，随身背着。

“你有什么就拿什么，咱们一小时后就出发。”

他从不反抗，反抗只会白费体力，他现在和一个奴隶没什么两样。“高兴点儿，老大！”小妖怪叫了一声，也不见了踪影。

他们走走停停、停停走走，碎嘴的身子还是撑不住长时间的跋涉。搜魂一路上偶尔和她的乌鸦们说说话，到了目的地，她又跟小妖交代了两句。碎嘴正睡得香甜。

她在第二天一大早就起了床。“吾爱，今日咱们不必赶路了。”她这回的声音像极了她的姐姐，那么自然。

“我脑子现在还是乱的，让我先清醒一下。”

“好的，你终于不对我冷嘲热讽了。”

“是吗？看来我要继续努力了。”

“上周，旋影进攻德加戈城再次失败，长影绝对看得出来他法力尽失。他近期要再次进攻，你的弟兄们好像闹起了内讧。不过，我的好姐姐集结了五六千人马，现在就在塔格洛斯。

“她派尖刀驻守戈加城，他们俩的人都是杂牌军，毫无战斗经验，但是尖刀个人威望颇高，他手下的人还蛮努力呢。他想先占领南下德加戈城的要道。”

“那样的话，不至于被人切断了补给。”

“是的，他现在麾下也扩张到了三千人左右，他的尖兵和旋影的斥候已经遭遇了……还有个重磅消息，暗烟被长影收买了。”

“什么？那个老杂种，我早就该剁了他！”

“长影与他志同道合呢，他怕极了兵团和我的老姐，而长影开出的价码又那么诱人，谁不动心呢？”

“那个老杂种，他就是个蠢材！”

“乱世之中聪明又有何用呢？碎嘴，他还并非蠢得透顶，他并不相信长影，他们俩都想利用对方，不过——他最蠢的一招儿，便是要去和长影面谈。”

“什么？”

“长影和狼嚎一起做成了一块飞毯，和咱们以前的那块一样，只不过没那么好。不过足够把那个老头子送过去了。”

十足的坏消息。夫人固然有三头六臂也没法同时兼顾两头的敌人，现在巫师们又勾搭到一起了。

卡塔瓦，恐怕永远是梦了吧。

他没法完成自己的使命了……什么古书，什么典籍，他连自己的人都救不回来，那些被困在德加戈城的弟兄们。

“你怎么不早跟我讲这些事？”

“我说了，咱们要好好地跟他们玩一玩。”

“现在就行了？”

“穿上你的盔甲，咱们去会一会旋影的人吧，把德加戈城夺回来。”

他一脸茫然地愣在了原地。

“你再不动，咱们就没法去救人了。”

他打开包袱，拿出了叠在里面的铠甲。

“我自己穿不上。”

“我也是，等下换你帮我穿。”

她为自己打造了一副盔甲，像极了夫人的战衣。若是他们俩以这副形象现身，所有人都会被唬住。一个是死人复生，一个是神兵天降，旋影的人会吓得无力反抗，兵团的弟兄们会摸不着头脑。至于长影——他会大吃一惊，但骗得了一时，骗不了一世。就连夫人自己，都会搞不清楚情况。

夫人一定觉得自己已经战死了。

搜魂手里握着兵团的战旗，那长矛……早就不知所终，如今却立在眼前，他仿佛还能想起往日长矛顶上战旗飘扬的模样。

“你？你是怎么……”巫术，又是她的巫术。

“走吧，碎嘴，咱们上马出征。”她一身戎装，骑在高头大马上，宛若天兵下凡，又仿佛魔鬼现世，小妖坐在她的马头上鼓噪着。

他翻身上马，两只红眼乌鸦落在他的肩甲上，鸦群在他的头顶上盘旋。“走吧，我们不能误了时辰。”她这回用的是顽劣孩童的声音，仿佛在邀请他去捉弄别人。

34

“他在路上了，威洛。”马瑟把头探进了门里。

斯旺笑了笑，把窗帘拉开，阳光洒满了房间。他看着窗外，尖刀的兵马仿佛天神下凡一般神采奕奕。参军的人都争着抢着要加入大英雄尖刀的麾下，拉蒂莎这个名字跟他一比则毫无分量。尖刀对夫人可谓是死心塌地，不过，科尔迪对拉蒂莎也一样死心塌地。

“科尔迪哟，科尔迪哟，你干吗又把自己扯进来呢。”他在心里默默抱怨。

马瑟把尖刀带了进来，那个叫辛迪的小个子跟在尖刀后面，好像他的影子一般。斯旺觉得辛迪是个滑头，对他没什么好印象。

“科尔迪说你有东西要给我？”尖刀先开了口。

“是的，我终于能送你点东西了。”就在尖刀向南扩充地盘的同时，斯旺这边也加强了巡逻，“我的小兄弟们抓了几个俘虏。”

“我听说了。”

他当然听说了，这里从来没有不透风的墙，不过虽然他们已经分道扬镳，毕竟以前的情义还在。

“他们说昨晚在德加戈城爆发了一场混战，旋影的军队趁着夜色攻城，我们的朋友们马上就要支撑不住时，两个周身燃着火焰的黑甲骑士杀将出来，把他们打了个措手不及。那个俘虏亲眼所见，没有半分虚假，他还说旋影最终也没能奈何得了那两位神秘的来客。”

听斯旺说完，尖刀再也坐不住了。

“老伙计，你觉得，那两人，咱们似乎见过？”

“夫人和碎嘴！”

“对！但是……”

“碎嘴死了，夫人在塔格洛斯。”

“是的，你应该重赏那个俘虏。不过，这事确实蹊跷，辛迪，你怎么看？”

“基纳。”

屋里的人都觉得这个小个子疯了。马瑟说道：“威洛，你是不是没说清楚？”

斯旺又讲了一遍。

“基纳，你们其实自己也不知道她到底是一副什么尊容。”

“不是她！”辛迪忙着辩解，“基纳还在沉睡，但是她的女儿承载了她的意志降临。”在场的每个人都无比清楚辛迪和扼喉者的关系，但此时他说的话就像是在胡言乱语。

“行吧，小老弟，我会派人弄清楚的。不管是基纳还是什么女儿，总有人想让人们联想到那就是基纳，对不对？”

辛迪却摇了摇头：“此事甚是蹊跷。”

马瑟对着窗户一屁股坐了下来，斯旺在屋里踱来踱去，科尔迪终于说了话：“你们别吵，让我好好想想。”

斯旺也随声附和：“对，大家都别吵。”马瑟向来足智多谋。

他们静静地等着，斯旺还在一圈一圈地走着，尖刀则仔细研究着桌上的地图，他从不浪费任何时间。辛迪看似一副置身事外的样子，其实已经慌得说不出话来了。

马瑟突然打破了寂静："战场上还有别人！"

"你在说什么？"

"威洛，你们好好想一想。暗影长老互相之间确实不对付，不过也不至于相互残杀。我们的人也没有谁会法术的了，所以战场上必有第三方插手。"

"那他们是为了什么呢？"

"迷惑。"

"迷惑？他们闲得？"

"我也说不好。"

"那他们又是谁呢？"

"我也猜不准，但是只要是人，就一定会露出狐狸尾巴。"

尖刀仿佛并没有听他们俩在讨论什么，只是问了一句："暗影长老们的伤亡情况怎么样？"

"啊？"

"旋影的人，他们伤亡情况怎么样？"

"他们吃了不少苦头，估计已经丧失了战斗力。我们的人能趁着他们把预备队投入战场之前喘息一下。"

"至少现在两边回到同样的起点了。"

"我们的人情况也不太乐观。不过，你看咱们的俘虏们都能如此'敞开心扉'，说明他们的士气已经垮掉了。"

"你觉得他们还会来咱们这边试探一下吗？"

"不会的，旋影现在是惊弓之鸟，生怕自己遭殃。"

尖刀在地图上勾勾画画，标出了他在南边建立的所有工事。"你觉得可信吗？会不会是圈套？"

“俘虏们反正是这么交代的。”斯旺说道。

“辛迪，咱们自己的探子为何没有汇报这条消息？”

“我也不清楚。”

“赶快去弄清楚，你去跟咱们在那边的朋友谈一谈，咱们要时刻掌握他们的动向。”

辛迪转身出去了，他也感到心烦意乱。

“好，现在都是自己人了，说说吧，你怎么想。”斯旺看向尖刀。

“我心里还在怀疑这个故事的真实性。辛迪在德加戈城也安插了眼线，但是战事开始之后我们并未收到任何消息，我们的眼线不止一个，同时都哑火了？太不合常理了吧。”

“你觉得这是设计好的？”

“不知道，但是为什么要设计呢？马瑟？”

马瑟开了口：“我认为他们的目的还是要迷惑咱们，你的探子们还没有传回消息，咱们不如等一等再下判断也不迟。”

“迷惑，”斯旺说话了，“你们还记得碎嘴最爱用的招数就是迷惑敌人吗？”

“威洛，他原话可不是这么说的，但是也差不多。有些人故意想让我们看到一些东西，是为了掩饰咱们真正想看的东西。”

尖刀说：“时候不早了，我要先走了。”

“走？”斯旺问，“你走去哪儿？”

“我要亲自去看看。”

“嘿！你疯了吗？你是不是昏了头？”

尖刀没有理会，转身走了出去。

斯旺看了看马瑟：“科尔迪，咱们怎么办？”

马瑟敲了敲自己的脑袋，说：“尖刀还是咱们认识的那个尖刀吗？

他自己去送死了。咱们当时就不该救他。”

“哎。但是现在呢？咱们该如何是好？”

“传信给北边，然后跟上他。”

“但是……”

“没关系，他会听咱们劝的。”

“都疯了。”斯旺喃喃自语。他看了会儿地图，又到窗边看着尖刀营地里的乱象，看着河流浅水处为夫人造桥的工程师们。“所有人都上头了，我们又和他们有什么区别呢？”

35

“够了，我受够了。”我说。那个维纳教士，伊曼拉·哈布达尔首先发难，告诉我明天维纳工人不再负责修整军营和城墙了。过了一会儿古尼人又来了，说了些有的没的，磨蹭了一小时也不开始工作。“沙达尔也说明天全体都不会上工，他们终于要试试我的手段了吗？纳拉扬，召集弓箭手。拉姆，把我让抄写员准备的信息发出去。”

“夫人？”纳拉扬的眼睛瞪得大大的，他听到了我的话，却迟迟没有动身，他以为我气昏了头，在说胡话。

“快去。”

他们转身出去了。

他们走后，我在大帐里兜着圈子，想把自己的怒火通过走路都释放出去。我料理了那个塔尔之后，还没有教派来找过我的麻烦，看来这些各个教门的头头们在私下已经达成了共识，才敢突然一起向我发难。

我利用这段大家都相安无事的时间招募到了两百名新兵。现在我的部队已经有了完整的建制，也正在用巨石凿成的完备工事代替之前的那些花架子，大部分的人都已经完成了基本的训练，除此之外，我还能从德拉那里要到武器装备、粮草物资和骡马，今非昔比。至少按照目前的情况看来，我的这支队伍已经能够所向披靡。

我的法力也在逐步地恢复着，虽然我现在还是弱得可怜，可能连那个老巫暗烟都打不过，但是我每天都在取得进步。

不过，我最近缺觉少眠，一合上眼睛，梦魇和噩兆就会雷打不动地找到我。

我会与之抗争到底，我不会在乎它，还要让它自讨苦吃。我现在还奈何不了它们，但总有一天，我会知道它们是什么玩意儿，然后彻底摧毁它们。

我等着城中的探子们来给我汇报消息，不过他们今天迟到了。

无论结果如何，我都要让他们吃不了兜着走。

拉姆拿来了我的盔甲，一百名精兵护卫在我左右，军营内外依旧人满为患，现在军营里足足驻扎着五千名士兵。

“拉姆，要是再有人来主动参军，我都不知道让他们住在哪儿了。”

拉姆笑了笑，“夫人，请您抬一下胳膊。”

我抬起了两只胳膊，好让他把盔甲给我套进去，正巧纳拉扬掀开门帘前来汇报，我此时的形象仿佛一个妖怪，把他吓了一跳。

“怎么了？”

“普拉布林德拉·德哈王子已经到了咱们这里，他孤身一人，想来见您。”他刻意压低声音，此事甚是敏感，不便为外人道。

“你们都给我安静点！你说什么？他在这儿？他现在在哪儿？”

“我让拉布达带他绕远路过来。”

纳拉扬叫拉布达带王子绕了远路，以给我争取更多准备的时间。

“你想得很周到，拉姆，接着穿。”

纳拉扬在王子进来之前就溜走了。拉布达把德哈王子领了进来，我准备施以得体的礼节。他说：“算了吧，不过你能不能叫你的人先回避一下，有些话只能咱们两个人之间说。就说是防火演习之类的，让你的人先出去。拉布达，你看着点。”

我的左右纷纷会意退了出去，只有拉姆岿然不动。德哈抬眼看着拉姆。

“拉姆可以留下，他等下要侍奉我更衣。”

“没想到我会突然来看你？”

“没有。”

“原来天下还有你想不到的事。”

我只是看着他，并没有接话。

“我来，是要问一下你为什么要退出。”

“我退出什么？”

“听说你要辞职，把我们丢下任暗影长老们宰割。”

他们上钩了，这确实就是我叫拉姆放出去的消息。

“我不知道你在说什么，我还要与教士们商议。我退出了，他们的实力就能增加，何乐而不为呢？不过，你是听谁说我要辞职的事情？”

“别人都这么说，教士们群情鼎沸，他们觉得，你马上就要卷铺盖滚蛋了。”

是的，我的目的已经达到了，我就是要让他们这么想。

“那他们可能要失望了。”

德哈笑了：“我倒是想亲眼看看你怎么料理他们，这些教士们已经扰了我半辈子了。”

“您不会想看到的。”

“为什么不呢？”

可惜我不能告诉他真相。

“相信我，您会后悔的。”

“我看不一定，他们所有的把戏我都见识过了，就是没看到过他们失望的样子。”

“您会终生难忘的，我真心地警告您，别去。”

他说：“我执意如此。”

“反正我警告过您了。”我告诉自己，他在场的话对我大大有利，对他自己却绝不是什么好事。

拉姆已经帮我穿戴好了盔甲，我跟他说：“拉姆，你把纳拉扬叫来。拉布达，你要好生照顾普拉布林德拉·德哈王子。殿下，我还有军机要务处理。”

我把纳拉扬叫到角落里，我俩躲在那里窃窃私语，我把刚才自己和王子的对话通通告诉了他，不过看起来他并不在意当下的事，只是脸上挂着谄媚的笑，笑得让我想把他的脸扯下来。

“夫人，节日就要来临，咱们需要尽早准备了。”

“我知道，伽玛德哈们想看看我，不过此时咱们眼下还有别的事。”

“遵命，夫人，小人就是怕您忘了。”

“你可真是好心，都准备妥当了没有？”

“早就安排好了。”

“你保证他们会听从命令吗？他们不会在最后关头不动手吧？”

“确实，人心叵测，谁也不知道人在最后关头会做出什么举动来。不过我安排的这些人他们都是被解放的奴隶，没有几个塔格洛斯人。”

“不错，准备一下，咱们几分钟后就出发。”

这广场叫雅库·卢卡哈迪·卡迪，在城市扩张到郊区以前就是个小小的岔路口。这儿原本是沙达尔人的聚居区，不过现在已经被维纳人所占据。广场不大，长宽一百二十英尺左右，中间有座水塔，平常给周边的居民提供饮用水。现在水塔下面已经密密麻麻地站满了人，他们都是教士。

那些教派的头领们呼朋唤友，想共同见证一个不守妇道的女人是如何受辱的。那些沙达尔人都穿着白色的单衣和马裤；维纳人则包着花哨的头巾，穿着长袍；古尼人最多，衣服的花样也更多，有的裹着破布就来了，还有的穿着藏红色或蓝染布的衣服。加哈马拉·加的继任者也来了，他一身黑色格外显眼。我目测了一下，广场上起码有八百到一千个人，真是人满为患。

“看来每个有头有脸的教士都到场了。”王子在我耳边嘀咕着。六名士兵击鼓为我们开道，他们也是在场我仅有的几个自己人。

“正合我意，我还怕他们不敢来呢。”今天我自己的装扮甚是显眼，胯下骑着黑色的骏马。那些教士们看见我骑在高头大马上，旁边还跟着王子，原本身材高大的王子今天跟我一比就好像一个侏儒一样。人群一下喧闹起来，发出蝗虫般的窃窃私语声。

鼓手们站成了一道人墙，把我和教士们分隔开来。

我们在鼓手的后面勒马止步。

我的计划能成功吗？

曾经，很久很久以前，我成功过。

“塔格洛斯的精神领袖们！”我气沉丹田，确保每个人都能听清楚我的话，人群一下子安静下来。“感谢诸位能大驾光临，塔格洛斯需要你们！大敌当前，暗影长老们蠢蠢欲动，我们要摒弃前嫌，放下偏见，同仇敌忾！”

我很满意，每个人都在听着。

“诚然，有些人认为我并非塔格洛斯最骁勇的将领，但你们为教派纷争所困。值此危急存亡之时刻，我们要搁置争议，同心抗敌！不过你们有些人被权力所诱惑，今夜，我要代表塔格洛斯清除你们这些蛀虫！”

我拿起头盔戴在头上，口中念咒，我的周身燃起了魔火。

他们突然骚动起来，有人大喊了一声：“基纳！”

我拔剑为号。

霎时利箭如雨点一般落了下去。

纳拉扬带着人扼住了进出广场的要道，弓箭手和士兵们就隐匿在四周的破屋和树林中，我拔出剑的那一刻，就是他们进攻开始的那一刻。教士们惨叫着想要逃跑，不过我的人早就已经布下了天罗地网。还有些人冲过来想跟我拼命，不过我的法力还是能轻而易举地料理这些杂碎的。最终，他们的一切努力都是徒劳。

苟活下来的人放弃了抵抗，他们跪了下来，祈求我开恩。

我放下剑，弓箭手们才停止射击。

我下了马，看了看德哈王子，只见他面色惨白，对着一地的尸体，什么都说不出来。“我警告过您，殿下。”

纳拉扬带着他的同门走了过来。

“你去看一下，有没有什么人趁乱跑了的，或者装死的。”我走过广场，命令手下不要放过那些侥幸逃过一劫的人。

他点点头，和王子一样说不出话来。我告诉他：“这没什么，纳拉扬。我做过更糟糕的事，以后还会继续这么做。快去检查一下，看看是否有重要人物失踪。”

德哈仿佛被施了定身法，一动不动地站在原地。他的心中无比懊悔，旁人会以为这件事情是他授意的。

“拉姆，你来干什么？”他气喘吁吁的，刚刚从军营中一路小跑过来。

“刚刚尖刀从戈加城发来消息，他正日夜兼程赶往此处。”拉姆显然没被这满地的尸体吓到，他身旁纳拉扬的人正在给死人补刀，他对这些场面已经司空见惯了。也许他更乐意看附近的寡妇投井殉葬。

我走过去，接近信使，有一瞬间我怒火中烧，气的是尖刀竟然擅自行动。不过也好，看着此处的刀光剑影，我想到自己正好可以借此理由赶快动身，趁着此处的风声还没走漏。

36

普拉布林德拉·德哈坐在寝宫里，对着墙呆呆地看了一小时，别人说话也不理。拉蒂莎害怕了，她不知道自己的哥哥到底受了什么刺激。

他终于歪过头看了她一眼。

“她没有辞职？你是不是早就料到了？我跟你说了叫你不要去！”

“她没有，没有。”他结结巴巴地说，“并没有。”

“到底怎么了？”

“她与教士们的问题，永远地……解决了。”

“快跟我说！”

“她杀了……所有……她杀了他们！她骗他们聚到了一起，那些教士们原以为可以好好羞辱她一番，不料她早已设下了埋伏。一千个……弓箭手把他们都射死了！没死的后来都被割了喉咙。”

拉蒂莎只觉得这是个过分的玩笑，这种事不可能发生。

“暗烟是对的，她的野心已经显现。”

拉蒂莎大脑一片空白，这种事已经超出了她的认知，不可能，塔格洛斯不可能出现这种情况。

但是，这又何尝不是一个天赐良机！宗教之患从此不再，他们俩也不必再成为教士们的傀儡！

德哈听到了声响，拉蒂莎呆立在了原地。

她就凭空出现在了寝宫之中，没人知道她使了什么招数。

她一身戎装，战甲上鲜血淋漓。“想必王子都告诉你了。”

“是的。”

“暗影长老们对德加戈城又发起了攻势，不过最终他们损失惨重。尖刀已经挥师向南，准备在他们恢复元气之前彻底解德加戈城之围。我也即将启程前去与他会合，此处的军情政务还望两位多加小心。长影可能在打着这里的注意，如果我不幸言中，到时候必是一场恶战。”

拉蒂莎此刻也惊得说不出话来，面前的这个女人手上还沾染着千名教士的鲜血，如何能与此人为伍！

“我给你制造了良机，万万不要白费。”

拉蒂莎的大脑依旧一片空白，不过她知道，她从未如此恐惧过。

夫人接着说：“我并无觊觎此地之意，你不须恐惧我，你我并非敌人。我会击溃暗影、重建佣兵团，然后回来等你们履行合约。”

拉蒂莎茫然地点了点头。

“等我了解清楚德加戈城的情况，我自会回来。”她接着又走向德哈，把手搭在他的肩膀上，“殿下不必自责，他们死有余辜。你是一国之君，一国之君必须能震慑四方。守护好你的疆土，我会留下小股部队助你一臂之力。”

她转身出了门。

“我们都做了什么……”兄妹两人面面相觑。

“没时间婆婆妈妈了，咱们要赶快掌握情况。”

“暗烟呢？”

“不知道，好几天没见过他了。”

“他是对的吗？那个女人真的是夜之女吗？”

“不知道，但是我们现在已经骑虎难下。既然老虎已经自己往咱们屁股底下钻，我们就必须要抓住良机！”

37

我在日出之前就早早动身，留下了那些曾经同情教士们的人，我命他们在此驻守一星期，然后动身去美因河对岸的维纳－博达宫去驻防。那个地方偏远至极，我要确保大屠杀的消息不走漏风声。

我带走了六千名斗志昂扬的士兵，每个人的目标一致——解放德加戈城。

我试着边行军边训练他们的军事技能。

纳拉扬对我的这次行动一直显得不太情愿，在行军至第三天的时候，我们已经行进了二十余英里，他突然来找我。

“夫人？”

“你终于决定要坦白了？”

他装作一副并不吃惊的样子，至少在表面上，他依然对我唯命是从。不知道他是否后悔把我当作了他们扼喉者的夜之女，而这个夜之女如今却与他们的教义渐行渐远，与他自己的野心和目标也渐行渐远。

“夫人，明天便是埃斯塔雅——即圣节的第一天，地点就在圣墓，离此地不过几英里之遥，您理应在伽玛德哈们面前现身。”

我命他随我来到一旁。

“你是不是有意欺瞒我？第一天？我以为这个节日就只要一天。”

“夫人，是三天，中间的那一天是真正的圣日。”

“不行，军情紧急，容不得三天的耽搁。”

“我知道，夫人。”他一着急的时候脸上便会露出似笑非笑的表情，“您只消让大部队继续行军，他们只需要沿着路往前走就成了。您有快马，结束之后能赶上队伍。”

实际上，我对纳拉扬的教派并无好感，但是纳拉扬本人是个得力的下属，我有时候要照顾他的感情，不得不做一些我自己并不愿意去做的事情。

“好吧，你要确保行军路线不能出错，拉姆和咱们的殿后部队要随我一起行动。”

“遵命。”

一个半小时之后，我们离开了大军。

此时已经是深夜，我们终于到了目的地。扼喉者的圣墓完全隐藏在夜色之中，我心中冥冥有预感，我以前从未来过如此邪恶的地方。一些纳拉扬的同门兄弟们早早到达，我随纳拉扬走过去，他们偷偷地用余光瞥着我，似乎不敢与我直视。

今夜无事，我便早早入睡。

今天的梦更加纠缠不休，更加没有章法，更加绵延不绝。迷雾和树影遮蔽了阳光，一万只乌鸦在我耳边鼓噪，在我的身边盘旋。纳拉扬和他的弟兄们听说之后纷纷说这是好兆头，因为乌鸦是基纳的耳目和信使，是她最喜欢的鸟儿。

佣兵团的历史也与乌鸦息息相关，据碎嘴讲，在佣兵团横渡苦痛海的时候，就日夜有乌鸦相伴，而此地距大海有千里之遥。

我早上起来的时候就感觉很不舒服，不断地干呕。陌生的人围在我身边，不时地打量一下我，却没人上来伸出援手。纳拉扬一脸惶恐，他怕得要死："夫人！夫人！你感觉怎么样？"

"我要把肠肚都呕出来了！"我仿佛抓到了救命稻草，"帮帮我！"

可是此地既没有医生，也没有良药。

过了一会儿，我的症状没那么严重了，只是持续不断地恶心。也许只是我太过焦虑了吧。我没有胃口吃早饭，一小时之后，我已经没那么恶心，能自由走动了。当然，要慢慢地走。

我还是头一次生病，这以前从没生过病，这种感觉太糟糕了。

圣墓里已经聚集了好几百人。他们都想一睹夜之女的真容。不过我并不像他们想象的那样起眼，我外表与凡人无异，还一副邋邋遢遢的军头儿模样，谁也不会把我同千年古书中记载的神女联系起来。他们要失望了。

纳拉扬至少说服了他们没有把我当成骗子而直接割了我的喉咙。

扼喉者是个三教九流的大杂烩，无论种族、国别和教派，他们皆因崇拜血与黑暗聚集在了一起。

这里没有一点节日的气氛，每个人仿佛都静候着，他们在等什么呢？

"日落之前没有任何活动。"纳拉扬看出了我的疑惑。

"大部分人都会在今天到达，已经在这儿的都在为圣节做准备。今晚会举行一个仪式，宣布圣节的来临，让基纳知道我们明天要给她过节了，而明早的庆典是为了唤醒基纳真神，被推举出来的教士会接受她的评判。庆典之后会设宴，到时候的重头戏便是英耐德和特瓦那两派的论辩。"

我皱了皱眉头。

“论辩往往会引起冲突，英耐德派是维纳人的一派，另一派来源于沙达尔，两派自古就争论不休，尤其是在暗影长老们发起侵略之后，他们的斗争就越来越激烈了。因为在他们的聚居地，派别就是律法，所以他们每年的斗争愈演愈烈。”

若是放眼世界，他们不过是沧海一粟，但是按照凡人的眼光，欺诈徒的历史源远流长，各中也派别林立，派别论辩的胜负会影响到他们各派的势力范围。

“英耐德派坚称论辩的胜负是由基纳神来暗中判定的。”

“有什么不寻常吗？”我还以为基纳神会永远是最终的执法官。

“除了塔瓦那的伽玛德哈科瓦然之外，没人认同他们的话。他们都觉得这是扯淡，这样的话，就会让那些教士们掌握最终的裁判权。因为所谓基纳的裁决并无实证。”

“原来如此。”

“您感觉好点了吗？”

“好点了，可能就是神经紧张吧，我自己能行。”

“您能吃下去什么吗？您还是吃点东西吧。”

“给我一点米饭就好，不要太辛辣。”塔格洛斯人嗜食辣椒。

他叫来了拉姆，拉姆负责给我送饭。我吃得很慢，每咽下去一口都会难受半天。纳拉扬自己则把教士和伽玛德哈们都召集到我面前，一一介绍给我，我小心地观察着每个人的容貌，努力记住他们叫什么名字。我注意到在这些大人物之中只有四个人缠着黑带，极为显眼。我问了拉姆这是怎么一回事。

“夫人，黑带侍者已经是人中龙凤，而纳拉扬的地位还超然于他们之上，他是我们的传奇，除了他没人敢把您这种外人带到这儿来。”

拉姆是在警告我吗？看来我必须时刻保持警惕了，在这个教门中，各派的纷争也错综复杂，那些对我还算有礼貌的伽玛德哈们多半是纳拉扬的盟友吧。

纳拉扬，他们的传奇。

我并不信神，至少不信那些凡人们为了吓唬自己编造出来的神灵，但这片大陆之上的确存在着无数股强大的力量，我就曾经是其中之一。

我的梦魇似乎也昭示着这一点，基纳在我知道她是谁或者什么东西之前，已经对我本人产生了非常大的兴趣。

难道是她取走了我夫君的性命，好让我心神不宁，让她有机可乘？

我越想越生气，但是我不能在此时轻易地动怒。拉姆喂我吃完了饭，我准备到他们的圣殿中去走动一下，看看这个大房子里面到底长什么样？

他们的圣殿看起来就像荒废了一样，墙壁上布满了灰尘，地上也积满了尘土，建筑上镌刻的壁画已经模糊得难以辨认。

我找到一个人帮我把纳拉扬叫了过来。我并不敢自己随意在别人的圣地中走动，我的每一个举动都无比小心。他向我走过来，看起来心里不怎么乐意。

“带我走一走吧，纳拉扬，如果我走进去会有什么忌讳吗？”

“恐怕不存在，但是会有人拿这件事做文章。”

“看来有人并不相信你说的话，他们不相信我就是夜之女，你在这儿有不少敌人？”我领着他走到了我想去却不敢进去的地方。

“不，他们也只是怀疑罢了。”

“好的，那我就不理会他们了。”

纳拉扬耸了耸肩。

“若是夏季来此，没有双有力的手来砍树开路，恐怕在这密林中寸步难行。”

“不错。”

“这儿没有别人吧？”

“没有别人，只有别人拴在这里的马。”

“那些马是谁的？”

“只有地处遥远的高阶教徒才有资格骑马前来。”

“这里有卫士把守吗？”

“除了你和我的人之外，没人敢轻易来这儿。”

“不过我怎么感觉谁在这儿住过一段时间，住客还邋里邋遢的。”

“若是真的有人敢在我们的圣殿里栖身，我务必要去通知我的同门。”我们走上了台阶，“被您关注将是无上的荣耀。”

“看来你是有意地忽视了那些怀疑咱俩的目光。”

“里面的灯太暗了，您要有心理准备，这里可不是富丽堂皇的宫殿。”纳拉扬并排走在我旁边，我仔细地观察着这些建筑，可能当时造这座宫殿的建筑师和我一样被相同的梦魇侵扰，我梦中的好多景象都被他刻到了石头上。他叫来一些伽玛德哈们，告诉他们我发现有人在圣殿里生活过的痕迹。

他看着我，脸上又浮现出了耐人寻味的笑容：“是时候引起他们的注意了，夫人。”

“怎么引起他们注意？”

“用您的法术，让他们大开眼界。”

“好啊，我的法术现在只能找找你们的茅房在哪儿。”

大吃一惊的是他，他瞪大了眼睛盯着我，问我怎么知道圣殿里还被人建了一个茅房。我说别处都没有垃圾和屎尿，你们肯定都弄到茅房里面去了。

一个伽玛德哈走过来，这儿看看，那儿瞅瞅，似乎是找到了更多的证据证明有一男一女在这儿住过，男的睡在圣殿附近，女的睡在祭坛附近。他们似乎并不信鬼神。

“夫人，您有何高见？”

“我来看看。”我一走过去，就明白了他是怎么推断出靠近祭坛睡觉的那个是女人，那里的地上有几缕黑色的长发。

“您能看出来什么吗？夫人。”

“如果你们的推断没错，这个女人似乎并非天生就长着卷发。我知道古尼人蓄长发，沙达尔人多为卷发，维纳人留短发，但无论如何，这世上的所有人都是黑发，人们把头发洗干净的时候，可能会呈现出黑棕色。”

他们看来都没有听出我的语气里带着讽刺，这些扼喉者们还在缠着我，问这问那。

“伽玛德哈们，我并不会预知未来也不能看到历史，基纳只在梦中出现。带我去别处转转吧。”

他们带我去看了男人安睡的地方，靠着不速之客留下的毛发长短来判断住客的性别，他们在这儿找到了几缕三英寸长的棕色毛发，发质柔软细腻。

“纳拉扬，把这些头发收起来，咱们以后可能用得上。”

他们还不断地在圣殿中寻找着证据。纳拉扬有些不快，对我说：“夫人，咱们还是去找找茅房在哪儿吧。”

我俩走了出来，一个伽玛德哈跟了出来。“夫人，您看我找到了这个。”他递给我一个茅草编成的小人，这东西是人们闲着没事时用来消磨时间的好玩意儿，但眼前的这位队长仿佛受了奇耻大辱一般。

“我猜这东西只不过是那些人打发时间用的，并不是什么邪恶之物，也没有法力，不必担心。但是你们还能不能找到别的？应该不会只有一个。”

没过一分钟，他们就找到了“别的”：“夫人，这玩意儿挂在我们脑袋上边，应该是稻草制成的，看起来像一只猴子。”

我突然感觉自己仿佛知道了什么，道：“别破坏现场，我要看看你是在哪儿找到的。”

几小时里我们找到了一堆这样的小玩意儿，有的是茅草编的，有的是软树枝编的，有小人，还有动物。这个人看起来有大把的闲工夫，我知道一个人，他没事的时候就会拿纸折小人儿，他自己却一点都察觉不到。

这些小玩意儿都有自己的形象，那些小猴子都被摆到了架子上，还有四条腿的畜生，谁也分辨不出他们到底是牛还是马，有的小人儿还骑在这些四脚的畜生上，要么在舞弄着刀剑，要么在挥舞着长矛。我忽然看见圣殿里立着一个树桩，看得出了神。

就在我神游的时候，可能无意间发出来什么声音，纳拉扬提醒我：“夫人？”

我压低嗓子对他说：“这些东西在这儿绝非偶然，但一时我也理解不了。”也许，就是一个路过的旅人在这儿歇了几天的脚，靠在树荫下，做着白日梦，手里闲不下来就留下来这么一堆玩物。

我就知道我刚到的时候，心里那股不好的预感并非空穴来风，但是到底是因为什么呢？只有保持理智，我才能求得答案。“若是谁想警告咱们，那他们已经达到了目的。”我这句话说得很大声，是说给旁人听的，我接着靠在纳拉扬的耳边耳语，“你让他们都先出去，回到自己的岗位上。”纳拉扬照办了，我一个人找了块石头一屁股坐下，一把把石头缝里的野草薅出来，在手里把玩着。可是我怎么想也想不通，这和我的梦魇应该没什么关系吧。

时光流逝，越来越多的乌鸦落在我身旁的枝头。

无数双眼睛在盯着我，我对此事太过上心，它们觉得我一定是有所发现。头顶上群鸦飞舞，它们也在盯着我，它们是比扼喉者更危险的敌人。它们并非像纳拉扬一众说的那样，是某种预兆，它们是间谍，是耳目。

乌鸦，遮天蔽日的乌鸦，它们表现得根本不像寻常的动物，确实，它们只不过是工具和傀儡罢了。它们怕我发现什么不得了的事情吗？看来，这儿果然发生过一些不得了的事情。

我的眼睛漫不经心地扫过圣殿的边边角角，心却早已经提到了嗓子眼。

顿悟。

这地方与我原本的宫殿怎么那么像？我曾端坐在高楼宝刹之上统御着辽阔的疆土。记忆涌上心头，那感觉太熟悉了，我激动得不能自已。我曾把高塔周围的土地尽数毁灭，只留下一条小径以保安全。你看那中间的石柱不就是我的高塔，你看那周围裂开的石头不正代表着高塔旁边的恶土？

此地的一草一木、一砖一瓦皆那样熟悉。

我碎片般的记忆慢慢地连成了线。不可能，难道那操控着乌鸦的人曾经亲眼见证了那段历史吗？让我大胆地猜测一下，若是那石墩旁的碎石和小玩意儿都暗指高塔旁曾经真实出现过的东西，若是更大胆地猜，此情此景其实在高塔的历史中只出现过一次。

我努力克制着自己内心的恐惧，我站了起来，想要看到树桩旁的全貌。

没错！我猜得果然没错！

一片叶子躺在树桩的旁边，一个小人坐在树叶上面。看来这个大作的作者很是细心，这已经不再是暗示了，而是给我传递着明确的信息。狼嚎，那位曾经侍奉我左右的法师，整天舞弄着飞毯却最终死于坠楼。不过如今，这条信息想告诉我狼嚎似乎并没有死透，他不知怎地把自己给搅和了进来。

精心制作了这个场景的人知道我一定会来圣墓。看来我的一举一动都被人注视着，那些乌鸦必然是某些人的耳目，日日夜夜跟它们的主子汇报着我的行踪。

有人在注视着我，他熟识我，深知我的过往，在此地摆下隐晦的邀约。那些空中的乌鸦哟，你们的主子到底姓谁名谁呢？

那是一场恶战，无数法力高强的法师都卷了进来，狼嚎本该必死无疑，他们中的好多人都本该必死无疑，不过有些人似乎使了障眼法，自己逃出生天，甚至逃过了我的眼睛。

我紧紧盯着眼前的一切，生怕遗漏了重要的信息，我认出了一些小人儿，他们的形象让我无比熟悉，每一个人都对应着历史上真实存在的法师。有三个小人儿似乎故意被脚踩过，难道那人是要让我联想到真正被摧毁的三个法师吗？

我紧紧盯着眼前的一切，生怕遗漏了重要的信息，这里面的光线太暗了，我差点就漏掉了一个人。我把小人捡起来，细细地端详着“她”，“她”的头没有长在脖子上，反而是夹在胳膊下面，我思考了好一会儿，才搞明白这个“她”代表的是谁。

我告诉纳拉扬，我们有大麻烦了。

今天的事让我知道了，没有什么事是绝对不可能发生的，我的姊妹，她还活着，我似乎已经看到了未来会发生多么可怕的事情。

我恐惧万分。

恐惧之下，我忽略了最重要的信息。

38

纳拉扬不太高兴，他一直跟我嘟囔着说圣地已被不洁之物玷污。

“我们必须给圣地重新洗礼，不幸中的万幸，我们的圣器和文物没有被毁。”

我并没有听懂他在说什么，但所有人都跟他一样哭丧着脸。

“真神保佑，若是遭遇了盗贼，他们会把圣物都劫掠一空。”

“他们可能只是惧怕个中的诅咒罢了。”

纳拉扬的眼睛瞪得圆圆的，回头瞟了一眼，所有人都不敢再作声。

“您又如何知道？”

“此地充斥着邪术和诅咒，原谅我，此地让我感觉很不舒服。我能感受到此地浸满了无辜者的鲜血，他们的骨肉就在我们的脚底下腐烂，他们的惨叫还在耳边回荡，我感到很不舒服，但是基纳可能无比兴奋。纳拉扬，这节日还要持续多久，我快要撑不住了。”

“哦，我的夫人呐，不会有什么节日了。我们要花上几周洗净他们的玷污，仪式改在那丹姆举行，一切从简，只有教士们会参加，呼唤夜之女现身。”

“那我们还在这儿干什么呢？我们还要南下呢。”

“我们不止为圣节而来。”确实，可是事到如今，谁又能相信我就是他们的夜之女化身呢？

纳拉扬确信我就是夜之女，他说我的直觉会引领我，然而事与愿违。

伽玛德哈们的希望变成了失望，纳拉扬也高兴不起来。

“那，我已经不是你们的圣女了吗？”

“夫人，我现在也陷入了困惑。冥冥之中，真神基纳安排好了一切，她会布下神迹。”

好吧，神迹，我并没有发现有什么神迹，我只是担忧那些久久不散去的鸦群。

“彗星是她的神示吗？去年我在北方看见了大彗星。”

“不，彗星对我们来说是扫把星，只会带来厄运。”

“我们称彗星为示达之剑或示达之誓，又叫示达尼卡，它会驱散死亡和黑暗。”

示达是历史上赫赫有名的古尼巫师，号称是光之王在世间的使者。

“教士们说，彗星现世，真神式微，光将统御夜。”

“但是晚上也有月光。”

“月光是暗之光，月亮属于暗影，让暗影的猎物们无处遁形。”

世间的宗教，多有正邪黑白之分，然而基纳却超脱于光和暗之外，既是两者的敌人又是两者的盟友。可能没人知道他们的神到底是怎样的一种存在。

纳拉扬用一种圣水洗了眼睛，他此时不能看任何人，也包括我，他就静静地盯着篝火，一动不动。我借此机会好好地观察了其他的伽玛德哈。

我预感有大事将要发生。群鸦飞舞，没有吉象。

我的手握紧了武器，随时准备自卫。

我嗅到了危险的气息，那些伽玛德哈此时情绪不稳定，我小心翼翼地盯着他们，没有什么能逃过我的眼睛。

发生之时，我也已经蓄势待发。

一个黑带侍者，威名仅次于纳拉扬之下，他是个叫摩玛·沙瑞尔的维纳人。我能感觉到，他并非为侍奉而杀戮，只是为杀戮而去杀戮。

他刚刚出手，我便先他一步拿住了他的喉咙，我默念法诀，了结了他的性命。

所有人都在颤抖，没人敢出声，也没人敢看我。

“我的母亲生气了。”

我取下摩玛的黑腰带，缠在了自己的身上，没人敢站出来说一个不字。

他们现在大开眼界了吧。

“拉姆。”

我一声招呼，拉姆便从隐匿处现身，若是刚刚摩玛快我一步，拉姆就会动手取了他的性命。

他自己知道如何处理。他拿出一条带子紧紧地系在摩玛的脚踝上，把他倒吊在了篝火上。

接着他割开了他的脖子。

鲜血滴了下来，我默念咒语，每滴血液滴落到火焰中后都仿佛添了把柴一般。我强迫纳拉扬伸出手，让几滴鲜血滴到了他的手掌上。

纳拉扬后来告诉我，基纳的信众向来不会让鲜血四溅，但是他们怕自己成为下一个被吊到火上的人，所以没人敢违逆我。

这些伽玛哈德和教士们已经为我所用，他们手上的血滴在法术的催化下已经成为无法抹去的文身，他们再也无法隐匿自己的身份，他们都是夜之女的仆从。

我没听到反对的声音。

我的梦魇更加肆无忌惮地蛊惑着我，那生物是那么热切、那么期盼地想召唤我。

拉姆叫醒了我，我们和纳拉扬一道起程。纳拉扬缄默了整整一天，他还没缓过神儿来。

他的梦想成真，但他也不知道这样的现实是否符合愿望。

他感到了恐惧。

我也是。

39

长影盛怒，他的怒火长久不熄。那顽固的老巫暗烟，他就是个蝼蚁，不，他连蝼蚁都算不上，但是他却不肯向自己屈膝，他现在要马上了结他的性命。

一声狼嚎在整个瞭望塔回响，长老长影抬起头，似乎在思索着什么。他想到了那本该法力尽废、奄奄一息的旋影。可就是这个该死的狼嚎，只有他才能如此迅捷又不留痕迹，也只有他能帮旋影恢复元气。同床异梦，背后捅刀。他要为自己的行为付出代价，只不过长影还没想好要怎么收拾这个表里不一的同盟，他要让狼嚎下半辈子都生不如死。

这两个人都要付出代价，无论是巫师还是劫将，谁也逃不出他的手掌心。

可是在风暴关那里究竟发生了什么？

有无数的人亲眼所见，有人穿着她的铠甲在风暴关前所向披靡，可是无数人也信誓旦旦地保证那个女人——多洛特娅·森扎克——还在塔格洛斯。

她到底有什么能耐？她现在似乎还不足以一边在塔格洛斯指挥她的大军，又能瞬移出现在战场上，把旋影打得措手不及。

一丝恐惧闪过他的心头。想到这儿，他放下了手中的军务，攀上台阶，走回了他的水晶寝宫，站在窗前，看着远方原野上的辉石闪耀。有别的玩家搅乱了他布好的一盘大棋，连他自己都说不准这个新玩家到底是什么来头又究竟是何方神圣。也许在风暴关前出现的压根就不是她，他自己的耳目也的确没有嗅到她的踪迹。可能她有日行千里之术？也可能是另一个她回来了，那个她一直觊觎着自己胞姐的广袤疆土。

难道真的是另一个她起死回生了吗？她可能会刻意模仿她姐姐的样子，可是随她一起的，还有原本就应该在战场上被杀死的碎嘴，他又是谁呢？恐怕等人们发觉事情真相的时候为时已晚。

他不断地问自己，不断地猜测，却没人给他答案。

阳光在远方的辉石间跳动，狼嚎的嚎叫声不绝于耳；另一边，那老巫的惨叫声也萦绕在塔中。

现在离最后的胜利就差一小步了。

他必须要逮到多洛特娅·森扎克。她是这场棋局的关键，有了她，便可操纵一切，她不但掌握着可怖的力量，她还知晓着这世界诸多的真相。有了她，就如手中有了天神的锤子，可以震碎大地，让那些在黑暗中涌动的暗流暴露在阳光之下。

但是眼下，他要好好料理暗烟。暗烟，只要能为他所用，那么塔格洛斯城，甚至连多洛特娅·森扎克本人，都唾手可得。

他又走到了那屋子，那瘦小的老巫暗烟瘫在地上苦苦挣扎，一脸的惊恐，身上满是伤痕。

“你的坚韧只会让你丢掉小命，现在我已经没有耐心去跟你玩了，我要从你的脑子里挖出什么东西才是你最害怕的，然后会让你品尝什么才是真正的恐惧。”

40

兵贵神速，尖刀短时间内竟然已经向前推进了三十英里，他的斥候和骑兵都已经不堪重负了。与此同时，辛迪带着他麾下的欺诈徒，早早就在德加戈城外潜伏了下来，却没有发现自己人的踪迹。

听了欺诈徒的汇报，尖刀问马瑟：“你怎么看？”

马瑟摇了摇头：“估计已经遭遇了不测，不是被俘虏，就是被杀了。”

斯旺和马瑟也派出了自己的探子，他们的探子带回了更南边的情报。斯旺说：“据可靠消息，那些暗影大陆的军队的确已经大伤元气，我的人成功潜伏到了他们的战壕和军营里，大约只有三分之二的军队幸存，这三分之二里估计最多只剩下一半的人还能勉强战斗，看来旋影老头儿快要无计可施了。”

“你觉得这些暗影兵团也在看着咱们吗？他们知道咱们来了吗？”

“你要做最坏的打算，旋影会法术，因此我们叫他暗影长老。碎嘴说他们能操控蝙蝠，蝙蝠就是他们的眼睛，你看最近咱们周围的蝙蝠可真不少。”

“那我们务必要小心行事，我们面对的敌军中还有多少有生力量？”

“听听，听听，有生力量，夫人把他变成一位‘将领’了。”斯旺挖苦道，“再过两天，那女人就要把你培养成一位天杀的军阀了。”

尖刀笑了起来。

“不好说，我只能告诉你数量不少。若是他们能悄悄地调兵遣将，在莫盖巴眼皮子底下集结个八千一万，轻而易举，而且都是经验丰富的老兵。”

“你觉得他们还有暗影长老助阵？”

“很有可能，长老们就喜欢阴别人一手，他们不会错过能杀人的好戏的。”

“所以我觉得他们肯定派出了不少探子，把咱们从里到外都研究了一番，咱们自以为现在知己知彼、胸有成竹，可人家可能比你自己还了解你。”

马瑟笑了起来，“你这些话是从哪本书上学来的？他们的人不会在白天行动，现在刚好昼长夜短，起码老天爷还站在咱们这边。”

尖刀听了这话也忍不住了，放声大笑起来。

在距德加戈城三十英里处，尖刀下令就地扎营。探子来报，说旋影已经把大约四千人的部队撤到了山沟沟里，就等他们过去，准备随时奇袭。四千人虽然不多，但是作为突袭部队绰绰有余了。

“他们到底藏到哪儿了？”

那些探子们却答不上来。可能是在路旁，也可能是在山上，不过不管在哪儿，这么长时间他的部队想必已经休整完毕，现在正是战斗力最强的时候。

“你是要跟他会一会？”斯旺问道，“还是牵制住他们，跟莫盖巴打个里应外合？”

“牵制住他们听起来比硬碰硬强多了，要是咱们能给莫盖巴捎个信就好了。”

“我已经试过了，”尖刀打断科尔迪的话，“不可能。莫盖巴不会主动出击，他们现在缩在城里，活像一只大蜗牛。”

“好吧，”斯旺问他，“那我们怎么办？”

尖刀命他的精兵骑手充当斥候，若是他们发现了敌人的踪影，他便会立即将部队往南边撤十公里然后就地扎营。

第二天一大早，空中的蝙蝠早已经消失得无影无踪，他将部队排成了迎战的阵型却没有进一步的动作。那些探子在山中苦苦搜寻，日夜汇报。接下来的每天早上尖刀都会摆出一副要迎战的姿态，但依旧没有行动。直到有一天，北边的一个骑手回来汇报，尖刀听罢微微地笑了一笑。他的心中自有妙计，却准备先瞒住斯旺和马瑟。

扎营的第四天，他终于下令缓缓地向山中推进，保持着队形的紧凑。不用急，不用急，他的骑兵们在整支队伍的最前面充当尖兵，严密警戒。

正午过后，两军的先头部队已经能互相看见对方了，但是尖刀却毫无反应，力图避免正面冲突，只是命令自己的骑兵慢慢吊着敌军的胃口。不过据尖兵们汇报，暗影长老似乎也成了缩头乌龟。

太阳落山了，尖刀似乎没有意识到黑夜是敌军的主场，还在缓缓推进。

敌军终于下令进攻。

尖刀早就已经与自己的军官们通过气，敌军一进攻，那些军官就同时下令让自己的人后撤。他们且战且退，若是敌军不再追击，便也不再后撤，若是敌人还要继续追击，那他们便会发起反冲锋。

游戏才刚刚开始，这些暗影长老就失去了耐心。

41

我下令停止行军，招来纳拉扬、拉姆等一众军官。

“咱们的目的地到了，现在我们就位于这沼泽的后面。我命你们各自带人分散开来，警戒四周，把咱们的军旗插到主路上，我亲自带队。”

纳拉扬一众大惑不解，不知道我意欲何为。不过如今情况甚是危急，他们也没有时间去思考，只知道服从命令说不定能保住自己的性命。

我坐了下来，看着我麾下的诸位军官给他们的属下发号施令，终于，纳拉扬搞清楚我想要干什么了，“没用的，夫人。”纳拉扬从圣殿回来之后就变得无比悲观，他现在一心觉得我们已经偏离了正轨，前途一片昏暗。

“我看不然。我觉得这行得通，我觉得此举可以让那些蝙蝠和暗影都摸不到头脑。”

我希望它能奏效。

所有军官都带着自己的人到了指定地点驻守，我叫拉姆帮我把铠甲穿戴整齐，命他自己也做好准备。等一切都准备妥当了，我便带着他和纳拉扬一起去了此处的制高点，在那儿我能随时掌握四周的动向。

果然，和我料想的一模一样，前路突然烟尘滚滚。我告诉纳拉扬：“你去通知咱们的人，不出一小时，咱们就可以共饮暗影士兵的血了。你要说明白，等尖刀的人踏上主路，咱们就从四周发起进攻，把敌人合围起来。”

那前方的军士和战马裹挟着烟尘，飞速向我军方向移动，连纳拉扬也惊得目瞪口呆。我抖擞精神，周身燃起魔焰。和纳拉扬一样，我自己的人都一头雾水。敌军越靠越近，沙达尔骑兵紧紧地保护着尖刀部队的两翼，还好，他们都是骁勇善战之士，不像他们原来的主子加那个临阵脱逃的懦夫。

不止我自己的人没搞清楚现在是什么状况，等尖刀的部队穿过狭窄的谷道，踏上大路，他们的尖兵也大吃一惊。他们本以为自己在被敌人追着跑，没想到另一头竟然有我在带着援兵接应他们。

斯旺策马上前：“宝贝儿，来得正是时候，正是时候。”

“别贫嘴，让你的骑兵到我军两翼去待命，先去执行命令。”

他掉转马头，执行命令去了。

暗影长老的人如约而至，走进了我的埋伏圈，我终于可以一饮他们的鲜血。在最前面的暗影大陆先锋已经发现了事情有变，他们尖叫着想要逃跑，但他们的长官却逼着他们向前冲锋。

尖刀人呢？和他的骑兵团一起在作战吗？

我精心编制的一张大网把所有敌军都围在了里面，他们阵形大乱，终于，他们所有人都进了口袋。军官们开始带着头逃跑，可是我已经早早地叫骑兵拦住了他们的去路，于是，他们惊恐地发觉四周都是我的兵马。

只有零零星星的几个人侥幸突围。这时我精心收编的骑兵团又派上了用场，他们对着那些逃亡的残兵穷追不舍，而我的主力部队则一直保持着包围圈的紧凑，以免出现更多的漏网之鱼。

等我带人打扫战场的时候，我看见了尖刀和他麾下的骑兵在一块儿，拱卫着我军的侧翼，把那些想要趁乱从两翼突围的暗影者赶尽杀绝。最后，可能并没有几个敌人成功逃脱。

战事电光石火般结束，此时黑夜尚未降临。

42

斯旺气得不行，久久没法冷静下来：“尖刀，你一直都计划好了，是不是？你小子还真以为自己是个打仗的料？你以为你是什么？将军吗？”

尖刀没说话，只是点了点头。

其实我觉得斯旺说得没错，尖刀还真是个将才，不过在遇到我之前，他还没有开窍。

斯旺一下子绷不住了，笑了起来："老旋影机关算尽，现在估计一句话都说不出来了。"

"没错，很有可能。"我说，"不过，他可能还有后手，咱们务必要加强警戒，他们在黑夜里仍有很大优势。"

"他们现在还能有什么后手？"斯旺得意扬扬地说。

"别膨胀，兄弟，咱们还没大获全胜呢。"

是啊，现在的确还没到庆功的时候。

"尖刀，跟我说说战场上盛传的那件怪事。"

"我知道的也不太多。好像是旋影发起进攻，就要获得胜利的时候，两个身穿您和团长的铠甲的人杀将出来，把那帮暗影者打得丢盔卸甲，而这两人仿佛刀枪不入一般，那么多士兵都伤不了他们，他们凭两人之力就把攻入德加戈城的士兵赶了出去。莫盖巴的人马见状也想趁机冲出城区，不料那两人却并未帮他们突围，最终他们死伤惨重。"

一只乌鸦在不远处的枝头静静地盯着我们。我也警惕地盯着它看。

"明白了，不过既然咱们一时半会儿也搞不清楚事情的原委，不如还是着眼于咱们目前的境况，来看看明天咱们要做些什么？"

"夫人，咱们是否要赶紧转移？"纳拉扬提出建议，"黑夜属于暗影。"

黑夜中布满了暗影，他们是敌人的耳目。到了晚上，蝙蝠出没，在我们的脑袋上扑棱着翅膀，蝙蝠也是他们的探子。

"我有些方法可以迷惑他们。"虽说迷惑乌鸦和蝙蝠很容易，但是想骗过暗影就不那么简单了，我现在还很虚弱，仅有一点点法力，还不能驱散暗影，"不过咱们是否能遮住他的耳目似乎也不会扭转如今的局面，暗影长老知道咱们在这里，也知道咱们下一步就是要拿他本人开刀，所以他需要做的就只有两个选择，要么留下跟咱们决一死战，要么等咱们还没去的时候溜之大吉。”

这次胜利大大鼓舞了士气，但是有个词叫“骄兵必败”，我们万万不能轻敌，碎嘴的失败就是我们的前车之鉴，他有很多时候靠命好才死里逃生，但是一旦命运不再眷顾他，他就玩完了。

我让其他人先退下，屋里只剩下我、拉姆和尖刀三个人。我看着尖刀，对他说：“尖刀，干得漂亮！干得漂亮！”

他只是微微对我点头致意，我俩心有灵犀，无须多费口舌。

“不过你的朋友们是怎么想通的？斯旺和马瑟不是效忠于拉蒂莎吗？”

尖刀的嘴咧了一下，道：“他们把目光放得更长远了。”

“怎么说？”

“反正塔格洛斯城又跑不了，他们自可以先放下那边为兵团服务，等兵团这边的事完了，他们再回去。那俩人已经在城里深深扎下根了。”

“明白了，你觉得他们会碍事吗？”

尖刀笑了起来：“他们现在崇尚无为，不会碍着任何人的事，如果有可能的话，他们甚至连旋影老头儿都不想惹。”

“他们对拉蒂莎当真忠心耿耿？”

“就像您对咱们的合约一样，忠心耿耿。”

“你这话提醒了我，咱们要盯着点这两位老朋友。”

听了这话，他的笑容一下子消失了：“但是咱们可盯不住来无影去无踪的暗影。”

“没错。时候不早了，你也先回去歇息吧。”

他笑了笑，起身出去了。

“拉姆，咱们出去骑马走一走。”

拉姆一听就愁眉苦脸的，估计再过几百年，他才能搞清楚怎么骑马。

过了一会儿，我俩就都已穿戴整齐，全副的盔甲压得我俩都喘不过气来，不过我必须要让自己引人注目。我们策马骑过兵营，在每座营帐前停下来，向为我卖命的将士们亲自致谢。我必须要做出如此亲民的姿态，好让他们更死心塌地为我效劳。巡视过后，我终于回到了自己的帐篷里，摘下头盔，卸下铠甲，和一个普通的妇人无异。现在到了要睡觉的时候了，马上就要到了梦魇登台表演的时刻。

就在我准备就寝的时候，我突感有恙，但好在有拉姆尽职尽责地服侍在我的左右。我注意到角落里，纳拉扬和辛迪在窃窃私语，他们一定在议论我。

“您需要一位医官。”纳拉扬走过来，讪笑着对我说。

“你有合适的人选？”

他的关切就和他的笑容一样，虚伪而无用：“呃，我叫得到的医生，可能一时半会儿过不来。”

没有医官，受伤和染上疾病的将士们会无谓地送命，这些人并非死在敌人的刀下，他们死于自己人的无能。碎嘴生前曾要求每个人都学习简单的医术，还立下了一套医病救人的军规。他是对的，要是我也会医术就好了。

疼啊，好疼啊。我这辈子都没这么疼过。

天亮了，蝙蝠和暗影都消失得无影无踪。

“纳拉扬？吃过早饭咱们就动身吧。”

早上起来，还是有点恶心。

“咱们去哪儿？”

“把尖刀找来再说。等他来了我再一起解释。”

尖刀来了，他们边跟着我走，我边向两人解释自己的计划。

尖刀带着他的骑兵团随我向东走了十余英里。我们进了山，乌鸦一路尾随。我才不管这些东西，它们并不效忠于暗影长老，也就不会向它们汇报我的动向。

等进了山之后，我们上到山坡，已经可以望见远方的平原，我下令就地休整：“全体，就地休息。管好自己的嘴巴，不准出声，不准生火，凑合着吃干粮，此处布满了敌人的眼线。”

“拉姆，你跟我过来。”我俩接着往前走，一路无话，过了一会儿，我已经可以在这里看见整片平原。

一切都变了样，曾经山上草木掩映、郁郁青青，如今目光所及之处只有石头和尘土。尤其在南边，更是一片萧索，那些曾经为城里源源不断引来河水的水渠也早就已经干得见了底。

“拉姆，叫两个红带侍者过来，拉布达和随便谁都行。”

他转身回去了，我在心里仔细盘算着那件怪事。

旋影大军的营帐和工事紧紧包围了整座城池，有几座营帐甚至就靠着北门附近的城墙，不过即便这样，他们也还是没能突破城墙。德加戈城已是一片焦土，可以看到城中有一座高达四十英尺的大土丘，上面的工事和营房已经残破不堪，芝麻一样大小的人在不断地上上下下，似乎是想在暗影者发起下一轮的进攻之前把城防给修复好。

也许那里就是夜袭开始的地方，也许那里就是敌军攻入城中的突破口。不过谁也没有想到，事情后来的发展竟然是那个样子。

不过话说回来，在那附近的敌营也似乎遭遇了重创，还未恢复，工事残破不堪，营房看起来也早就废弃了。我能不能从那儿打开突破口？要是我的兵马再多一点就好了。不知道昨天我把他们同袍打得屁滚尿流的消息传没传到他们的耳朵里，我要做到不战而屈人之兵。

我并不能确定旋影的营帐是哪一座，也许他自己龟缩在南边的某个角落，也许他甚是小心谨慎，把自己的帅帐布置得和普通营房一样，然后特意布置一个富丽堂皇的大帐，等我自己上钩。

拉姆带来了拉布达和几个我不认识的扼喉者。

“你们要去探明敌营的全貌，尤其是我们在这儿看不到的地方，找出薄弱所在，尤其是要摸清他们的明岗暗哨。若是你们能够成功，那我们今夜便可以发起奇袭，攻其不备。”

他们点了点头，执行任务去了。然而拉姆走的时候却一脸愁容，这可不多见，他还是怕我不能保护好自己。

有时候，我也不知道自己能不能。

他们一行人按照我的吩咐向西边进发。我心中却在想，不知道我的法力恢复到了何种程度，能不能给长老们一点小小的“惊喜”。

我在已经布满了灰尘的脑海里搜索着对付暗影长老的法术。我一直在思索，如何能布下一个让他们的耳目来自投罗网的陷阱，我要让他们就像扑火的飞蛾一样，扑棱着翅膀飞进我的圈套，自取灭亡，而自己却浑然不知。我不知道自己的梦境是不是预示着自己的死亡，也不知道那些突然出现的乌鸦是不是预示着更大的威胁，也许通过某种法子，我也能让那些乌鸦自己一头撞进来。

但是我知道，就在我的四周，危机四伏，暗流涌动，暗影徘徊。

我听过一些古老的传说，说是暗影不止能用来监视监听，还是暗杀的利器，无数英雄好汉死于它手，据说无数的自由佣兵团团长和各邦国的国王都死得不明不白，很有可能就是暗影的鬼把戏。不过这个伎俩据说失传已久，也许现在还幸存的暗影长老们并不知道如何利用它们。希望他们永远都别学会，不过我不能像碎嘴一样，让别人决定自己的命运。

他们探查的时间比我想象的长了不少，不过看起来他们小有收获。就在我刚刚布下捕捉蝙蝠的陷阱之后，拉姆带人回来了。他进来跟我汇报，其他人等在门口。他的语气里满满都是关切。好久没人关心过我了。我有时候会把自己当成他的大姐姐，那种感觉无比陌生。

拉姆汇报完成之后，拉布达也走了进来："我们大致看了两处，不过都不能保证万无一失。其中一处比另一处好一点，可以用骑兵打开口子。我们已经料理了那边的巡逻队，我留了些人守在那里随时接应，以防有旁人过来换岗。"

不能保证万无一失，就是在拿我们自己的生命在冒险。

话音还没落，纳拉扬和辛迪跟在尖刀后面蹑手蹑脚地走了进来。

"看来你也去探查敌情了？"

"听说你要奇袭，不过我不抱太大希望，旋影的手下都是魔鬼。"

尖刀看着西下的太阳，笑容中带着忧虑。

斯旺和马瑟也加入了这个小小的作战会议。

"拉布达，派尖兵去探明进攻的路上有没有埋伏，马瑟你领步兵，辛迪你领骑兵。其余人都跟着我。"

他们三人得令走了，我问斯旺："斯旺，你的探子最近有没有什么新消息？"

"有第三方在搅局，他们似乎不是敌人，也绝不是盟友。"

"你是说那两个穿着铠甲、模仿我和团长的人？"我注意到不远处还有乌鸦在久久地盘旋，我很小心谨慎，没有提到任何一个人的名字。

"没错。"

"他们若是再度看见我的盔甲出现，一定会引起恐慌。拉姆，准备好我的铠甲。"

纳拉扬一直在这里兜着圈子，眼睛盯着下面城外的敌营：“他们在调动人马。”

“咱们暴露了？”

“我觉得不像，他们走得还很悠闲呢。”

眼见为实，我还是相信自己的眼睛：“不可大意，他们被惊动了。军官们会希望他们提高戒备。”

“您当真要主动出击？”斯旺问道。

“只是小股奇袭，我要让莫盖巴知道援兵到了。”

我命令部队开始吃饭和准备，拉姆带来了我们的盔甲和坐骑。

“太阳还有两小时就落山了，咱们要在天黑之前闹出点动静来。辛迪，你是否探明了旋影本人的位置？”

“还没有。”

旋影果然老奸巨猾，我必须马上行动起来。拉姆服侍我穿上了盔甲，其他人也都按照我的指令进入了岗位上。

“你今天怎么话这么少？”

“这几个月发生了太多令人担忧的事情。”

“比如？”

“若是杀戮之年降临，世界真的是否会被黑暗吞噬。”

哦，我的拉姆，他可能脑子转得慢了一点，但是绝对不是个蠢材。他怕基纳神和他想象中的那尊真神相去甚远，看来他已经开始摆脱基纳对他的控制了。

我的心中又在忧虑什么呢？真见鬼，碎嘴，你当初是怎么攻破我这一副铁石心肠的。碎嘴曾说我的心就像牡蛎壳那样坚硬，不过他似乎有一双火眼金睛，能看透我的内心，能看穿我的灵魂。

就是下面的那帮人把他从我身边夺走，摧毁了我唯一的牵挂——我要血债血偿!

“拉姆,”我把手放在他的胸口轻轻抚着,“别怕,你把心放在肚子里吧,有我在,车到山前必有路。”

他信任我,这个傻瓜。他看我的眼神就犹如一条老狗,忠心耿耿地盯着它的主人。

43

普拉布林德拉·德哈听从暗烟的建议研读了手中黑色佣兵团的史书。在最早的编年史中,一五一十地记载着佣兵团血腥又黑暗的历史,不过里面丝毫没有提到所谓佣兵团在北境的惊天秘密,不,是连隐晦的暗示都没有。他读得越多,他就越确信暗烟已经老糊涂了——那个老巫在误导他,居心不良。

“王兄,你准备和书睡在一起了吗?”拉蒂莎走到了他的案头。

“不,我不会再读了,暗烟错了。”

“但是……”

“不用管那个女人,我可以用性命担保,而且事实可以证明,她并非夜之女。你应该亲自读一读这些编年史,他们早期的历史写得很是隐晦,若是不仔细研究,别有用心的人就可以随意解读。不过,那些佣兵似乎有更重要的使命,他们的确有过黑暗的过去,而且,他们在努力抹去他们的前辈在他们身上留下的印记。”

“你是说,他们不是真的想要占领卡塔瓦?”拉蒂莎打断了王子的话。

“说不好,但是我还不知道那里有什么,也不知道那里究竟发生过什么。”

“不过我们万万不能掉以轻心，若是那个女人真的能打败暗影长老，那她也能轻而易举地打败我们。”

“可能吧，”王子微笑了起来，“若是这世道还和往常一样的话，我都想亲自南下跟他们去看看了。我在此处已经了无牵挂。”

“别让他们迷了你的心智。”

“你说什么？”

“现在臣民们开始惧怕你了，但是恐惧不会长久，你要抓住机会，在他们对你的恐惧消失之前，让他们发自内心地尊敬你、爱戴你。”

“我向来随心行事，而非为了弄权而行事。”

突然，门“吱呀”一声开了，打断了这对兄妹的争执。只见暗烟跌跌撞撞地走了进来，又在王子面前站定，活像个老疯子。

“你到底死哪儿去了？”

王子伸出一只手，接过话头：“暗烟，你怎么这副样子？发生了什么？”

他开了口，但没有出声。

长影还住在他的脑子里，邪恶的脸就在他的眼前飘着，那痛苦，那恐惧，他不能说，他不敢说。

“你到底想干什么，老糊涂了？你知道你不在的这一段时间错过了多少事吗？”拉蒂莎怒火中烧。

“不。”暗烟咿咿呀呀了半天，终于从牙缝里挤出了一个字，这让本来就处在盛怒之中的公主头上又添了一把火。

“她把他们全杀了！”

“全杀了？”

他的回答是无意识的，此时原本是他发表自己观点的好机会，只不过他现在太累了，他只想休息……只想休息……

“算了，那些教士们死就死了吧。不过那女人此时可以在塔格洛斯横行霸道了，没人能管得了她。”

“她没……”暗烟说到一半，长影的脸突然又出现在他的脑子里，恶狠狠地盯着他，“她在哪儿？”

“现在，应该已经去了德加戈城。”

他的脑子里现在一团糨糊，但是不能休息，他必须知道最近到底发生了什么，他的主子必须知道发生了什么，长影大人会生气的。

“谁？是谁打败了旋影？”

王子一言未发，看起来和他一样昏昏欲睡。不妙，这位王子并非表现出的那般昏庸无能、头脑简单。

他不想再撑下去了。

他不想，但是要是他失败了……暗影长老的脸浮现在他的脑海中，训诫着他。

“我们，我们必须速速行动，她，她要吞了我们！他要把我们整个国家都吞了！”

德哈终于抬起眼皮打量了他一下，眼神竟然无比凌厉，“我曾听你的建议研读了古籍，整整六遍！里面的内容终于让我确信了……”

太好了！上钩了！要不是有君臣之礼的限制，那老巫几乎要当场叫出来了。

“它们让我确信了你就是个废物，是个只会喷粪的蠢材！黑色佣兵团并不觊觎我们的国家，现在我们和她是同盟。”

44

天还未完全陷入黑暗，我们必须要在黑暗完全降临之前完成我们的计划。

骑兵已就位，看起来那些暗影者并未察觉，其他人也各自领着自己的队伍做好了战斗准备，他们隐蔽在山中的各个角落。

旋影此时在想什么呢？他的心情一定不会太好，昨天我围歼了他整整四千人马，谁会在连吃了败仗之后还开怀呢？

尖刀已经布下了足够的步兵，足以掩护担任正面主攻的骑兵随时撤退。

我告诉拉姆："是时候了。"

我策马走上山顶的制高点，在那里，山下的情况一览无余。拉姆也骑着马，跟在我后面，此时我心里想的却是让他千万要把屁股贴紧马鞍，万一他当众摔下马来，我精心筹备的一场好戏就会成了闹剧。

我拔出剑，心中作法，魔焰包裹了每一寸剑身。

我听到进攻的号角，骑兵出击了。这些沙达尔骑兵真不愧是身经百战，再加上有尖刀这位良将指挥，他们的阵形看上去滴水不漏。

敌人似乎已经溃不成军，迟迟没有组织起有力的反击，似乎又一场胜利唾手可得。我把宝剑收回剑鞘，底下见状开始鸣金收兵，我的骑兵毫发无伤地撤了回来，看似也并没有敌人追击。

"下一步怎么办？"尖刀不知道什么时候来到了我身后。

"我们的目的已经达到，咱们城中的朋友应该已经知道了我们在外面。撤军吧。"我远远地望着漆黑的城内，城中的灯火就像点点星光，里面似乎开始骚动起来，他们知道，援兵到了。

辛迪和纳拉扬站在我的身后，他们俩也听到了尖刀问的问题，我叫他俩过来："你们俩带上你们的扼喉者朋友们，去掩护骑兵撤退，确保步兵也能安全地撤回来。明天一天咱们休息。"

我的确需要休息，我现在精疲力竭，已经好久没有睡觉了。我已经好久没有连续这么长的时间保持高度的紧张，我生怕到了性命攸关的时候自己却撑不住倒下了。

但是还没等所有人都撤回来，黑夜就已经降临。我突然意识到，我们的动作还是慢了一步，我的步兵还在阵地上，我的大部分骑兵也没有成功撤回来。

天空挂着一轮诡异的月亮，惨绿色的月光无比瘆人。

那不是月亮，那球落到了一片空地上，爆炸了，只留下浓烟阵阵，地上留下了一个大坑。我身边的将士们一片惊呼。

不过我的心情反而很是愉悦，旋影果然已经老眼昏花了，他的法球扔偏了整整两百英尺，他不知道我们的人在哪儿，他的暗影和蝙蝠都成了瞎子和聋子。看来我偷偷布下的障眼法起了作用，比他的大火球有用多了。

我转头对拉姆说："估计离他下一次攻击还要有一阵，我们要抓住机会，让士兵们把能扔的辎重先都扔了，他们太过笨重了。"

我的命令成功传了下去，我的骑兵速度明显快了起来，他们迅速收缩。这些骑兵丝毫没有恐惧或是惊慌，他们和我一样，心情大好。他们刚刚冲到敌军的核心地带，把敌人搅成了一锅粥，又奇迹般地退了出来。

纳拉扬召来了他的弟兄们，等我们的步兵开始撤退的时候，大约已经来了八十个扼喉者。"他们大多都是我麾下的干将，"纳拉扬向我解释道，"我一招呼，他们就日夜兼程赶到了戈加城，现在您有什么计划？"

"你们都下去，到战场上去。"

旋影胡乱地朝地上施着咒术，似乎在宣泄他的怒火。他现在活像一个打着王八拳的瞎子，他的法球震碎了大地，尘土和碎石被抛到了山上，连我的身上也满是尘土。空气中尘土弥漫，我连纳拉扬的脸都看不清了。

“咱们要趁现在天时地利人和，试试潜入他们的军营，擒贼先擒王，把暗影长老解决了再说。”

虽然我看不清他的神态，但我知道这个提议并未让他吃惊，我听他在我身后喃喃自语：“长影绝对消息灵通，他知道旋影已经是强弩之末了，那他一定会做点什么，他会怎么做呢？派出狼嚎吗？我们如果要动手，就要趁着他的援军还没到的时候就下手。”

他似乎顾虑重重，他若是不想动手，我也没法直接指挥他麾下的扼喉者。

但是他不得不执行我的命令，谁让我是他们的夜之女呢，他们不敢违抗，他们不得不跟着我。不过这个小个子还是皱着眉头，跟我提出抗议：“我觉得此举太过冒险了，为咱们着想，还是不要自己往火坑里面跳。”

“你们说我是神的化身，还记得吗？现在我要证明我自己了。”

不过我此时已经精疲力竭，现在只想休息。但我又必须亲自带队，为这次斩首行动打前站。

纳拉扬在他的帮派里精挑细选了二十五个精英杀手。他让其他人先行休息，把他们安置到了营房中，这些幸运的浑蛋，暂时不用跟着我去送命了。

他给辛迪下命令：“辛迪，带四个人为我们开路，不要惊动任何人，除非万不得已，也不要轻易杀人。”他命令四个人跟着辛迪走了，我们余下的人则保持着紧凑的队形，每个人交替掩护队友的侧翼。看来纳拉扬对这种小队潜伏早就轻车熟路了。

暗影在我们身边徘徊，但它们还是睁眼瞎，不知道我们在哪儿。我也在它们身边徘徊。

我的心里突然闪过一个不好的想法：会不会是旋影故意装作自己已经不堪一击，故意放我们进来？

他的法球还在胡乱地落到地上，也许他是真的耳目失灵了，要不然怎么连我们早就已经溜之大吉了都不知道。

辛迪回来汇报："前面的地都是湿的，很奇怪。"

"都是水？"

"的确奇怪，近几天并未下雨，小心，可能有诈。"

那些暗影士兵们不敢进山追击，他们只得往城墙的方向撤，但是城墙上有莫盖巴布置的弓箭手，若是他们靠得太近，也会一不小心丢了命。

我们越走越深，辛迪不得不干掉了几个卫兵。

旋影的咒术停止了。"他知道了，他的暗影们知道自己卫兵的位置。"纳拉扬在我旁边耳语。

不一定，他只是被搞糊涂了，他也可能以为是他的哨兵被大股的敌人包围了，不过，他的确可能通过其他的法子知道有人在靠近他。我命令辛迪务必要保持警惕，一旦情况有变，我们必须毫不犹豫地撤退。

我们离城墙只有几百码的距离了。辛迪已经替我们清除了路上的障碍，是时候去会一会暗影长老了。

若是地狱之门大开，从里面逃出来的魔鬼恐怕都在这个战场上了。

突然有几百个大大小小的火球照亮了夜空，透过火光，我看见在背对着城墙的方向站着几百个人。他们中有塔格洛斯人，还有大个子的黑人，他们离我的扼喉者尖兵只有几步之遥。

莫盖巴就在对面，我看着他，他看着我，我俩竟然想到了一块。

45

长影盯着桌子对面的水晶法球，他的新奴隶——暗烟的脸在球中若隐若现，一脸的惊慌失措。狼嚎盘着腿飘在空中，饶有兴致地看着暗烟结结巴巴地向自己的主子汇报着近期的情报。

奴仆暗烟一无所获，多洛特娅·森扎克对他严防死守，她没那么好对付，已经把自己军中暗烟和长影的耳目通通驱逐了出去。长影不耐烦地伸出一根手指，打断了两人的谈话。暗烟的脸消失了，法球表面上闪烁着波纹。

狼嚎一脸坏笑："你不要逼得太紧了，凡事要讲究打一棒子再给个甜枣吃，一味地威逼只会坏了事。你看现在他露出了马脚，那对兄妹已经不相信他了，对咱们也没有用了。"

"老子不用你来教……"

可是此时他说得对，不能逼得太紧，要软硬兼施。

"让我们看看咱们风暴关的同门干得怎么样。"

他们一同施法，其实单凭长影自己一个人的法力就能完成，但是两个人显然效率更高。

他们联系上了旋影，他一脸愁容，活像一只落败的斗鸡。他现在不但损兵折将，而且还腹背受敌，颇有四面楚歌之势。

"老子折损了四千人！阵地也乱七八糟的！谁知道今晚又死了多少人。肯定是她，而且她恢复了一些法力。"旋影现在别无他法，只能调动优势兵力把塔格洛斯城围得死死的，万一敌人里应外合，他将毫无胜算。

“哦？看来她找到了一些小帮手？”狼嚎讥讽着自己的这位盟友，他心中突然发现事情远远没有长影说的那么简单，现在他自己的心里也开始打起了小算盘。

“管她呢，反正咱们现在已经掌握了她的确切位置，你的新飞毯做好了没有？”

“已经准备好了。”

“我会派出三名好手，把她带过来，那可真是太有意思了。”

要不要把狼嚎派过去？不要，太冒险了，他这个人经常临阵倒戈。甚至他还有可能自己带着多洛特娅·森扎克逃之夭夭，这世界上每个人都觊觎她的知识和法术。

一定要小心谨慎，他必须慎重选出自己最得力的三个干将。

“若是行动失败，你这三位爱将恐怕都要有去无回咯，我都替你心疼。”狼嚎似乎看透了长影的心思，这个如同一团破布一样的小个子咯咯地笑了起来，“要是我在的话，说不定还能把他们带回来。”

确实，如今他别无选择。他看着狼嚎带着三个他最得力的干将动身了，他在心里默默地为自己的三个人祈祷着，与此同时，他脑子里的另一个声音在狠狠地咒骂着狼嚎。若是这一步棋没有走好，他先前的一切努力都会化为泡影。想到这里，他不禁打了一个寒战。

他还想试着再联系一次旋影，无人应答，他可能已经被俘，或是被杀。

他回到了寝宫，成群的乌鸦在窗外盘旋，有的则栖在窗外的台子上，他必须要亲自出手了。其实，他已经把暗影派到了德加戈城。

46

我和莫盖巴故人重逢，分外激动。不过，经历了这么多的事，他的形象与我的记忆相去甚远，那个一向彬彬有礼的军官如今变得神经兮兮的。

我们相互寒暄了几句，不一会儿，他便招呼着自己的人走到我这边来。就在他们往这边走的时候，拉姆一下子就站到了我的旁边，拉布达也从后面一个步子迈上来，护住我的左边，纳拉扬也瞪大了眼睛，生怕有人趁机对我不利。

“夫人，我们都以为您已经阵亡。”莫盖巴对我说。他的肤色比尖刀更深，他的体魄比我见过的任何一个人都更结实，他是个战功卓著的指挥官，还是黑色佣兵团的老将，一位纳尔人。我们还在南边的时候，碎嘴在吉－埃克斯利把他招入了麾下，若是和他一样的纳尔人有一千个的话，拿下暗影长老可以说是易如反掌。

不过如今他们只剩下二十人左右，而且，据我猜测，全都对莫盖巴忠心耿耿。

“你看我现在不是还好端端地站在你面前吗？我这个女流之辈，比你想象的难搞多了。”他的人和我的人现在都站在了一起，一派其乐融融的景象。经过了解，他们和我一样，都是想趁着旋影反应过来之前进行刺杀行动。他们很有可能还触发了敌军的警报，毕竟莫盖巴不会什么法术让暗影看不到他。

“你知道长矛在哪儿吗？”他问我，这个问题一下子问倒了我，我本以为他想先说说他被围城数月的困苦，或是强调一下他才是正统的团长继承人。

“什么长矛？”

他仿佛一下子释然了，笑了起来："旗杆，插着咱们团旗的那杆长矛，摩根把杆子搞丢了。"

他现在似乎急于搞清关于佣兵团历史的某个隐秘真相，我赶快把话题拉回到当前的形势上。我们已经没有多少时间了，我们已经惊动了敌军，那些暗影士兵正在赶来的路上。

"你这边带了多少人？我带着一群新兵蛋子，没有几个老兵。他们只能自保，没法把你们也带出去。"

"我们的建制早就被打没了，他们最后一次进攻差点打垮了我们，看来你现在已经恢复了一些法力。不过，你的手下都是些什么人？碎嘴……阵亡了。"

"他们都是暗影的敌人，敌人的敌人便是我的盟友。"此时说一点让他摸不着头脑的话，会比直接说出真相对自己有利。

"你为什么不直接结果了长老们？"

我没法撒谎："我现在并无以前的法力了。"

"今天你带的都是什么人？"

"所有能上战场的人。"

他咧开嘴冲我笑了一下："看来，你现在自立为团长咯？你不觉得这个位子应该是由我来坐？"

我们俩用的都是珍宝诸城使用的语言，旁人听不懂我俩在说什么。

突然，不远处传来了阵阵的惨叫声。"纳拉扬！你过来！"看起来驻扎在我们西边的暗影士兵随时都会杀过来。

"莫盖巴，我认为团长之位没什么可谈的，团长已死，由我继位，天经地义。"

"天经地义？团长向来是应由选举产生。"

我们说的都没错。

“咱们撤吧，辛达维！”他突然转身招呼了一声自己的弟兄们，“看来没得谈了！”一声令下，他在城墙处把守的卫兵和弓箭手们忙活了起来，有的拉弓搭箭，有的燃起火把，掩护自己的长官撤退。

“我无意树敌，我只关心暗影长老们的死活，现在大敌当前，还不是内斗的时候。”我的人纷纷走到了我的身后，他的人也回到了他的身边。不知什么时候，一堵由暗影士兵组成的人墙悄悄切断了我的退路。

他又咧着嘴朝我笑了一下，露出了一嘴尖牙，带着人攀上自己手下扔下来的绳索，消失在了城墙后面。

拉姆轻轻推了我一下：“咱也赶快走吧，夫人。”

那是一小队暗影士兵，他们自以为我们是一伙孤军深入的蠢货，像看盘中的肥肉一样看着我们，纷纷摩拳擦掌。可是我早有准备，布置在山上的瞭望哨看到我遭遇了敌人，号手吹起进攻的号角，我的人马发起佯攻，他们顿时吓得大惊失色。我则趁着他们还没回过神来时带着人消失在了夜色之中。

等我们回到了自己的军营，我歇了一会儿，叫来纳拉扬。

“纳拉扬，我们是否确定了敌将的位置？”

“若是没有那帮人突然出现搅局，惊动了敌人，我们早就能生擒他了，辛迪当时离他不足十英尺。”

“辛迪怎么没回来？”我抬头看了一圈，没有看到辛迪熟悉的身影，心里大惊，他可是我的一员大将。

纳拉扬诡异地笑了一下：“别担心他，辛迪现在还活蹦乱跳的。我们现在知道了旋影并非法力衰弱。不过我们也不赖。死了两位弟兄。辛迪带着剩下的弟兄趁着莫盖巴他们撤退的时候偷偷溜进了城里。”

“纳拉扬，那你动一动你的脑子，”我努力不去注意他的笑容，“你觉得他在城里还能找到盟友来帮他吗？”

“也许他在城里有几位朋友吧。不过，我倒是想让辛迪尽量接近您在城里的朋友们，一定有人对莫盖巴的高压政策大为不满，等着投入您的麾下。”

莫盖巴并非大患，他只是被团长之位冲昏了头脑，我俩只是表面不对付，其实心里都清楚对方是自己唯一依靠。他还不至于在现在这个节骨眼上一心跟我作对，我现在只需要让他老老实实地待在城里，只需要装作要扫清围城的敌人、协助他突围的样子就能先稳住他。其实我只是要趁着这个机会训练一下我手下的这些新兵蛋子，让他们感觉自己可能成了我真正的弟兄。至于莫盖巴呢，只要他在城里还把持着一股势力，他就能让敌人分心，给我争取喘息的机会。

不过，我知道我如今面对的真正问题是什么，旋影的援军会是谁呢？都有谁可能会出手帮他呢？

德加戈城之围已经不再是大问题，但是此时德加戈城在各方势力的眼中都意义非凡，它代表着战场形势的平衡，暗影大陆上的人口多聚居在南边，他们都在观望，观望着哪边才是最后的赢家。在他们眼里，似乎谁能打破现在的僵局，谁就真正有了压倒性的实力。看来这座小城很有可能成为我动摇暗影长老在这片大陆上牢固统治的一个突破口，人民都已经被压迫许久，都在等待着救世主的来临。

我现在需要他们的支持，我需要他们认为我已经足够强大，强到已经可以让他们主动从自己的家里走出来，穿过群山，加入我的阵营。

不过单凭我自己寸步难行，我需要拉姆。

47

山后面的小径上，几个骑手行色匆匆，只听见一个女人开了口："她确实把他们要得团团转。"他们已经在山里行走了整整几周的时间，一路上都是荒郊野岭，不过现在他们在路边看见了一幢幢明显是人工搭建的石头建筑，而且做工精良，看来制作它们的工匠一定付出了很多的心血。

"她向来干得漂亮。"碎嘴附和道，心中却在盘算夫人能否成功南下，自己又如何找机会逃出生天呢？

"向来漂亮，我真是太嫉妒她了。"那女人边说边轻轻地抚着他，就像两人真的是一对夫妻一般，但是她心里对碎嘴的小九九一清二楚，她现在能把夫人模仿得惟妙惟肖，唯一的问题就是他还能配合多久。

她微笑了起来，她知道碎嘴现在对自己越来越顺从，看来她的目的已经达到了一大半。

他咬了咬牙，什么也不去想，专心赶路，她却执意让他心烦意乱，又碰了碰他。他假装什么也没有感觉到，直直地盯着那些石头工事。不过即使他盯上一百年，石头也开不出花来。他只能歪头看了看她，眼睛瞪得大大的。

"吾爱，看来你还没有放下，时候未到，你早晚会重新拜倒在我的石榴裙下。不过，让我们先去见几个老友吧。"

乌鸦在前面开路，搜魂想尽可能地吸引他的注意力，确实，她是个尤物。

他想放空自己，他心里明白搜魂的话是什么意思，也能把搜魂要带他去见谁猜个八九不离十。他还知道，自己不可能以碎嘴的形象示人了，毕竟搜魂现在是夫人，那他又会变成什么人呢？

他们已经来到了城郊，他开始观察着那些路边汗流浃背的劳作者，观察路边的草木，观察林中不时出没的野兽，观察嗡嗡飞在他们身边的飞虫。不过无论是人也好兽也罢，谁都没有抬头看他一眼，反倒是那些飞虫，不断地往他的脸上撞，甚是恼人。

能不能趁她不注意，从田间地头里溜走呢？他甚至在心里盘算着怎么去引开那些乌鸦们的注意力。难道他混在人群里，搜魂的耳目们还能认出他来不成？

她在前头领着路，路边的山头上有工人在敲敲打打，看起来这些工事已经临近竣工了。这一小段路上，她隔一段就停下来，跟路边的工人们搭搭话，看起来大家都以为她就是夫人本人。她和夫人一样，一举一动的背后都有着自己的目的，看来她此举的目的意义明显，她想借这些路人之口，散布出夫人已经回城的消息。

可是如今夫人真的回来了，她还想干什么呢？

直觉告诉他此时必须要采取行动，但是在如今的境遇下，他其实什么也做不成。

一路没人认出他来，他的自尊心很受挫，就在几个月之前，那些塔格洛斯人们还欢呼着他们赋予他的名字——解放者。

看来流言往往传得比奔马还快。等他们接近了城池的时候，他看见一个熟悉的身影从要塞中走了出来。是普拉布林德拉·德哈！他在亲自指挥着工事建设，真是让人大开眼界，要知道这位王子向来不理朝政。难道他是想离那些教士们远一点，躲到工地上，求得一时的清净？

王子看着他俩：“大开眼界，我还以为你一时半会儿回不来了。”

“我们在北边打了几场胜仗，杀了他们四千多个人。尖刀现在已经能够独当一面了，我就留他指挥作战，我回来帮助您招募士兵、修筑城防。我说，那些教士们已经不碍事了吧？”

“托你的福，”王子看起来有点蒙，“不过我必须提醒你，你已经没有几个真心的盟友了，小心有人背后捅你刀子。”他边说，边偷偷往碎嘴这边瞟。

“没办法，乱世之中，就是这样。您现在征兵情况如何？”

“不太快，但是有很多主动帮我们修筑工事的民众，怎么说呢，大部分的人还在观望。现在臣民的士气低落，仿佛看不到希望。”

“跟他们说我们在北边的胜利，跟他们说德加戈城之围已解，旋影已经无力再战，他不得不摇着尾巴向他的同门长影求助，他自己的部队已经土崩瓦解了。”

碎嘴一直没有说话，他抬眼看着天空，从东边飘过来几片云朵，想必是从海上漂过来的。那些云就是普通的云，不过他现在百无聊赖，必须做点什么来转移注意力。这个婊子！装得真像！他现在明白她心里在图谋什么东西了。

真正的夫人还在美因河那边与旋影周旋，马上就要到雨季了，一旦河水上涨他们将无路可退。他的担忧并非空穴来风，大概两个月后，雨季就会来临，暗影长老又是出了名的难缠，若是夫人当真被洪水挡在对岸，这位假夫人——搜魂，便会有足足五个月的时间来蒙蔽众人。这么长时间，再加上她出色的演技和伶牙俐齿，每个人都会成为她的走卒和棋子。她的那些乌鸦则会飞到北边，为她源源不断地传递北边的情报。

这个贱人！黑心的婊子！

王子一直皱着眉头，好像看出了他的异样，又似乎是在等他开口。但如今他已经沦为这个女人的附庸，身不由己。

“好吧，我会找机会让你跟臣民们说的，咱们找个机会去花园一叙？”

“那我不胜感激。不过，王子殿下，这回可要我做东。”

王子轻轻地笑了起来，“若是他们的老板不记仇的话，那就随你吧。”

“上回又不是我挑起的事端。”

这都什么跟什么呀！搜魂对他还有所防备，他现在对发生了什么都是一知半解，夫人和花园又扯上了什么关系？

他觉得有双眼睛在盯着他，那是暗烟，这位老巫隐藏在阴影中，一脸的愤怒。他抬头望向监视者的方向，暗烟身子一颤，悄悄地溜走了。

乌鸦随着老巫逃走的方向飞了过去，当然了，螳螂捕蝉黄雀在后，搜魂早就把他的底细挖得一清二楚。

搜魂问王子：“我走了这么长时间，我的住处应该已经落满灰了吧，这一路把我折腾得没了人样，我估计要洗两小时才能把烟尘都洗掉。”

“夫人的住处我早就派人收拾好了，不过我还要继续监工，不如我差人伺候两位去休息？你们的行囊就交给他们用马驮着走。”

“那真是太好了。”她用眼神勾着这位王子，王子也招架不住这般诱惑，唰的一下红了脸，“我还要见几个人，麻烦您把他们叫到我的房间来吧。”碎嘴从未听过这些名字，“在我洗好之前，拉姆会招待好他们的。”

“愿意为夫人效劳。”王子叫来他的侍从，吩咐他们去找搜魂指名要见的那些人。

她紧紧地跟在王子的后边，碎嘴遵照她的旨意，牵马在后面跟着。一只乌鸦还在王子的头顶盘旋，碎嘴也不得不承认，它们是最优秀的探子，让搜魂有了千里眼和顺风耳。

房间内有面镜子，他一下就知道为什么一路都没人能认出自己来，他也终于知道为什么会有人叫他“拉姆”，他现在已经变成了一个魁梧的黑人大汉，一个邋里邋遢的沙达尔人。

她给他施了易容咒。

被搜魂叫到房间里的人一看就都出身卑微，他们都是些小个子，瘦得皮包骨头，每个人都把脸藏在斗篷里面，嘴里说着令人摸不着头脑的话。他们在叫她什么？夜之女？那又是什么东西？他又惊又惧，果然在这段时间里发生了太多的事，他根本就被彻底蒙在鼓里，无从着手。

搜魂对着这些人发号施令，希望他们能盯着点老巫暗烟，尤其是他走进死灯大街的时候，一定要及时地拦住他：“你们要时刻保证随时都有两个人在盯着他，在阻拦他的时候一定要不惜任何代价，但是记得别下手太重，他上了天堂可就没有利用价值了。”

那些人的装束都十分奇怪，对着眼前的这个冒牌夫人全都唯唯诺诺的。一个领头的对搜魂说：“遵命，夫人，小的们明白了。”

“你们明白就好，这件事至关重要，找到他躲在什么地方，跟紧点，这个老巫很是危险。”

那些人领命出去了，他们自己看起来也无比慌张，似乎是不敢跟她多说一句话。

“他们畏惧你。”只有他们两人独处的时候，他才能发出原属于自己的声音。

“那是自然，他们认为我是夜之女。你怎么还不快去洗个澡？你都把这屋子熏臭了，我让他们给你拿了换洗的衣裳。”

能痛痛快快地洗个澡、换身衣服是几天以来唯一能让他舒心的事。

48

我急需睡眠，但是梦魇扰得我没法安眠。在梦中我游历了地表之下的洞穴，洞中一片恶臭，这恼人的味道来自几个奄奄一息的老人，周身生疮，浑身烂肉。他们还活着，但是在不断地腐烂。我走过他们的身边，走到了他们目光所及之外，我能听到他们在恳求着我、在咒骂着我。我打不起精神来，但是我知道自己还有要事去办，此时我离成功只有几步之遥。

它已经失去了耐性，它会为了让我合作而不择手段。

纳拉扬叫醒了我："抱歉夫人，醒一醒，您看起来像撞了邪。"我睁开眼，看见他一脸仿佛见了鬼一样的表情。

我坐了起来，又开始呕吐，纳拉扬叹着气，叫侍从们来伺候我，他怕我一下子死了，他的投资将血本无归。

我并不担心这点，我并不会死，但是我这是怎么了？这就是衰老吗？每天早上醒来，都会发现自己比前一天感觉更糟糕，而且，以前还只是早上难受，现在每天都昏昏沉沉的。

我还有要事处理，我不能让这点小病拖累我。

"拉姆，扶我起来。我现在看起来很糟吗？"

"当然不，夫人。"

"谢天谢地，起码还给我留了一点颜面。纳拉扬，有什么事？"

"夫人，您还是要重视您现在的状况，身体是咱们打仗的本钱。您请跟我来。"

我谢过了他亦真亦假的关切。门外，拉姆早早地备好了马，我也收拾整齐出了门，扶着他的身子上了马。我们骑着马往山坡上走，就在我们一行三人离开军营的时候，我看见尖刀、斯旺和马瑟几个人的脑袋凑到一起，不知道在商量着什么。纳拉扬并没有骑马，但是他有日行千里之术，只要他想跟，多快的马都逃不出他的手掌心。

他说得没错，眼见为实，耳听为虚，我现在更喜欢亲自去看，而非坐在屋子里听人汇报。

雨季来临，到处都涨了水，只见我们脚下的平原已经成了一片泽国，就连北边和南边的山头都遭了殃，这个地方就像一个已经冒出水来的大水缸。

“现在咱们要探明此处的水文情况，尤其是要弄清楚那些河流在发水之后都往什么方向流。”

“据说河水最浅处都已经有十英尺深了。”

谁也不知道水涨到多高才算完，这些山在洪水面前也仿佛都是纸糊的一样，一点就破。不过有了群山的缓冲，平原上的水最多也就六英尺深，但是六英尺深已经足够把德加戈城变成一片汪洋了。

莫盖巴在城中抓紧准备，他现在没有退路了，只能建堤筑坝，置备船只。旋影只要不蠢，绝对会趁机反扑。

神啊！神啊！告诉我暗影者都去哪儿了吧！他们忽然一下子销声匿迹，我觉得自己仿佛走进了他们精心布好的陷阱里面。

纳拉扬叫来斥候跟我汇报暗影长老们的动向，斥候说他们在日出时分兵分两路，分别向南北两个方向去了。

我在脑海里推演着敌我的位置。

“咱们要马上转移！要不然中午就会完蛋！你们都跟在我后边，士兵！你跟着拉姆，跟紧了，还有没有没回来的斥候？”

“还有几个人。”

“咱们管不了他们了，快跑！”

事实证明我是对的，这一队人马看起来滑稽异常，只有一个骑马骑得还可以的，然而就这个人还身体抱恙，这么一点路程就要停下来吐两回。不过好在我的头脑清醒，在他们把我们合围之前成功回到了军营里。

我一回来，就发现尖刀已经整装待发了。现在我明白了他和马瑟、斯旺那阵在嘀咕着什么东西了，他们也发现了大水对我们极其有利，知道我必然会有所行动，索性就叫所有人先准备好等着我回来。

“分别派骑兵去南北两个方向侦查。”

“已经去办了，两个方向各两百个人。”

“很好，很有灵性。”我现在突然想起来，还在北边的时候，我们就吃过这种合围战术的苦头，现在时间就是生命，我不希望我们在北边的悲剧今天再度上演，“所有骑兵都在丛林中砍倒大树，就地隐藏，步兵尽快撤到山上，若是发生了小规模的遭遇战，必须要立刻向我汇报，各方都要随时保持联络。让咱们的佯攻部队尽快向东收缩，把敌人引过去，他们想跟多久，咱们就陪他们玩多久。”

若是夜幕降临，我这一切动作都将是徒劳，长老们在黑夜里布下的暗影自会告诉他们我们的一举一动。

若是他执意咬住我不放，莫盖巴就能趁机突围。我相信旋影不会对我穷追不舍的。

尖刀行动迅速，马瑟和斯旺也没拖我们的后腿，目前还没看出来这两位有什么异心。

我的人向来令行禁止，在什么境况下又都能保持信心满满，部队并未因这次紧急撤退而表现出一丁点的慌乱。因为他们信任尖刀，他们相信这位传奇英雄总会带他们化险为夷。他的骑兵们行动迅速，不一会儿就消失在人们的视线中，只留下滚滚烟尘。

尖刀、斯旺、马瑟、纳拉扬和我坐镇指挥。“若是我这个法子有用，自然可以骗过他们。”我对他们说。“一旦他发现我们正在‘四散逃窜’，就会以为我们已经被打得乱了阵脚，他们自己就会被胜利的喜悦冲昏了头脑，然后不顾一切地要追我们。”

斯旺把两只手叉在一起，望着天空。尖刀问我：“你下一步要怎么办？”

"我们向北撤退，等他们上钩。"

"他现在正在慢慢地往钩上咬。"马瑟说。

尖刀也明白了我的目的："我懂了，咱们撤退的速度很快，他们要不顾一切地想赶上我们，那他们的阵型必然就会松散。"

我对他说："看来你学得很快，果然乱世出英雄。"

"我看是因为乱世里乱事太多吧。"

"好，你们其他人都明白了没有？"

看斯旺还是有点发蒙，我就接着给他解释："旋影必定会趁着这个机会，让他的残兵和预备队紧紧地咬住我们。我们便让他们咬，把他们带到山里边，那里面的地形对我们有利，我们可以杀他们一个出其不意。纳拉扬，你去派一些尖兵给咱们开路。"

纳拉扬对我也不那么防备了，因为此时，我的每一个命令都会导致一场大战，有战斗的地方就必然有杀戮，那可以说是真正的杀戮之年。

49

黑夜里有个鬼鬼祟祟的身影在左顾右盼，那是暗烟，他嘴里轻声地骂着娘："他们又来了！这些人真是甩都甩不掉！他们似乎永远能预知他的下一步行动。"

心悸，惶恐，他陷得太深了，他把自己的灵魂出卖给了长影，他恐怕再无翻身之日了。长影在他的体内植入了什么？那玩意儿让他彻底沦为了暗影的奴仆。若是他拖延一天履行和长影的合约，他的灵魂就要被多折磨一天。他不知道暗影长老在自己身上施了什么可怕的咒，也许是长影把自己的一片分身植入到了他的脑子里，驱使着暗烟去做长影自己想做的事。

他脑子里的声音越来越尖厉，天天驱使着他，警示着他背叛自己的主子会是什么下场。

他假装没有发觉有人在跟踪他。他自以为自己的演技天衣无缝，但是她好像有所察觉了。她难道已经发现了自己和暗影长老的勾当？要阻止自己给长影传递情报？不过，暗影长老们远在千里之外，又能拿他怎么样呢？

他加快了步伐。

但他的尾巴们紧紧地跟着他。

他这一辈子就在这里走街串巷，因此他熟知这个城市中的每一条暗道和小径，他在巷子里绕来绕去，试图甩掉他们。他比任何人都了解自己居住的这个城市，甚至比那些塔格洛斯人都了解。

他使出了浑身解数，绕来绕去，就在他第二次穿过一个铁皮搭的窝棚时，他发现自己竟然迷了路，心里大叫不好，想要往回跑，不料有一个跟踪他的人早早就等在了里面，悠闲地靠在窝棚的铁皮墙上，对他讪讪地笑着。

长影的脸浮现在他的脑海中，这说明这位暗影长老此时怒气冲冲。他的主人可没什么耐心。

老巫跌跌撞撞地逃到了街上："你们到底是怎么跟上我的？"

不料那人不知什么时候也跑到了街上，堵住了他的去路："老头儿，你逃不过基纳的眼睛。"

"基纳！"他大叫了一声，他对邪神的恐惧远远超出了对暗影的忌惮。

"你接着跑呀，但是你永远逃不出我们的手掌心，你可以垂死挣扎，但是到处都有我们的耳目，你喘了几口气我们都一清二楚。"

恐惧越来越深。

“我们会如影随形。”

老巫转身跑了起来。

“不过，还有个折中方案。”

“什么？”

“我说，折中方案。看看你呀，为暗影长老卖命，他早晚会要了你的命。”

暗烟越来越害怕，他不知道那人如何知道自己藏在心底最深处的秘密，也没空去想这个“尾巴”说话怎么文绉绉的，和其一副混迹街头的恶棍形象很不搭调。

“你们想怎么样？”只要能脱离暗影，他愿意付出任何代价。

“归顺神灵基纳。”

“什么？不！”他的身子战栗了起来，他没想到这代价竟然是要为更恐怖的主子卖命。

“决定权在你自己手里，不过，世事皆苦。”

这回暗烟什么也不想，头也不回地就跑了起来，也不管那人到底还跟没跟着自己。跑着跑着，他冷静了下来，突然意识到今天并没有一只蝙蝠跟着他，这倒挺新鲜，暗影长老的信使们今天都放假了吗？

他在一栋又高又破的建筑前边停下了脚步。他爬上门前的台阶，也不顾形象了，拿拳头死命地砸着门，终于，有个声音在门后边对他说：“进来吧。”

可是他一进屋，并没有看到自己主子的手下们，反而看到了那个劝他归顺的跟踪客。那人还是倚在屋内的墙上，对他嘻嘻地笑着，而屋内躺着八具尸体，都是被勒死的。

“真神不愿你的主子知道她女儿的下落。”

暗烟就像一只受惊的老鼠，转头往回跑，那个男人一动没动，只是哈哈大笑。

那人一下子恢复了原形，原来是蛙脸。蛙脸又笑了两声，移形走了，消失得无影无踪。

终于跑到了宫殿门口，暗烟停下来大口喘着气，他心里开始打自己的小算盘。他走进门，并没有闩上门，关门也没有用了，现在他的所有敌人都能随便穿墙入室。他现在被黑暗的势力所包围，只有向着光明跑，他才能不被黑暗所吞噬。

无论如何，他都绝不会向基纳屈膝。

50

这简直是一场屠杀，我们在最后一缕阳光消失之前吹响了进攻的号角，我的骑兵把他们杀得落花流水。在夜幕降临之前，这儿就是我们的天下。

现在是夜晚，旋影几分钟之后就会知道他的人遭遇了什么，斯旺说："晚上到处都有暗影长老们的小猫咪。我们要赶紧躲起来，不能被它们发现。"

他说得没错，我紧皱着眉头看着四周的山顶。其实不用他说我也知道，在晚上，我们没法像白天那样悄悄来又悄悄走，夜晚属于暗影长老，旋影会知晓我们的一举一动。

同样的，即使心里一百个不情愿，他也会不顾一切地向自己的同门长影求援，也许长影的援兵已经在路上了。这两个人虽然是老对头，多年来也一直摩擦不断、各怀鬼胎，但是在真正的大是大非面前，他们还是能够放下争议，联起手来对付我。

“我们能不能就在此地不动，然后用什么法子骗过他们？比如给大家易个容什么的。”尖刀问我。

“不可能，我现在没有那么大的能耐。我们现在只能赌他由于没法决断而贻误了战机。他多犹豫一会儿，留给我们的撤退时间也就更加充裕。”

不过在这个节骨眼上，纳拉扬又开始盘算着他的圣节了。虽然经历了这一系列的事，我已经成功打消了他的疑虑，他也知道我乐意成为他们的夜之女，但是若是我能随他一道去参加祭典，就能让他的心彻底放下来。不过如今这个形势，我不敢就这么一走了之。

尖刀问我：“那城中的人怎么办？”

“旋影现在无暇顾及他们。”

纳拉扬皱了皱眉，他的好兄弟辛迪还在城里。

我连忙打起了圆场：“莫盖巴会照顾好他们的，他是一把好手，咱们不必担心。”

除了纳拉扬，没人想再挥师北返。但也没人提出异议。

毫无疑问，我已经树立起了威信。

51

暗烟虽然不是什么惊天动地的大巫师，但他至少深知自己的斤两，办事还算得力，也懂得凡事预则立的道理。

他还知道那女人知晓他的一举一动。他必须摆脱她，甩开她安插的间谍，避开她布下的耳目，哪怕只有几分钟也好。

他躲避着自己的主子，那对兄妹现在也在拼了命地找他。他连滚带爬地钻进了自己的一间密室，锁死了门。

他如今比以前更加小心，因为那个监视他的尾巴肯定还在跟着他，那个监视他的人说自己能上天入地，那肯定也能来这儿。那个女人果然不简单，她是夜之女，那个蠢蛋王子被她唬得团团转，他们今天又要一起去花园进餐了吗？

只有他才能阻止夜之女，他也可能阻止长影，不过那都是后话。

暗影长老的脸仿佛像长在他的脑袋里一样，一想到就会双腿发软。他猛地摇起头，想把那张脸赶出去，努力保护自己。

他想给自己施一个咒语，至少能在面对邪术时隐藏住他部分真实的想法，或者，不至于被暗影钻透了脑袋。

这咒语太过复杂高深，几乎超过他所知所学。他颤颤巍巍地摆出几样法器和配料，拿出一个银碗和一个水晶瓶。他真的老了，虽然脑子还算灵光，但是手已经没有以前利索了。

他感到了主子的怒火，不过此时，他必须做到心无旁骛，他的咒语在强大的暗影面前无异于螳臂当车。

他匆匆地抓起了一摞纸和一支笔，加快了步伐。

他拿纸和笔给长影写下消息，长影在瞭望塔的水晶球中就能收到他的情报。

此时他听到门外传来了熙熙攘攘的声音，有人在砸门，暗烟没有理会。

暗影长老那可怖的脸在水晶球前仔细地阅读着暗烟写在纸上的信息，同时他也开口在说着什么，他的形象浮现在暗烟的脑海中，那老巫可以通过辨识唇语和他的主子交流。暗影长老似乎惊异于他竟然如此临危不乱，在这火烧眉毛的时刻还能用这种方法传递出情报。不过现在的暗烟与困兽无异，他现在的的确确是处在绝境之中了，绝境之中就要做困兽之斗。

门已经被砸开了一点点，外面的卫士似乎铆足了劲，拼了命地要把门打开。房间内也不知从哪儿传来了磨爪子的声音和鬼叫声。

门马上就要被砸开了。

突然，面前的门开了，一只魔鬼从一个凭空出现的小洞里钻了出来，朝他扑了过来。此时他的情报才刚刚写完一半，他吓得一个激灵，一下子跳起来，打翻了桌子，纸和笔都掉在了地上，墨水瓶也碎了，地面染上了大块的污迹。

老巫仿佛抓到了救命稻草一般，拼命想往门外跑去，可惜那魔鬼早已经擒住了他。宫殿里的卫士们朝里面看了看，吓得魂不守舍，丢下手里的武器就想逃跑。王子临危不惧，走进了房间。

拉蒂莎也跟在自己哥哥的后面走进屋里。

“这又在搞什么名堂？”

“不知道，看来咱们一时半会儿也说不清楚了。”王子边说边打量周身，想找到一件武器，救下这位马上就要被怪物吞了的老头儿，看到门楣旁挂着一支长矛，他顺手抄将起来。

那魔鬼似乎被这两个不速之客搞糊涂了，停止了撕咬，抬头看着门口，召唤它的人并没有告诉它要怎么应对这种情况。它竟然就这么呆呆地站在了原地，不动了。

王子趁机把长矛抛向它。

那怪物倒是知道如何自保，一下子就以迅雷不及掩耳之势蹿到了屋子天花板上，缩成了一团，凭空消失了。它身上散发出奇怪的气味，闻起来像是肉桂、芥末和烈酒的混合物。

“那到底是什么玩意儿？”拉蒂莎又问了一次，她现在完全摸不着头脑。王子快步上前，那老巫浑身鲜血淋漓地缩成一团，躺在屋内的角落里，是那怪物把他拖过去的。

王子跪下来探了探他的鼻息。“他还活着！快叫医官来，不然他就没命了！”不管发生了什么，先让他保住小命再说。

52

长影发出一声怒啸，回响在整座瞭望塔中。谄媚者们应声而动，他们生怕长影拿自己出气，后果不堪设想。

“滚出去！都给我滚出去待着……等等！进来！”

长影转瞬恢复冷静。危机发生时，他总是有办法控制局面。那时他的才思反应最为敏捷快速。他觉得没准儿这次可以因祸得福。

“给我拿水晶球来！我必须要联系上他！”

左右皆惧怕长影的盛怒，战战兢兢地去执行他的命令。无论是谁，恐惧是最好的枷锁，人能轻易被恐惧所左右。譬如那窗外的辉石之影，就是长影最惧怕的东西。

他对着法球施法，试图联系上他的人，但是失败了。他又试了一次，又是一无所获。尝试到第五次的时候，他气得长啸了出来，没想到却招来了狼嚎。

“你去哪儿了？”

“我自己去查明了一些消息。有个坏消息，她还在纠缠我们的朋友，又杀了几千人。”

"你确定她在哪儿？"

"无比确定。"

"你亲眼看到她了？我的暗影找不到她，暗影们没法确定她的具体位置。"

"并不是亲眼，"狼嚎没有说谎，"我追踪了她的力量，伺机而动。"

"我刚刚接到咱们在塔格洛斯巫师的汇报，我们在城中的人都被杀了，他说他亲眼所见，她就在城中，和她的沙达尔保镖在一块。她也知道咱们在干什么。"

"不可能！两天前她还在德加戈城！"

"她最擅长的就是障眼法，不过这也证明了她的法力的确正在复苏。咱们的人就是要跟我汇报她在城中这个消息时被杀的。"

狼嚎没有接话。

"我不信她敢以自己的人马为诱饵，去制造她在我们领地上的假象。你我对她都无比了解，低估她的人都没有好下场。在塔格洛斯城中必有她不想让咱们发觉的秘密，有可能她在追查长矛的下路，长矛在那一仗之后便失踪了。"

"如果咱们去塔格洛斯的话，德加戈城和旋影就都完了，旋影现在不但法力大大下降，连脑子都坏掉了。"

是的，旋影已经成了一个累赘，一个废物，但是他们不能坐视不管。"想想法子，速速把她带回来，要是等她的法力彻底恢复了，可就不好玩了。"

"咱们要做最坏的打算。"狼嚎喃喃自语。

"抓住她！一定要逮住她！"他一拳打在水晶球上。

他大发雷霆，嘴里骂着，手上砸着。消气之后，他回到自己的水晶寝宫，避开那令自己讨厌的原野。

他亲自出手必定会做得更漂亮，但是他不能，他只能依靠自己的耳目和手脚。他想到了那位塔格洛斯老巫，他本是个好仆人，可惜啊。

可惜哟。

53

两天之后，骑兵团就赶来与我们会合了。他们不信自己只是单纯的幸运，他们相信一切都是我提前布置好的，他们只相信自己愿意相信的事。

这股士气也鼓舞了纳拉扬和尖刀，他们立刻毫不迟疑地就向南进军了。我也为之触动，甚至开始感觉我的病痛也让我因祸得福，让我能冷静下来思考。

他们甚至开始计划布下另一个圈套等旋影来钻，我告诉他们说旋影老奸巨猾，不会轻易再上当了。

纳拉扬振振有词地说："那并非幸运，夫人，那是基纳赐福。杀戮之年就要降临，她的怒火已经降到了我们的敌人头上！"

我不想反驳他，欺诈徒都是无比虔诚的信众，他们笃信他们的神灵和教条，这是他们的精神动力。

在经历了几个月的噩梦之后，我越来越不相信基纳，也越来越不理解他们以杀人来侍奉神灵的做法。

"为什么旋影还是久久没有露头？"尖刀对此很是苦恼。

我打趣道："祈祷吧，只要咱们心诚，他的尸体自然会顺着河漂到这儿来。"

尖刀笑了。他开怀大笑的时候不多，甚至都很少露出笑容，但只要他面带微笑，旁人都能被深深地感染，这与纳拉扬脸上的讪笑大相径庭。

我俩并排走到了一个僻静的角落，我感到纳拉扬、拉姆，甚至还有斯旺的嫉妒眼神都落到了他的背上。

“怎么？”

“旋影是敌首，杀了他，敌军不攻自破。”

“可能吧。”

“我派出了不少耳目，自己也日夜思考，我心中有些想法。我知道纳拉扬的底细，也知道他利用您的目的，他要您变成什么东西。”

不奇怪，半个军团里的人都知道。

“我看过辛迪杀人，干净利落，纳拉扬的能耐还在他之上。”

“没错。”

“那派他去对付旋影。”

暗影长老最有力的武器便是他的咒语，咒语要用声音念出来，若是用刀或剑刺入他的身体而他还能念咒的话，则毫无用处。纳拉扬能直接扭断他的脖子，让他一声都发不出来。

“很好，问题就是，如何把他送过去。”

“怎么？”

“纳拉扬善于杀人，却不善于潜行。”

尖刀笑了起来：“这方面您是行家。”

“可以，看来你考虑得很周全，说说你的计划吧。”

“旋影一不知道您和莫盖巴已经有了隔阂，二不知道咱们的目标其实是他本人。”

“没错。”

“所以您要带队佯攻，因为您善于潜行。拉姆必然会随您左右以保障安全。我去是因为我是咱们中舞刀弄剑最厉害的；斯旺的现身可以迷惑他们，让他们误以为塔格洛斯人也掺和进来了；科尔迪最稳健，向来临危不乱又足智多谋。我们这些人都会为纳拉扬一人的刺杀服务。”

“双保险，”这是扼喉者的黑话，尖刀看了我一眼，他没想到我与那个地下世界纠缠得如此之深，“你早该把这些告诉我的。”

“然而时候未到。”

“你玩过牌吗？”

“玩得不太好，以前和科尔迪还有马瑟在一块儿的时候经常玩。”

“知道什么是万能牌吗？”

他点了点头

我不再往下说，而是低下了头，闭上了眼睛，抱着臂。

乌鸦有锐利的眼睛，有脑子但是不聪明，它们感到了恐惧，拍着翅膀飞走了。

尖刀注意到了它们，问我：“您做了什么？”

“这些鸟儿就是我们的耳目，就是我们的万能牌。”

“马瑟和斯旺曾经提到过搜魂和狼嚎两个人，说他们不是什么好人。不过，在他们眼里，您也不是什么好人。您觉得他们会来搅局吗？”

于是我给尖刀讲了他们的故事，乌鸦又纷纷飞了回来。

我没再惊扰它们，过多的惊扰会招致怀疑。尖刀笑了一下，对我耳语：“我现在特别感激科尔迪和威洛把我救了出来。”

我抬起头直视他的眼睛，看来他第一次探寻到了人生的意义。

54

“怎么样？”普拉布林德拉·德哈对着镜子整理着自己的仪容。

“你什么时候变得爱打扮了？”拉蒂莎头一次见自己的哥哥穿上了刺绣丝绸的袍子、戴上了精美的珠宝。

他把佩剑拔出一半，仿佛在感受着自己的威严。

这把佩剑耗尽了无数塔格洛斯能工巧匠的心血，剑鞘上面精心镶嵌有黄金、白银与各类珠宝，它是塔格洛斯的象征，它的锋刃也同样锋利无比，能削铁如泥。

“妙极了，你要干吗？扮小丑吗？”

“那我们真是彼此彼此，尤其是那个叫马瑟的在的时候，是不是？”

拉蒂莎狠狠地盯着他，每次见到夫人的时候，他的眼神都是那么独特、有神。外面下雨了，谁会在下雨的时候去花园用餐呢？

“不会下太久的。”

的确，不过是阵雨罢了。在雨季，下阵雨是常有的事，真正的大雨要再过一个月才会下起来。不过，按常理，他从不在下雨时赴约。

“你太过热心了，不要操之过急，咱们也要让她体会一下治国的艰难。”

他微微一笑：“你怕什么，我是不会把王位送给她的。”

“我在担心别的，你不觉得她变了吗？”

“感谢你如此关心我，不过我知道我在干吗。塔格洛斯是我的挚爱，她爱的是她的兵团。你怎么和暗烟老头儿一样多疑了？”

“哦，说起他，他怎么样了？”

“还在养病呢，他吓得不轻。”

“我要是他我就好好养病。局势紧张，不过还是要查明为什么有人要杀他，手段竟然如此狠毒。”

“你有话可以直说。”

“我觉得别人看见你这副打扮可能真的会把你当成小丑。”

王子咯咯咯地笑了起来：“好吧好吧，良药苦口，我会重新打扮一下的。我不会去太久。”

拉蒂莎心中却有种不好的预感。

“你要跟我一起来吗？”

不，她不会去的，她现在一心都扑在了调查暗烟的事情上。

55

碎嘴倚靠在团旗的长矛上，还是以一副沙达尔保镖的样子示人。他心生绝望，看不到逃跑的希望。他已经做好了准备，哪怕有一丝机会都要溜之大吉。

普拉布林德拉·德哈与搜魂在人来人往的花园中把酒言欢，他们都没预料到有个伴儿会过来——拉蒂莎，静静地待在桌子边上。两人仿佛都看不见她一样。

碎嘴一直在心里暗自嘲笑着德拉的打扮，一点都不在意保护自己“主人”的安危，酒桌上的两人也边喝边笑，仿佛在提醒着他说“别在意，这儿什么危险都没有”。

他一点也不想陪她玩下去了，她带着他过了一段看不到希望的逃亡生活，她现在又筹划着带他去北边。北边，谁知道要去干吗呢？

如今跟搜魂一桌进餐和受刑无异，他回想到了以前的时光。那时他还心思细腻，她也是个“人”，他会想着法子逗她发笑，那真是段美好的日子，可惜一去不复返了。

过了好一会儿，他才发现拉蒂莎似乎比他这个保镖还称职，她还不时地审视他是否专心在保护自己主人的安全，这让他感到很不舒服。

太无聊了，他开始想夫人此时会在干什么呢，她又结交了什么人？搜魂的复仇还有别的花样吗？难道她仅仅想把我养在身边吗？——她不怕我突然暴露了自己的身份？那样夫人就会知道我还活着呢。

怪人啊，这些对人类来说都是小事，对她们这些半神来说更是小上加小，何必如此纠缠不休呢？

拉蒂莎开始盯着他看，仿佛想用眼神洗掉他的伪装。

有什么好怕的呢？他索性冲着她做了个鬼脸。

她只是轻轻抬了抬眉毛，然后就把头扭到了一边，假装自己正认真倾听着自己的哥哥和“夫人”的对话。

显然，这个女人同样深藏不露。他们又在说什么呢？要是自己有双顺风耳就好了。

天又开始下雨了，普拉布林德拉兄妹告别了“夫人”，走上了马车。

他们的车夫吆喝了一声，马儿迈开了步子。

碎嘴目送着他们的马车，就在他们快消失在巷子尽头的时候，突然之间，一团火球不知从哪儿冒了出来，正中马车的左门。紧接着是第二个，击中了车的面门。第三个打坏了一个后轮。碎嘴一个激灵，马上冲了过去。

巷子里的人群一片喧哗。

碎嘴冲过去，拽开车门，搜魂和拉蒂莎已经失去了意识，王子虽然醒着，但是也已经吓呆了。

马车夫吓得哭了出来。

马车的后面站着一个矮个子，远看像一团破布一样，不知怎的，那团破布竟然发出了一声狼嚎。

他骨子里当然流的还是碎嘴的血。

狼嚎带着三个人朝着碎嘴就杀了过来。

王子恢复了意识，他也拔剑加入了战斗，砍翻了一个人。

狼嚎鬼叫着念出致命的咒语，像疯子一样挥舞着双臂。碎嘴抄起长矛朝他刺过去，突然整条街上都炸了起来，碎嘴被震到了马车的后面，他的肋骨好像折了，耳朵也嗡嗡地响。过了好一会儿他才意识到自己受了重伤。

碎嘴挣扎着坐起来，街上的人都像受惊的老鼠一般跑来跑去。德拉躺在不远处，拉蒂莎跪在哥哥的身边，神情焦虑。对面死了两个人，还有一个受了重伤，他用手捂住胸口，周身的瘀伤隐隐作痛，他踉踉跄跄地走向拉蒂莎。

“王子怎么样？”

“应该只是被爆炸震晕了，我没看到明显的外伤。”他紧接着再次打开马车的门。

搜魂不见了。

狼嚎也不知所终。

“他把她抓走了？”

拉蒂莎抬起头，眼睛瞪得圆圆的：“是你！”看来搜魂的咒语已经失效了，他恢复了原貌。

“她在哪儿？”

“那个攻击咱们的人……”

“他是个巫师，叫狼嚎，法力与暗影长老不相上下。他们现在是一伙，他当真抓走了她？”

“应该是的。”

“混账！”他怒从心生，捡起长矛狠狠地砸到了地上，“你们这些看热闹的！赶紧给我滚！从哪儿来滚回哪儿去！”

围观的人走了一大半。

“那家伙往哪边逃走了？”

有几个路人给他指了方向。

他伤得太重了，只能用长矛当拐杖，一步一步地往前挪。

狼嚎早就带着搜魂溜之大吉了。

他只能往回走，就在回头的一瞬间他欣喜地意识到自己已经逃离了搜魂的控制，他自由啦！

他走回来的时候普拉布林德拉·德哈已经清醒了，坐在地上，周围愤怒的民众以为那些杀手是来刺杀他们尊敬的王子的，纷纷扑向那个还一息尚存的敌人。碎嘴走了过去：“都退下！我们要抓活的！”

有些人认出了他：“那是解放者！”这是他率领兵团守卫塔格洛斯时收获的尊称。

王子用耐人寻味的表情看着碎嘴，碎嘴伸出一只手，把他拉了起来。王子朝他耳语：“难道你的伪装也是什么宏大战略的一部分吗？”

“咱们稍后再谈这件事。你能不能走？”

宫廷卫队已经赶来支援，显然是有人向他们报了警。

“有人劫走了夫人？是不幸，也是万幸，要是他们一心刺杀的话，咱们现在恐怕都没了命。”

“这也是我的推测，咱们赶快走吧。对了，你的那个宝贝巫师呢？”

“提他干吗？”拉蒂莎显然无比厌恶这个称谓。

“那个老杂种一直在为暗影长老们卖命。”

“我知道，”王子说，“但是那个怪物不是差点就杀了他？”

“他现在陷入了昏迷，一时半会儿醒不过来。”

“咱们要赶快审问俘虏，他可能会透露一些线索。”

碎嘴此时的心情无比愉悦，他终于打破了镣铐，恢复了自由。王子说得没错，这场精心策划的袭击就是要劫走夫人。他想到这儿，一下子笑了出来，他们并没看出来自己抓走的竟是个冒牌货。

搜魂看来暂时不能继续玩她的小把戏了。

回到宫中，碎嘴一五一十地跟兄妹两人讲了事情的经过，两人都惊讶得说不出话来，不过拉蒂莎向来反应极快：“等等，你是说，还有别人掺和进这些事来了？”

“不错，不过他也并非坏得彻底，他只不过是为了达到目的有些不择手段，他一心觉得自己是在拯救国家和大众。”

碎嘴使尽了浑身解数也没能让暗烟恢复意识。

“算了，算了，咱们还能怎么办呢？就算他醒了过来又有什么用呢？咱们关不住他，他是个巫师。”

“是的，一旦他清醒了，他可以轻易地用咒语逃出生天，但咱们也能让他再度陷入昏迷。”

“你能彻底医好他吗？”

“治好身体上的伤病很容易，但是至于他的心智，我没有办法。”

“先治疗吧，至于心智，后面有时间再说。”

碎嘴开始治疗。

56

旋影的耳目都失灵了，它们不知道我在哪儿。我略施小计就让那些蝙蝠变成了瞎子。

探子来报告说我们距离旋影的大帐只有一英里之遥了，我宣布就地休息。我们一直在急行军，必须停下来喘口气了。

纳拉扬坐在我旁边，轻轻地抚平他索命带上的皱纹。

“夫人，您知道我无比虔诚，这可能是我为她做过最伟大的侍奉了。”

“但是？”

“我害怕。”

“你今天就像个胆小鬼。”

“我往常从不知道恐惧是什么滋味。”

“确实，旋影不比平常人，他比你杀过的所有人加起来都不知道高到哪里去了。”

他羞于吐露心声：“我确实惶恐自己可能无法完成任务，我的武艺还没法跟他匹敌。我越惶恐就越紧张，甚至开始怀疑我的神会不会真的协助我。我虽然不是个教士，但是我能看出来一些噩兆。”

“噩兆？”说真的，我什么都没看出来。

“乌鸦，夫人，它们从晚上开始消失了。”

我并没注意到这一点。平常，我们脑袋上方一直是群鸦盘旋，我甚至已经开始习惯走到哪儿都有一大堆乌鸦跟着的日子了，不过今天似乎反常地清静。他说得没错。

这肯定是某种预兆，但是我也不清楚到底什么在等着我，它们的主子们怎么会在如此紧张的时刻放任它们自由行动而非来监视我们？一定有大事发生，它们并非受我的法力影响才溜之大吉，它们必定是受到了某种致命的威胁，这种威胁很有可能就来自旋影本人。

“你不提醒我还真的发现不了。纳拉扬，这不是噩兆，这简直是几个月来最大的喜事。”

他朝着我皱了皱眉头。

“我的朋友，不必惊慌，你乃纳拉扬，你乃活传奇，活圣人，你一定会成功的。”我撩开帐篷的门帘，“尖刀、斯旺，准备好了没有？”

“万事俱备，宝贝儿。”斯旺看着我说，“你到哪儿我就跟着到哪儿。”

一行七人，我、拉姆、斯旺、尖刀、纳拉扬还有两名抱臂者，按照斯旺的价值观来判断，每个人都是十足的好手，但同时除了斯旺之外，这里的每个人也是十足的恶棍。

“走吧，咱们趁谁尿裤子前赶快出发。”

一路无言，谁也不想暴露自己。敌营中一片鬼哭狼嚎，有好些军士都被暗影长老的妖术变成了妖魔，不过我凭着一群乌合之众就已经能把这帮鬼怪打得落花流水。

我们穿过残垣断壁，已经能听到敌军的卫兵在互相交谈，他们的话和塔格洛斯语很相似，若是说得不快，我能听懂一点。

透过点点篝火，我们能隐约看清楚他们的脸庞——这些士兵们都被变成了妖魔，他们在讨论自己刚刚吃掉的那个战友。纳拉扬探路回来了，他压低声音对我说：“前面关押着几百名塔格洛斯战俘。”

我要好好地利用他们，他们是吸引火力的绝佳工具。

“你和他们搭上话了？”

“没有，他们似乎不再忠于咱们，都失心疯了。”

“很好，那我们还是按原计划行事，不要管他们了。”

纳拉扬闭目凝神，我也开始感知暗影长老的力量，旋影似乎很巧妙地隐藏了自己的实力，但是瘦死的骆驼比马大，我还是轻易地就知晓了他的位置。

“那边。”我指向一个最大的帐篷。

我们悄悄摸了过去，门口没有卫兵，确实，对于暗影长老来说，他们自己一人就胜过千军万马，不需要浪费人力来保护他们。

远处的篝火在熊熊燃烧，但是帐篷里一片漆黑，没有透出一丝光亮。我深吸了一口气，道：“拉姆、尖刀、斯旺，随时准备接应我们。”如果真的走错了一步，纵然是神仙也没法接应我们。要么他死，要么我们死。

“夫人！”拉姆抗议道，调子提高了八度。

“拉姆，你留在这儿，咱们已经谈过了，你不许跟着我。”

我们确实已经“谈”过了，我俩大吵了一架，最终我也没能说服他。我往前走，纳拉扬和他的两个助手紧紧地跟上我，巨大的恐惧涌上每个人的心头。

我把刀尖向下，悄无声息地割开了帐篷的门，一个抱臂人上前把裂口撑开，足以让纳拉扬溜进去了，于是他和一个抱臂人钻了进去。

我紧随其后。接着是另一个抱臂人。

里面一片漆黑，纳拉扬是个谨慎的刺客，若是换成我，不会比他做得好到哪儿去。我们心里都清楚，再过一会儿月亮就会升起来，月光会给我们照亮。在我们进入营帐之前，弯弯的残月已经挂在地平线上了。

纳拉扬开始在黑暗中潜行，没有发出一丝一毫的动静，他的抱臂人也是绝顶刺客，两人连呼吸声都没有发出来。

我的精神高度紧张，若是暗影长老突然出现，我没法正面干掉他。

纳拉扬似乎已经找到了自己的目标。

太黑了，只有外面的篝火能隐约提供一点光亮。给我们照点亮吧！

突然，光来了，帐篷大亮，我心中暗叫不好。

旋影就在我们左边打坐。“欢迎各位大驾光临，老夫在此恭候多时了。”他的声音气若游丝，就像一条蜿蜒扭动的蛇。

看来他的耳目并非失灵。

他看透了我的想法："不是暗影，我知道你在想什么，多洛特娅·森扎克，你这个自大的婊子！你觉得凭这几个手无寸铁的人就能奈何得了我？"

我不必回答，看来旋影真的以为面前的几人手无寸铁。

"你觉得你能看透我在想什么？你大错特错了！"纳拉扬没被他发现，我要给他争取时间，"黑暗的母亲啊！母亲基纳！听听女儿的呼唤吧！母亲！帮帮我！"

旋影一动未动，我仿佛被一只无形的手抓住领子拎了起来。

扼喉者们无比冷静，既没有一拥而上，也没有急着来解救我，他们看似没有行动，其实早就做好了进攻的准备。

旋影缓缓地站了起来，他的伤还没有好。"我倒是要感谢你们，我的同门都以为我已经不中用了。"他突然伸出手，一条蓝焰火蛇朝我窜了过来，我痛得大叫。

他希望听到我的惨叫声，希望我能吵醒他的手下们。拉姆一下子冲了进来。

就在旋影愣住的一刹那，扼喉者们出手了。两个抱臂人已经一左一右拿住了他，纳拉扬则把索命带套到了他的脖子上。

旋影的眼睛快要凸了出来，他的脚在地上扑腾着，喉咙里发出"咕噜咕噜"的声音。

突然我的紫色腰带一下子飞了出去，缠住了一名抱臂人，旋影一伸手，就夺过了纳拉扬手中的武器。

拉姆冲了上去，锁住了暗影长老的喉咙，旋影的法术一股脑地掼到了他的身上，我听到了骨头碎裂的声音，但是他似乎感觉不到疼痛一般，拼命地把旋影往后拖。

纳拉扬艺高人胆大，捡起了索命带，跳起来，在半空中就用武器缠住了他的脖子。

拉姆和纳拉扬都死死地拽着他，不肯撒手。

尖刀也赶了进来，一刀捅进了暗影长老的心脏。

暗影长老果然法力高强，即使受了这么多致命的攻击，竟然还没有断气。我也赶快上前，干净利落地补了一刀。

斯旺一直在帐外放哨，可怜的斯旺，错过了多少好戏。

直到我们把他砍成了好几段，他才真正断了气。我们围着他的尸体，每个人的身上都沾满了鲜血。纳拉扬，向来不开玩笑的他竟然打起趣来："夫人，如今我是扼喉者之圣了吧。"

"再多杀几个长老，你还能永生不死呢。咱们赶快走，每个人带一块尸体。只有把他们的每一寸身体都烧成灰烬才能彻底杀死他们，就算是现在这样，只要长影略施法术就能起死回生。"

我捡起了他的头颅，走了出去。

月亮已经升起来了，橙色的月光映在我们脸上，提醒着我们，夜晚是属于敌人的。

拉姆提醒我："咱们快点跑呀，跑起来。"

旋影的不少手下已经听到了声响，纷纷走出来查看。

57

碎嘴站在工事里静静欣赏着月光，短短四小时，消息就传遍了全城，他们的王子普拉布林德拉·德哈遭到了暗影长老的刺杀。民众们都愤怒了，愤怒让各派势力纷纷团结在一起。

他们也知道了他们的大英雄解放者也回到了城里，原来他战死沙场的消息都是谣言。他们纷纷自告奋勇，要么参军，要么去帮忙修筑城防，发誓要把暗影长老赶尽杀绝，甚至还有人放话要让长老们的领地以后都长不出草来。

不过这些人成不了什么气候，他们都没上过战场，他们的马也都是劣马，但是他们集结在堡垒之前，发誓要向南边进军。

普拉布林德拉·德哈自己也无比愤怒，他为自己挑选了一批能誓死保卫自己安全的卫士，又挑选了几匹良驹来拉自己的马车。不过他还是有自知之明，把城防重任交给了碎嘴。堡垒上每个人都热火朝天地做着活，搬砖的搬砖，铸剑的铸剑。没人敢质疑这位刚刚走马上任的指挥官，所有人都以为他是起死回生的天神。

碎嘴背上了自己的弓箭，搜魂帮他把自己的武器连带着全套盔甲从德加戈城的战场中捡了回来。“这些家伙事陪着我有一段日子了，那阵儿我还只是一个小小的医官而并非什么大人物，它们很称手，在很多时候救过我的命。”

一小时之后，两人并驾齐驱出了城，王子还在纠结自己瞒着妹妹跟着碎嘴是不是一步险棋。碎嘴似乎看出了他的顾虑，扭过头对普拉布林德拉·德哈说：“你现在回头还来得及，你没必要跟着我冒险，不过，夫人把弓箭手队都分配在哪里驻守了？”

“什么弓箭手？”

“就是杀了教士们的那些弓箭手。告诉我，然后你大可以回去。”

“我知道，在维达得那－波塔地区，镇守着关口。”

“行吧，那咱俩就去这个维达得那－波塔。不过要是你非要回去，我一个人去也无妨。”

“不，咱俩一起。”

58

我们被困在了敌军的军营里，我失去了方寸。

“假扮基纳。”拉姆在一旁安慰我。没想到五大三粗的拉姆在危急之时竟然那么机敏。

我念起咒语，只需一刹那，魔焰笼罩在我俩的盔甲之上，就在此时，敌兵纷纷冲了进来。不过他们个个目瞪口呆，要把敌人生擒的兴奋劲早就被抛到了九霄云外。

我面对着他们举起旋影的脑袋，压低嗓子，略施法术，发出洪钟之声：“暗影长老已死，我不想与你们纠缠，不过你们也可以随他一起上西天。”

斯旺也提了一口气：“跪下！你们这群猪猡！给你们的大人跪下！”

他们的目光一下子就被斯旺吸引了过去，只见斯旺比这些小矮子中最高的还高出整整两头，金发碧眼，肤色雪白，仿佛魔鬼再世、天神下凡一般。他们看看他，又看看尖刀——这个大个子也不好惹，最后，他们又看向了我和我手上提着的脑袋。

“向夜之女屈膝！”拉姆在旁边虚张声势，其实他已经吓得腿肚子发软了，瑟瑟发抖，他也怕死啊，“基纳之女就在你们面前，快跪下来祈求她能放过你们！”

说时迟那时快，斯旺一把揪过离他最近的一个暗影者，强迫他跪了下来。

没想到这虚张声势的招数竟然奏效了，难以置信，他们一个接着一个地跪倒在我的面前，纳拉扬和他的抱臂人在我身后唱起了诗：“噢！基纳，求您庇佑！您的信众为您献上他们的子女！来吧！夜母！”那场景既像古尼人的祭典，又像沙达尔的弥撒，甚是唬人。

“唱啊！”斯旺还在一旁添油加醋，“唱啊！你们这帮猪猡！”

斯旺并非没有脑子的人，没有脑子的人不会凭空地威胁人数远超过我们的敌人。不过此时这帮暗影大陆人已经被彻底地吓呆了，脑子里一丁点要反抗的念头都没有，更别说将我们合围然后再各个击破了。

“我们能唬住他们一时，但是骗不了他们一世，咱们必须再做点什么。”尖刀悄悄地对我说。

我心中自生一计。“给我拿水来！拿多点儿！”我高举着旋影的脑袋，“恶魔已死！暗影长老倒了！你们自由了！真神传话给我，她说你们已经得到了真神的宽恕！即便你们几个世纪以来都崇拜伪神，她还是赐福于你们！”我暗暗念动咒语，魔焰燃烧得更加猛烈，我的脸也变成了一张烈火组成的凶神模样，“但自由绝非毫无代价，现在你们要真心侍奉她，诚心接受她的赐福。”

那些暗影者本来就世代被暗影长老所奴役，活在他们的淫威之下。“我还要一个器皿。”尖刀听了把水袋拿了过来，还递给了我一支原属于旋影的酒杯。那些小矮子们伏在地上，瑟瑟地发抖，牙齿都打着战。我接过酒杯，心中回忆着咒语，很难很难，但是我还是能使出来。纳拉扬还在不停地唱着，诵经的声音在整个大帐里面回荡。

“吾敌之血！”我举起杯一饮而尽，其实我心里知道喝的不过是寻常的水罢了，一个小小的障眼法。他们以为我真的在喝血。与此同时，纳拉扬和他的两个抱臂人用“血”在跪下的人额头上画着符，那象征着奴役了他们几代人的血液，那象征着他们臣服于我的力量。

越来越多的人围拢了过来，开始往中间挤。

他们纷纷伸出胳膊或腿，让我在他们身上烙下印记。在画了有几百个人之后，我命令暗影者的军官们加入来协助我，他们不太情愿地伸出了自己的腿，这些人无疑比那些下等的士兵们对暗影长老更加忠诚。

我对那些军官发号施令："自由背后也伴随着代价，你们现在效忠于基纳真神，你们要听我的号令。"

并没有人敢提出异议，他们可能已经在后悔没有早点一跑了之。

"我命令你们继续围困德加戈城，把里面的人抓起来，找到他们的头领，那些头领是真神的敌人。"

他们本来的任务就是夺取城池，由于洪水肆虐，引发了瘟疫，莫盖巴减员不断，他每天都要把病死的人从城墙上扔出来。莫盖巴此举也引发了民怨，城中的原住民大有揭竿而起之势。

但是莫盖巴还是颇有威望，有一众效忠于他的士兵。不过若是我们抓到俘虏，我们就能知道城中到底是什么情况，也许他们也搞不清楚现在谁是哪一边的人。

暗影大陆人并非一无是处，他们在黄昏时分就在山丘上建立了据点。

纳拉扬给了我一个灿烂的微笑："夫人，您感受到了吗？"

"感受什么？"

"基纳。她在庇佑我们！"

"可能吧，若是我没亲眼看见，我是不会信的。"

"他们世世代代被暗影长老所统治，从没有真正地得到自由，他们懂得什么是服从。"

他们把城中的人都抓了起来，我叫纳拉扬把辛达维和摩根带来见我。

辛达维依旧效忠于我，不但如此，他还成功让几个人加入到了我的麾下。他说莫盖巴是个老顽固，即使城里已经成了地狱也要坚守。

摩根三十上下年纪，长得很像碎嘴，是兵团中的掌旗官，也熟读史书。再过二十年，他必能接任团长之位。

"你为什么也当了逃兵？这可真是稀奇。"

摩根一直以尽忠职守而著称。

他先开了口："莫盖巴想在编年史上留下自己的名字，他为此不择手段，独眼和地精叫我来请您协助，他们自己势单力薄。"

独眼和地精都是兵团中的巫师，他们和摩根一样，都是我们在北边的时候仅存的几个老兵，就是他们推举碎嘴当了团长、推举我当了他的副手。

他说兵团在南方新招募的人都与莫盖巴不太对付："他想把兵团变成宗教圣战的军队，而非以手足情联系在一起。"

辛迪插了句话："夫人，他们自以为敬神，但是其实心术不正，这往往比没有任何信仰还可怕。"

若非真正的虔诚之人，是很难分辨什么是真正的信仰，什么又是蛊惑人心的手段。我恰好就是少有的不信任何神灵的人，我很难说服自己去相信他们这些扯淡的信仰，不过我一直十分小心谨慎，生怕这些邪教把我给拖下了水。

我一时接受不了这突如其来的"投诚"。

不过此时天色已亮，不管睡与不睡，我都会难受得不行。

59

长影收到消息，说狼嚎就要带着他的猎物回来了，于是他早早就等在狼嚎飞毯降落的地方，心中忐忑：这小子不会被夫人的咒术击败了吧？但是暗影告诉他，狼嚎做到了，他就要回来了。

他从未如此痛苦、如此迟缓、如此愚钝，不过好在他法力强大，他必须撑下去，必须要成功，不然他的余生就将处在一事无成的困苦之中。

他的喉咙无时无刻不在发出无声的嘶吼，仿佛有毒药在吞噬着自己的每一寸血肉、侵蚀着每一根骨头。

他曾经失败，无可救药，但是现在他必须要成功。

瞭望塔顶楼上的水晶屋在地平线上闪闪发光。

暗影告诉他，狼嚎就要到了。

狼嚎一定经历了一场苦战，他看起来动都动不了。看来那女人并非法力尽废，但是狼嚎逮到了她，把她逮到了这里，只要有了那个女人，他就可以抛弃狼嚎了。

另一股暗影从远处传回消息，关于那女人的消息。

旋影被杀了！被那女人！和把她当作神的疯子们！

坏消息没完没了，好消息一件没有，难道失败真的是成功之母吗?

风暴关失守了，旋影的影响力烟消云散，他的失利也让暗影帝国元气大伤，黑色佣兵团会毁了他，他们会占领那几个暗影长老的城池和土地。那个疯女人，会带着他们毁了他。

但是他逮住了那女人，那个女人寿命已久，脑中有无尽的知识，身体里蕴含着无穷的力量。有了她，他将变得无比强大，他要打开她尘封已久的记忆之门，汲取她的知识和力量。她将成为他的棋子，他将继承帝王妻子的帝国，他将强大到无人能挡，狼嚎会被他踩在脚下，哀求着慈悲。他也将统治从古至今最广袤、最强大的帝国。

只见飞毯飘过，那女人软绵绵地坠了下来。

突然天空中传来了一阵悲鸣，狼嚎的飞毯正在下坠，他自己也从半空中跌了下来。该死！长影咒骂了一声。那女人，坠落地面却毫发无伤，还在轻轻打着呼噜。而狼嚎整个人都在地上抽搐着，痛苦地呜咽着。

他的脊背突然一阵发凉，不可能！那女人不可能有这么大的能耐！若是他心中的猜测当真，他一个人可应付不了眼前的局面。

糟糕，糟糕，事情恐怕有变！

长影慌忙跑过去，跪下来查看狼嚎的伤情，手中运力，尽可能缓解他的痛苦。

他的咒法奏效了，狼嚎能挣扎着正常说话了："长矛！他们有长矛！我被她的保镖捅伤了，他捅了我两次。"

长影惊得一句话都说不出来。

长矛还在！还在敌人之手！但是不久之前还没听说这档子事，只有那个疯子团长才通晓他的秘密，如果他知道了真相……

"救救我！我要死了！别让我死！求求您了。"

长矛！

我去，老天爷啊！为什么总跟我过不去，你这个婊子！

"我不会让你死了的。"他安抚着在痛苦挣扎着的狼嚎，但是心里还在想着长矛。

"快，带他去疗伤，把这个女人打入石狱！"

该死！他要费上好大的劲去跟这个女人周旋了，还要费上好大的劲才能治好狼嚎。

他望着南边的平原，原野上辉石闪耀，他伫立许久。

若是他没有犯错，狼嚎体内被投了这世上最毒的毒物，至今只在传说中有记载。

不过那长矛也原本只应存在于传说之中。

"我总有一天要把它夺过来。"

总有一天。

60

我花了整整六天整编我在德加戈城的人马。旋影麾下的三个兵团现在只剩下不到六千人，可是不知怎的，其中一半都是老弱病残。我派他们沿湖驻防，排成一字长蛇，方便我的人盯着他们。最后，我命摩根返回城里。

他并不情愿，我很能理解，我不怪他。莫盖巴可能会把他当叛徒处决，但是他必须把那些不再忠于莫盖巴的人带出来。

我原本的人也很不理解，我并不需要浪费口舌去跟他们解释，他们需要做的只是服从命令。

是夜，摩根返回了城里，我们在德加戈城的探子回报，城中的瘟疫越来越严重了，莫盖巴已经处决了几百个本地人和几十个自己的弟兄，真是杀人不眨眼。

莫盖巴知道摩根已经潜入了城中，他正调动手中一切可用的巫师全城搜捕摩根。

若是这种自下而上的逆反情绪继续发酵，就会引发兵变。兵变，这可能会成为整个兵团历史上第一次哗变。

纳拉扬还在为他的圣节而愁眉苦脸，他生怕我会拒绝在圣节上现身，我费尽口舌才让他稍微放下心来："你就放心吧，等我料理好这边的事务，我肯定不会食言。"

我派出了骑兵去探查旋影的死是否给我们招来了新的麻烦，生怕有变，然而最终平安无事。

就在我和纳拉扬、拉姆要起程的当晚，又有六百个莫盖巴的人偷偷溜出城，游过河来投奔我。我表彰了他们的勇气，他们也宣誓会为我卖命。不过莫盖巴一定已经有所察觉了，想要出城来投奔我将变得越来越难。

我把旋影的脑袋悬挂在军营的大门之外，还把他的脑子挖了出来剁了个稀碎。我们暂时找不到兵团的军旗，只能拿它当我们的标志了。

我把军官们叫到一块开会："尖刀，我跟纳拉扬还有要事要去北边处理，南边的军务就烦劳你打点了。我怀疑长影应该马上就要对咱们下手了，你要多多加强巡逻，招募更多的老兵，尤其是愿意投诚的暗影者。他们将成为咱们的好帮手。"

尖刀只是点了点头，他从不说废话。

斯旺含情脉脉地看着我，我冲着他眨了眨眼。我们要出发了，我也不知为何自己非要带上他，即使他和拉蒂莎勾勾搭搭的。也许只是单纯地觉得他可靠吧。

一上路，纳拉扬立刻就喜笑颜开，我对他们的圣节并不感兴趣，但是我需要他们的帮助，我要他们好好地当我的棋子。

旋影虽然已经死了，但是真正的游戏才刚刚开始。我们还要面对长影、狼嚎和他们麾下的大军，光是拉开架势在开阔地带干上一仗就够我喝一壶的了，更别说他的堡垒影子塔更是高墙深沟，易守难攻。有传言称那座堡垒是世间第一要塞，里面机关重重。

我并不抱太大的希望，不过我真心希望老天爷能够再次眷顾我，然而现实却无比残酷——塔格洛斯人还没准备好面对真正的战争。

也许真的是承蒙上天眷顾，我还有时间去训练他们，让他们起码做到有备而战。

我眼下的目标已经达到——塔格洛斯求得了暂时的安全，现在它就是我的大本营。现在我不需要再为莫盖巴或是教士们烦恼，也不需要去处处讨好扼喉者，他们也已经对我忠心耿耿了。现在唯一不稳定的因素就是老巫暗烟，我要赶快搞定他，他也并不是什么难啃的骨头。

一切都向好的方向发展，除了我一直治不好的顽疾，除了我那日复一日的噩梦，除了我那心爱的姐妹。

希望，我的夫君生前经常教导我希望的力量有多大。

正是这种盲目的希望要了他的命。

61

两人到了营门外就早早地驻了马，维达得那－波塔关扼守着渡过美因河的要道，在此地驻防的士兵们有的认出了来访的王子，碎嘴翻身下马，连忙招呼士兵们把他们的王子从马上弄下来。

王子不适应长时间骑马，虽然碎嘴已经算是大发慈悲，很照顾他地放缓了速度，他还是被搞得七荤八素。

“你真的靠这玩意儿过活？”虽然他现在感觉天旋地转，但是起码还记得怎么开玩笑。

“是啊，干我们这行当需要赶时间。这一秒干不完下一秒可能就被别人给宰了。”

“要是我，我宁愿去种地。”

“走一走，你能感觉好一点。”

“咱们不如直接去看看这儿管事的人都在哪儿。”

那些士兵把两人的马牵进了军营中，越来越多的士兵认出了普拉布林德拉·德哈。王子来访的消息不胫而走，一个军官穿戴得齐齐整整，跪倒在两人面前。

普拉布林德拉·德哈甚是不悦：“平身吧！我现在没时间理会你们。”

那军官甚是惶恐，连忙起身让开了路。

王子笑了出来："别管我，我不想引人注目，你要说什么就跟他说，也不要总是看着我。"

军官心领神会："解放者大人，小人不胜荣幸，我们都以为您已经阵亡了。"

"我确实差点就丢了性命，不过此时有个要紧事，我和陛下要参军，加入你的麾下。此事切莫走漏风声，现在看似没人盯着，不过敌人的手段千奇百怪，其中还不乏咒语邪术。"他说得没错，两人一路骑行，并未有乌鸦随行。

"我们必须要与一般的士兵没有两样。"

"您在躲着什么？"

"差不多吧。"碎嘴并没有将自己的计划和盘托出，只是粗略地讲了一下，他说自己和王子在到达德加戈城与夫人会合之前必须要做到人不知鬼不觉。

"你要做的第一件事，"他对军官说，"就是要确保军营外的任何人都不知道我们俩来过。我们的敌人耳目遍地，有些甚至连人都不是，天上的飞鸟和地下的走狗都能给他们通风报信。我们会易容化妆，再起化名入伍，要确保我们俩和普通的士兵没什么两样。

"我觉得我说得已经够明白了，我们把身家性命都托付给你了。简而言之，我们要穿过美因河去和我们的大部队会合，但是路上危机重重，我们必须要隐藏在部队之中，你们这儿有没有会骑马的人？"

"有几个，但是不多。"军官似懂非懂地点了点头。

"你要找人把我们来时骑的马送回城中的堡垒，他们必须日夜兼程，不得休息，还要乔装打扮，不能让人看出来这是谁的马。"

在来时的路上，碎嘴都没有跟王子叙说自己的计划，他怕隔墙有耳，一不小心就会走漏了风声。现在普拉布林德拉·德哈知道了他们不但要扮成普通的军士，还要随着大部队一起行军到德加戈城。

“对，你和我现在就是弓箭手了。咱们参军了。”

王子皱了皱眉头：“比起骑马来，我更不善行走。”

“我的膝盖还受着伤呢，咱们又不是急行军。”碎嘴边说边回头看，确保周围没人能听到他们的对话。他一边安抚着王子，一边扭头跟军官交代着什么。

军官们已经确保没人走漏风声，帮他们打扮成普通士兵的样子，选的人都是口风极严之人，在任务完成之前不会透露一个字。若是这个重要情报提前被敌人知晓，他们必定会死无葬身之地。碎嘴不得不防，那些暗影长老们神通广大，手下有着各种能人异士，甚至还传言他们能凭空召唤出魔怪，他和王子的血肉无疑是他们眼中的美味佳肴。

这并非庸人自扰，只不过是多年的经验之谈告诉他要未雨绸缪小心为上。

这位军官做得很好，差了几个亲信把两人的马护送出营，没有走漏一点风声，也没人能看得清马上的人到底是何方神圣，他手下的士兵们都以为大英雄解放者和王子已经回城去了，

碎嘴如释重负，长长地出了一口气。军官给他们找来了一堆破布烂麻做成的衣服，又帮他们把脸和胳膊都涂得脏兮兮的，碎嘴打趣道：“王子，这样咱们就安全多了，您看我现在是个沙达尔人，您就像个古尼人。”

一个半小时之后，他们已经成了两名普通的弓箭手，平安无事，也没人怀疑。碎嘴化名为纳拉扬——这是个最大众的沙达尔名字。王子现在叫阿布拉汗·卡德斯拉，听起来像个维纳和古尼的混血，若是有人好奇地问起这个名字的来历，只消说他的妈妈是一个被维纳人搞大了肚子的古尼妓女就好了。没人会想到向来养尊处优又高高在上的普拉布林德

拉·德哈王子会如此作践自己，让自己沦落到如此田地。

碎嘴笑了起来："好吧，现在没事了，咱们抓紧时间休息休息，马上就要开始赶路了。"

一天半之后，他们收拾妥当，匆匆上路，弓箭手们已经涉水过河。越走碎嘴却越紧张，心中一直盘算着夫人发现他还活着的时候会是什么反应。是惊喜？是惶恐？

无论如何，他在心里已经预演过了最坏的情况。

62

长影已经整整六天都没有合过眼了，他用尽毕生所学为狼嚎疗伤，缝合他裂开的血肉。不过狼嚎不但肉体遭受了重创，整个人都被搞垮了，他现在精神恍惚，就像个傻子一样。

这是个古老的要塞，建在古老的城池之上，长影经常久久地盯着远处的辉石平原，在脑海里回忆着那些古老的传说，那些被历史掩埋的秘密，那些不为人知的秘密，那些如今只有他长影才知晓的秘密。

传说在这古老的城池建成之前，那辉石平原就曾是光和影的战场。就是在那时，那些长矛才出现在人世之上。在光和影双方大战之时，基纳吞噬了一个妖王，长矛的尖头就来自这妖王的宝剑，而妖王的灵魂就被封印在矛尖中。传说长矛的尖被分为八处，若是在基纳沉睡之时，这些灵魂碎片万万不可重聚。

即使矛身也大有来头，一说这矛身是由基纳的腿骨做成，在她被光之主们哄骗睡去之后，光之主们把腿骨从她的身体里抽出来做成了长矛；另一说这长矛是由上古暗影大陆领主的阳具制成，在大战之时他的阳物被基纳剁了下来。

在卡塔瓦的古老自由兵团掌管着这些长矛的碎片，这些兵团向着四方进发，给四方都带去了杀戮之年的传说。

长影自己也不太确定，光之主们、妖王之子、沉睡的基纳……已经永远被遗忘在浩瀚的历史中了，黑色佣兵团的历史也被永远遗忘了，他们一代又一代的队长，为了探寻自己的根源而呕心沥血。

长影对于长矛也没有多少了解，不过他也已经是这世上最了解长矛的人了，他确定德加戈城之战中兵团遗失的旗杆就是传说中的长矛。

那长矛在那个塔格洛斯保镖的手中。

等狼嚎痊愈了，就会派他去把那件法宝也夺回来。

但治好狼嚎的伤以后，他得先好好睡一觉。

63

蛙脸花了整整五天才确定他主子的位置，他一直潜伏在瞭望塔外，伺机而动。他可不想惊动别人，长影是个法力高强的巫师，要塞中必定布满了要命的邪咒。

他悄悄地溜了进去，没人发现。他发现自己的主子被关在地牢里，似乎是被下了药，一直在昏迷中。她并未下令让他来救自己，他甚至还可以借此良机摆脱她的掌控，他也大可装做什么都没发生，什么都不管，不过他还是来了。

他移形到地牢，把药丸塞到她的嘴里，让她清醒了过来。

搜魂醒了过来，迷迷糊糊地看了看牢房，又看了看自己面前的蛙脸。“狼嚎他……我在哪儿？”她挣扎着坐了起来。

“瞭望塔。”

“我怎么在这里？”

“他们把你当成了你姐姐。”

她听罢苦笑了一下。

“看来我装得太像了点。”

“是的。”

“很好，你已经知道她在哪儿了？”

“德加戈城，不过这一周我一直在找您。”

“暗影们看不到她？看来她变得厉害点了，碎嘴呢？”

“我一直在找您。”

“找到他，把他带回来。他万万不能与我姐姐见面，不惜任何代价。”

“不过我不能杀人。”

“那就除了杀他之外，不惜任何代价。”

“您不需要我的帮助吗？”

“不用管我……你能在此地随意移形？”

“大部分地方，有的地点有咒语保护，只有长影自己才能进出。”

“好好观察这个地方，随时给我汇报每个人都在做些什么。找到碎嘴，阻止他跟我姐姐见面。”

“得令！我先走啦。”

她静静地躺在牢房里，她的顺风耳可以听清那远方原野上的窃窃私语，她也嗅到了长影的恐惧，她知道这个城堡之中从上到下都人心惶惶。

长影和狼嚎都睡着了，她要开始动手了，她不能就像一只蜘蛛那样待在这儿，她绝不能坐以待毙。

虽然这个要塞的一砖一瓦都有咒术的加持，但当她嘴里念念有词，这些砖瓦就自动熔化了，为她开了一条路，悄无声息。

她身处整个堡垒的最底层，这里伸手不见五指。有意思，长影自己居然也惧怕黑暗。她慢慢地走上一级级台阶，一路上竟然一个守卫都没有。这儿理应有千人驻守才对，这使她越来越紧张。

终于见了光亮。上面也没人？卫兵们都逃跑了吗？难道这要塞被废弃了吗？

不对劲，她凝神感知活物的气息，还是一无所获。士兵们都去哪儿了？应该有成千上万的士兵，像血管里的血一样不停地奔流。

她弓着身子，蹑手蹑脚地往前走，安全度过了前半段的旅程。终于，有人来阻止她了，那是个棕色皮肤的小个子，穿着像是木头和什么奇怪材质做成的铠甲，戴着动物模样的头盔，朝着她龇牙咧嘴。

她早有防备，手里掐着诀，身边凭空出现了一个洞，洞里色彩斑斓，那庞然大物扒开洞口，从里面爬出来，嗅着活人的气味。庞大却不笨拙，那小个子已经成了怪物的盘中餐，它顺着人血的气味，向要塞内部有士兵驻守的地方寻了过去，惨叫声连连，他们没想到复仇来得这么快。

搜魂怒气未消地走出了瞭望塔。“他们要忙活一阵了。”在夜色的掩护下，她向北走去，前路漫漫，身后的城堡里早就乱成了一团。

64

我命人造的桥还未完工，不过我们已经可以从上面渡河，我过桥的消息不胫而走，工匠们大为欢欣鼓舞，自认为已经得到了我的认可。

纳拉扬和我一样也赞叹不绝，拉姆却对此不屑一顾，他不觉得直接蹚着水过河把自己弄得湿漉漉的有什么不妥。

因为我身体有恙，不能长时间急行军，弄得纳拉扬一路上又战战兢兢的，生怕误了时间。不过我们最终还是按时在典礼前一晚赶到了他们的圣墓。

“纳拉扬，你来全权负责，我太难受了。”

“我给您找个医生瞧瞧吧。您回去之后一定要去看医生。”他关切地望着我。

“我也是这么想的，等完事了，咱们回北边去看医生，我也知道不能硬挺着，这不是办法。”

“可是如今已经到了雨季……”

雨水来得迅猛，我们若是再耽搁几天，美因河就会涨水。这几天我们就已经被日复一日的大雨浇成了落汤鸡。

“没事，看来那桥还在那儿，咱们若是不骑马，还可以步行过河。”

纳拉扬点了点头，对拉姆道：“拉姆，你负责警戒，照顾好夫人，我去找教士们。”

纳拉扬临走前暗示我，我要和其他人一样参加所谓的入教仪式，我感觉自己受了冒犯，但是我现在太虚弱，无力抗议。我只得躺在这里，等着拉姆为我生火和准备饭菜。有几个伽玛德哈想来拜见我，拉姆把他们拦在了门外，而且纳拉扬已经放出了话，任何人不得扰了我的清净，但是没有教士来看我。我现在浑身乏力，对什么都提不起兴致来。

我感觉到有双眼睛在盯着我，是个不速之客。

他不是欺诈徒，我认得这张脸，有人叫他蛙脸，有人叫他小妖。这个小妖，在这儿做什么呢？

不过我如今太虚弱了，并不能奈何得了他，我现在能做的只有吃和睡。

阵阵鼓声惊醒了我。呼！呼！呼！听起来像是有人在以掌和拳击鼓，拉姆告诉我鼓声要一直持续到第二天拂晓。我侧身躺在拉姆为我搭建的床榻之上，有个鼓手就在我不远处，手中握着四英尺长的木头鼓槌，似乎每隔一段，就有一个穿着打扮相似的人在顺着相同的节奏敲着鼓。

拉姆叫我宽心，说这是为了驱除一切不洁之物。

看来这一整夜都要伴着鼓声入睡了，这轰隆隆的声音仿佛是一个得了麻风的巨人在痛苦地喘息，连空气中也弥漫着病恹恹的气味，令人厌恶，令我越发恶心了。

“夫人，若是您不尽快去看医生，我就只能拽着您去了。”纳拉扬回来的时候正是我病痛最严重的时候。

“我会的，我会的，你不必担忧。”

“您对我们至关重要，您就是未来。”

圣殿里传来了唱诗声。

“这次的歌怎么和上次的不太一样？”

“您不必关心这些繁文缛节，您需要做的就是好好休息，明天一早仪式就开始。”

只需要好好休息，什么都不用管，我已经想不起来自己上一回这么虚弱的时候是什么样了，要是我的法力还在，我也不会落到如此田地。

不过我已经在慢慢地恢复元气了，我现在的法力应该和暗烟不相上下。

但“福兮祸之所伏”，我的梦魇已经快要战胜我了。

在那死之原野上，基纳依旧如饕餮一般吞噬着恶魔，她拖着庞大的黑色身躯，每走一步都像在跳一支古尼舞蹈，每走一步，大地震颤。我很害怕，这一切就像真的一样。

她有四条臂膀、八个乳房，赤身裸体，每只手里都抓着象征死亡或战争的法器。她现在已经彻底抛弃了人类的模样，脖子上那一串孩童头骨制成的项链随着她的动作晃动，她的腰间还系着一条腰带，上面缀满了阳具。

她没有毛发，脑袋就像一个浑圆的蛋，双眼冒火，血从她的嘴角流出来，流了一下巴。

她是死亡。

死亡令我战栗。

我仿佛还看见了碎嘴那玩世不恭的脸庞，讥讽着她，嘲笑着她，她气得龇牙咧嘴，满嘴腐臭味。

我是不是听到了谁在说话？我环顾四周，只有我一人。

那腐臭的气味弥漫出来，有人匆匆走过，捏着鼻子，我也被熏得发抖。

怎么回事？我到底是清醒还是在做梦？

我抖得停不下来，现在我已经无力与之对抗。

不过我并非手无缚鸡之力，我不会臣服。

纳拉扬准时叫醒了我，他看我的脸色很是奇怪。

“怎么了？”

“呃……一种感觉？我能感觉到，您身上有夜之女的气息。”他似乎羞于启齿，“我跟教士们商量好了，仪式大约在一小时之后举行，不过以前从未有女人参与过仪式，看来您只能和男人们一样去做……”

“我没想到会有这么一出。”

“入教者要赤身裸体站在基纳面前，等她判断。”

“知道了。”我并不是害怕，我只是感觉自己成了一个受害者，一个女性祭品，一个牺牲。

我也产生了犹豫和拒绝的念头，但是我需要扼喉者。

“就按你们说的办。”

“您不必在所有人面前脱掉衣服。”纳拉扬看起来如释重负。

“那我只用给教士和队长们看咯？”

“我们已经安排好了，一共有六个候选人参加仪式，在场的只有大教士和他的助手，一位代表扼喉者的伽玛德哈，其他人都不得睁眼，若是不放心，您还可以指定其他三个人陪您。”

“你们怎么突然这么贴心？”

真是奇怪。

“我本不该告诉您，有人不相信您是真正的夜之女，我们内部产生了一些分歧，但是最后我们双方各退一步，让大教士来定夺，因此参与的人越少越好。”

“其他要和我一同入教的那些候选人呢？”

“他们知道分寸，知道什么该看、什么不该看。”

“知道了，我不在乎大教士和扼喉者的代表。”我竟然开始为纳拉扬担忧起来，他可以说是我的担保人，一旦我最终没有通过考验，他可能就要遭殃了。

“夫人，您让拉姆帮您准备好。”他递给我一条白色的袍子，“您在仪式开始前就裹着它。”

这袍子看起来沾染了几个世纪的尘土和污秽。

我准备好了。

65

圣殿内部被装点一新，火焰燃起，投下巨大的阴影，整个屋子中都泛起了诡异的红色。一座巨大的雕像矗立在中央，面目可怖，不可名状，但是其躯干被金银宝石包裹，眼眶里镶嵌了红宝石，连牙齿都是由水晶制成。看来这是他们用上了在四方掠夺而来的财宝。

偶像的左脚旁边有三个头颅，教士们正在把无头的尸体拖到外面。尸体上伤痕累累，看来被斩首之前也经历了好一番折磨。

我们这几个待入教者走了进来，各有十个人站在左右，背冲着我们，嘴里不断地吟唱着。我认出了纳拉扬的背影。

“来吧，噢！我主基纳，你的孩子呼唤你！来吧！母亲！你的世界需要你！”

扼喉者的总舵主是个黑带侍者，拿着他的索命带站在高台上。那三个牺牲的头颅被挂了起来，其中两个眼睛睁得大大的，对着我们，似乎是在看着我们走过来，另一个头颅对着基纳雕像的脚趾，看来“他”是那个见证真神降临的幸运儿。我站在最后。

两个教士站在我的右边，他们身旁有一个高高的架子，架子上摆着小船一样的纯金容器。

仪式开始了，开头的一切都是俗套，每个要通过考验的人都要先走到那个标记处，脱下袍子然后再走到另一块站定，弯腰屈膝，嘴里还要诵着经文。我，基纳之女，也诵起了经文。忽然整个圣殿的温度骤降下来，让我感觉到了寒冷和饥饿，不知道为什么，身上竟然散发出腐朽的气味。我身后的教士突然一个激灵，跳了起来，看来这情况并非常见。

我们跪坐在自己的脚背上，大教士嘴里叨咕着没人能听得懂的鬼话，既不是塔格洛斯语，也不是扼喉者的黑话，似乎是把我们一个一个地介绍给基纳——在他的眼中，那塑像就是基纳本尊。接着他一声令下，早早就候在一旁的助手从一个尖嘴的大壶里把黑色的液体倒进船型的容器交给他，他捧过碗，嘴里也停止了吟唱，把那容器举得高高的，似乎是让他的神明看清楚，自己并没有在弄虚作假。接着，他捧着碗走到了我们面前，对着第一个人的嘴，开始给他灌下去。第一个候选人紧紧地闭上了眼睛，把那不可名状的液体吞了下去。

第二个人也喝了一口，马上就猛地咳了起来，好像窒息了一样，然而教士们毫无反应。

我前面的人都喝完了，现在到我了。

纳拉扬这个骗子，他安慰我说一切不过是走个过场罢了，这压根就不是什么过场，那容器里盛着的显然是鲜血与毒药的混合物。是人血吗？我们都看见了那三具尸体被拖了出去，是不是被放了血呢？

很久以前，我就经历过和此时差不多糟糕的情况。我安慰着自己，一切都是为了这世上最强大的力量。

他们想用这毒血迷惑我的心智。

我是最后一个，大教士把容器交给了他的助手，自己则回到了高台之上，开始吟唱。

整个圣殿突然被黑暗所笼罩。心悸，我知道，肯定出了什么岔子，不过看起来其他人都没什么异样的反应，我觉得刚才自己可能是反应过度了，也许这也是他们设计好的一部分，来吓唬我们这种新人。

大约一分半之后，黑暗退散，不过就在这短短的黑暗中，我听到了一声声嘶力竭的惨叫，声音中充满了恐慌和愤恨。

就像刚才所有的灯突然熄灭一样，房间里突然恢复了光明。

我发现自己竟然一动都动不了。

看来我旁边那人没撑过去。

现在只有五个人教人了。那偶像明显移动过，它的一只脚抬了起来，又落下，把一个候选人当场击毙。那死人就在我旁边，尸体断成了两截，死人的脑袋被它抓在手里，显然在灯光复明之前，它有力的大手还顺手握碎了这个倒霉蛋周身的骨头。现在偶像的一只手抓着死者的头颅，另一只手握着利剑，那剑倒是一直都在，不过现在剑身和它的眼睛一样，都闪耀着诡异的光芒，它的嘴角，鲜血淋漓。

他们是怎么做到的？何等的巧匠才能制成如此的机器？难道是那教士就能操纵这一切吗？这一切是怎么在短短的一分半钟就完成的，不过我除了那声惨叫之外，没听到任何别的动静。

看来我身旁的教士们和我一样，都吓得呆若木鸡。

大教士甩一甩他的长袍，走过我身边，回到了高台上，大喊："真神降临了！主来了！赞美主啊！基纳！您把您的爱女送到了我们身边。"

看来我暂时通过了考验。

不过从那些教士的反应中看，我的出现似乎让仪式的进行出现了一些小插曲，不过无伤大雅，最后的结果还是好的。

我以前见过的教士都不真的相信有天神的力量，他们只相信自己修炼出来的法力，法力就像陈酿，越老越有力量。

人们开始欢庆了，这似乎说明我们已经成为他们的一员，那枉死的人也被抛到了脑后。教士们鼓噪着，似乎他们都看见了他们的真神，真神告诉他们，那一天就要来临。

若是碎嘴能看见这一幕，他一定会当场大笑出来。

拉姆和纳拉扬把我领了出来，他们开始向我道歉，请求我原谅，让我宽恕他没有告诉我仪式的细节。

"她是真的显灵了，对吗？"

"是的，真神显灵，毋庸置疑。"纳拉扬听出了我语气里的疑问。

“纳拉扬，那个人偶是怎么做的？”

“什么？”

“那东西怎么能自己动？”

他脸上又泛起了笑容：“我也不知道，这也是我头一次见。总有一个候选人会死，但这人偶还是头一次动起来。”

好吧，看来我也问不出个所以然来了：“你们在里面的时候，有没有感觉，什么东西来了？”

“是的。”他不假思索地回答，“夜深了，夫人，您需要休息。”

我躺了下来，不情愿地又走进了梦魇的境地，我身心俱疲。纳拉扬借着火光，久久地看着我。

纳拉扬，你的脑子里在想什么呢？

我睡得出奇地香甜，没有梦魇，但是我早上起来之后又开始呕吐，快要把五脏六腑都呕出来了。

66

小妖已经离开了他们的老巢，他找到了那女人，比他想象的快了不少，现在该去找那个男人了。

不过，没有头绪，那人不知所终。

那人不在塔格洛斯，他找呀，找呀，却一无所获。按常理来讲，那人应该会去找那女人，但是他现在究竟在哪儿呢？

他不在风暴关，戈加城也没有他的踪迹，但是塔格洛斯和戈加城的人都说他曾经现身。

那女人绝不可知道他还活着。他们刚好在北边错过了，天助我也。

不过有一队士兵在向塔格洛斯进军，碎嘴并不在其中。

一定，一定要把他们分开。

他乔装打扮起来了？不太可能，他的谈吐、他的口音会轻易地出卖他。

按理来讲，若是他没在这些地方，那他一定会设法去渡河，偷偷地渡河。

他可能会去一个地方，有一队弓箭手驻扎在那儿。

若是他没出戈加城，他也一定不会和那队士兵在一起。

小妖现在面临抉择：是先去给主子复命，还是相信自己的推测没有错。

一无所获，在那儿也不可能，连他的影子都没有，不过也不是什么都没找到，他至少发现了有一队弓箭手驻扎在那里。

戈加城的桥还没有建好，雨季里又不可能开工。美因河已经涨水，塔格洛斯人过不去，也回不来。

于是他选择了前者。

67

弓箭手们在看到了塔格洛斯军大营之后就地修整。“我们安全了，王子殿下。”碎嘴跟王子说，“咱们不能再邋里邋遢的了，是时候现出真身了。”

其实早在两天前，斯旺率领的骑兵在巡逻时发现了这支正在行军的弓箭兵队，弓箭手们口风很紧，没有暴露王子两人的存在。

碎嘴管弓箭手的军官借了马，这匹马是他们仅有的两匹之一，负责驮着他们的辎重。

王子换回了华服，容光焕发，碎嘴也穿上了做工精良的军装——他把这套衣服叫“工服”，是一个塔格洛斯贵族送给他的礼物，这是一份送给“解放者”的厚礼。

碎嘴从行囊里拿出卷成一团的兵团战旗。

“我准备好了。王子？”

“随时出发。”普拉布林德拉·德哈这一路上受尽了苦头，但是他还是撑了下来，没有一句怨言。士兵们倒是觉得没什么大不了的，他们本来就是穷苦人。

他们翻身上马，弓箭手们护卫左右。一只乌鸦掠过碎嘴的头顶，他哈哈大笑：“拿石头把这畜生给我射下来！”

军营中的人纷纷迎了出来，碎嘴看到了好多熟悉的面孔，斯旺、尖刀、马瑟……该死，怎么有个人长得这么像摩根？这就是摩根！但是他没看到他最想看的那张脸。

摩根跌跌撞撞地冲出人群，呆呆地立在了他的马前。

“是我！老子是活人！”

“可是，我们看见你死了。”

“你看见我被射穿了胸口，但是你撤退的时候我还在喘气呢。”

“你……你当时已经没了人形。”

“这就说来话长了，你给我备上好酒，我能给你讲一晚上。”他又望向斯旺，斯旺也盯着他。

“给你，”他把团旗扔给摩根，“你这个掌旗官把旗都丢了。”

摩根激动地接过去，又看又摸：“这是真的！我以为它没了！你也活着！”

“活着，而且准备好了复仇，夫人在哪儿？”

尖刀看着普拉布林德拉·德哈在场，寻思了一会儿，道："夫人带着纳拉扬和拉姆北上处理要事去了，已经去了八九天。"

该死。

"九天，那真是活人？不是障眼法吧。"斯旺插了嘴。

马瑟说道："肯定是她，咱们的普拉布林德拉·德哈有火眼金睛。"

碎嘴把注意力放在了尖刀身后的那个人。脸生，但是身上的气质令人熟悉，解放者归来了，他竟然毫无表示，不悲不喜。

"摩根，别跟那玩意儿缠绵了，赶快告诉我这段时间都发生了啥。"碎嘴下了马，他已经有一个月的时间没听到过新消息了，"谁把这畜生牵到马厩里去！"

若是长影一直监视着这片营地的话，他一定会更糊涂了。死人复生往往会把活人的事搅得一团乱。

碎嘴还注意到了马瑟和斯旺身边的那个小个子，他一言未发，努力地隐藏自己。

他们跟碎嘴讲了最近发生的一些大事。

"旋影本人？呃？"

"那个老头儿已经出局了。"尖刀哈哈大笑。

"来给我们讲讲你是怎么回事？我们都洗耳恭听呢。"

"你要把这些记录到史书里吗？你带着史书吗？"

摩根的脸红了："带着，但我逃出城的时候没带出来。"

"可以，那我等着拜读《摩根之书》了。"

"夫人，夫人她自己在记述历史。"

所有人都看向他。

"我觉得，她不过是口头说说罢了，史书要写下来才算数。咱们眼下要做的事情有很多，不过我听出来了，现在要马上把莫盖巴解决了。

他手下还有多少人？”

“一千多人？”摩根也是全凭猜测。

“独眼他们怎么不跟你一起逃出来？”

“他们说能照看好自己，他们在等待着夫人恢复元气，然后里应外合。”

“恢复元气？你是说她的法力开始恢复了？”没人主动跟碎嘴提起这档子事，他大吃一惊。

“是的，不过恢复得很缓慢。”

“对她缓慢的事情对咱们就是迅速。他们究竟在怕什么呢，摩根？”

“还记得独眼为了复仇杀了化身吗？据说化身的徒弟没死，换了副躯壳来找他复仇了，仇恨的车轮转回来了。”

“我觉得他们不过是吓唬自己罢了。”摩根补充道。

“那些巫师们有自己的一套，”碎嘴闭上眼睛，靠在椅背上，“跟我说说莫盖巴。”

那摩根可有得说了。

“你说他们那么多人，怎么就剩下了这些？都杀了祭神了？”

“不是祭祀，他们被吃了。”

“你说什么？”

“他们的心脏和肝被吃了，莫盖巴已经失去了民心。”

碎嘴把眼睛瞪圆了：“食人族可不是什么好玩的东西。”他又看到了那个小个子，那个一言不发的小个子。

“那位弟兄叫什么？看来他也有很多话想说啊。”

“他叫辛迪，夫人的朋友之一。”

“什么朋友？”

辛迪自己开了口：“他们自己已经向暗影屈膝，真正的欺诈徒从不滥杀无辜，我们只会按神的旨意去侍奉。”

“有人听得懂他在说什么玩意儿吗？”斯旺一头雾水。

“您的夫人现在正在与一群特殊的朋友为伍。”尖刀解释道，“科尔迪可能比我更清楚。”

碎嘴点了点头：“咱们眼下必须要把这事解决了，摩根，你愿意回去给莫盖巴传信吗？”

“我不想去，团长，但是军令难违。那个人想杀了我，他已经丧心病狂了，他可能还想杀了您呢。”

“那算了，我找别人吧。”

“我去！”说话的人是斯旺。

马瑟一下子跳了起来：“别上头，威洛。”

“科尔迪，我是自愿的，我还有点私事要去搞清楚。我连旋影都不怕，倒是要看看这个莫盖巴是不是和暗影长老一样狡猾。”

“你呀，威洛。”

“放心，我命大。团长，您要我做什么？”

碎嘴瞥了他一眼：“咱们还要什么反对意见吗？没有的话我就派斯旺去了。”

“没意见。”

68

生活处处充满未知，我不担心小变故，因为它们不影响大局，还能增添乐趣，但关键时刻来个“惊喜”就让人受不了了。

我就遇到了一个巨大的惊喜。

他们把我们仨抓了起来，扔进了监狱。士兵和狱卒们也许都很奇怪，我们这些“危险人物”竟然都没有反抗。

我们只能等。我心里敲着鼓，难道暗烟的伎俩得逞了？现在拉蒂莎·德哈跟我不是一条战壕里的人了？

差不多过了一小时，拉蒂莎带着一队卫士走了进来，原本就狭小的牢房一下子挤满了人。

“你到底是谁？”

“你在问什么？我是夫人，黑色佣兵团团长，我还能是谁？”

“拉姆，你站起来！”她命令道。

拉姆看了我一眼，我轻轻点了点头。拉蒂莎的卫士马上就把他围在了中间，看了好一会儿，她终于说话了：“看来你还是你，那她到底是谁？”

拉姆也一时摸不着头脑，他歪头看了看我，又看了看她：“她已经告诉你了呀。”

拉蒂莎又冲着我：“你如何证明你自己？”

“你又如何证明呢？”

“我还用什么证明？又没人假扮我的样子。”

我一下子明白了：“那个婊子！以我的名义大摇大摆地来了？她都干了什么好事？”

拉蒂莎似乎思考了一下，下令说：“放了他们吧，他们是正牌的。”

卫士退出了牢房，拉蒂莎对我说：“她没做什么，就是把我的哥哥唬得神魂颠倒，但是不知道谁派狼嚎把她劫走了。我们都以为她是你，后来碎嘴跟我说了真相。”

“那个贱人！等等！谁告诉你们的？”

“碎嘴啊，你的团长，开始还伪装成拉姆的模样。”

是我的耳朵幻听了还是脑子坏了？我喘了口气，小心翼翼地问：

“那，狼嚎把他也抓走了？”

“没有，他和我哥哥化装去找你了，他说要是她从长影和狼嚎那儿逃了出来，肯定马上就去找他。”

我还是不敢相信自己的耳朵，这个女人不会在设计我吧？

“他们去了德加戈城？”

“应该吧，我那个蠢哥哥哟，随他一起去了。”

“然后我来了这儿。”

我一下子笑了出来，像个疯子一样。

“能不能让我单独待一会儿？”

拉蒂莎点了点头，示意拉姆和纳拉扬随她出去。

拉姆却不愿意动身。

“去吧，拉姆，放心。”

“遵命。”

有我的话他才肯出去，而且就站在门口，不肯再往远走。

就在他们出去的时候，我听见纳拉扬在跟拉蒂莎说要给我找个医生。

他们都出去了，我冷静下来，想梳理一下到底发生了什么事。

碎嘴被流矢射中，又离奇失踪，我那“可爱的”妹妹趁我在北边的时候乔装打扮成了我的模样……

看来她又复活了，而且还有了法力。在当年我最强大之时，她的法力只在我一人之下、万人之上。

拉蒂莎带着一个穿着粉色袍子的小个子女人走了进来，说：“这是医官德拉那德拉，她的家族世代行医，她是我的私人医师，是吾国最好的医官，连那些男人在她面前也必须低头。”

我跟那医生说了我的症状，她边听边点头：“请您先脱下衣服，我要为您检查一下。”

拉蒂莎站在门口，用她的袍子挡住外面的视线。“若是你不愿意让我看，我可以转过身去。”她打趣道。

“得了吧。”

其实我不感到很尴尬，只是不想让人看到我有多虚弱。

过来几分钟，医生说话了：“和我想象的差不多。”

“我得了什么病？”

“您自己不知道？”

“我当然不知道，我知道了还叫医生干吗？”至少现在已经不再做噩梦，能好好儿睡觉。

“那抱歉您得多受罪了。”她狡黠地冲我眨了眨眼睛，“您有喜了。”

69

碎嘴走上山坡，俯视全城，摩根在他旁边撑着大旗。斯旺早早就在骑兵的护卫下出发了。

“你觉得他会赴约吗？”

“很可能不会亲自来，但他总要派个人来，他要确认我是不是真的没死。”

摩根指着沿河驻防的暗影士兵说：“你知道这些家伙是怎么回事吗？”

“我来猜一猜，莫盖巴和夫人都想继承团长大位，她料理了旋影但是却不想与莫盖巴继续纠缠，索性就把他围在了城里。”

“一点儿没错。”

“蠢材，以前从来没发生过这种事，翻烂了史书也找不出来。”

“以前咱们并不掺和所谓宏图大业，但夫人和莫盖巴都志向远大。”

“说来听听？”

“夫人要继续履行合约。”

“简直是发疯了，不过这就是她的风格。哎，他们是不是看见了斯旺？你快看看。”

“他们送来了一个人。”

是辛达维，莫盖巴的副手，他向来是个好手。碎嘴向他敬了礼：“辛达维。”

来人还了个礼：“真的是你？”

“如假包换。”

“但我们都听说你死了。”

“没有，只不过是敌人在造谣罢了，说来话长，咱们改日再聊。我听说现在有点不愉快？”

两人一同离开城市，走到了一块大石头前，坐了下来。“我现在有点搞不清情况了。”辛达维说。

碎嘴则直视着他的脸，皱起了眉头：“怎么会搞不清？莫盖巴向来是个好兵！”

“我以第一领主的身份向莫盖巴宣誓，我必须服从。但他疯了。”

“我也是这么认为的。发生了什么事？即使他不同意我的管理方式，他也是最理想的战士。”

“野心，现在他有了野心。”没错，做团长的感觉肯定是不一样的。“他想的是要立下丰功伟绩，青史留名。不过他现在所做的一切都是为了个人的荣誉而非兵团的利益。”

“很多组织都会陷入这种个人崇拜的泥沼。我当团长并不是因为我天赋异禀，而是因为我得民心。现在我不在了，莫盖巴就开始往自己脸上贴金了？”

“对不起，我不能再说更多了。莫盖巴派我过来是因为他视我为手足，他现在只信任我，我不能辜负他。”

“我听说他现在要发起所谓的圣战？”

辛迪支支吾吾的：“他整天念叨着什么黑暗之母。我也不太懂，毕竟他来自巫师世家。”

“他下一步有什么打算？我感觉现在你们陷入了绝境之中。”

“我不知道，也许他会声称您是个冒牌货，您的掌旗官都看见您被杀了，他可能会说您不过是暗影长老们使出的障眼法罢了。”

碎嘴没有再问下去。

“我会亲自去与他对峙，若是他负隅顽抗，到时候看看你们都站哪边。”

“您要……”

“我不会杀他，他是个好兵，若是他能回心转意，他还是我的好助手。”

“好的，团长，您是个智者，我会把您说的都告诉他的。我会向神祈求他还记得当初入团时的誓言。”

“可以，不过不必那么麻烦。”

“团长？”

“要么现在处理，要么这烂摊子永远解决不了。走吧，带路。”

70

长影责问了那些看守不利的暗影之后，就来到了狼嚎的病榻前。

“你这个蠢材，你抓错人了。”

狼嚎没有回应。

“你抓来的那人是搜魂！”

病床上传来了一阵比蚊子的嗡嗡声还小的声音：“你坚持说那女人在塔格洛斯，是你派我去的。”

可现在争辩这些还有什么用呢？“你应该把眼睛睁大一点的。”

狼嚎的脸上伤痕累累，有几处血肉模糊。长影还从未出现过如此严重的判断失误。

他轻轻地抚着他的同党：“错、没错，错、没错，我们不小心给自己招来了一个可怕的敌人，她绝对不会善罢甘休的。”

狼嚎竟笑了起来，他与搜魂素来是一对冤家。“她逃跑了？”

“不过她应该还没跑远，没有骑马，没有坐马车，她还在我的领地之上。”他慢慢地在屋里踱着圈子，“她躲得开我的耳目，却躲不过自己的野心，她在逃亡中心里还想着要操纵这个世界。我不会去找她，我只要找到该死的乌鸦，她的这些小探子们会带我找到她。”

狼嚎从长影的声音里听出了孤注一掷的意味，还有，恐惧。恐怕他的这位盟友要引火烧身了。

“她有什么可怕的，只要我逮到她，她就玩完了。”

狼嚎并不是真的想卷入这些纷争之中，他觉得自己的人生现在跌到了谷底。他其实是那种愿意偏安一隅、自得其乐的人，这就是为什么他把自己的小王国建在一片荒芜的沼泽地之中，除此之外，他别无他求。但是当时他受了长影的诱惑，出山之后，便无法回头了。他伤得太重了，挣扎在死亡线上，他的小命现在被长影牢牢地握在了手中。长影这种人深谙“飞鸟尽，良弓藏”的道理。狼嚎不想再冒险了，他只想回到自己的小王国里面寻欢作乐、夜夜笙歌，但是在他体力恢复到能逃跑之前，他要假装自己还对长影的宏图伟业津津乐道。“没什么危险的。”他低声说。

而此时长影还在自欺欺人般地自说自话：

“的确，只要找到她在哪儿，我轻易就能把她拿下。”

71

并没有多少人愿意随碎嘴渡河，最后他准许斯旺和辛迪随他一道，而尖刀和马瑟则奉他的命令留守。“你们俩在这儿还有任务。”

三个人上了一条小船，辛迪坐在船尾，斯旺压住船头，碎嘴划着桨。一路无话，碎嘴对自己身后这位叫辛迪的小个子印象并不好。这个小个子对他的一举一动似乎都充满了敌意。小船行驶在河上，空气中弥漫着肃杀的气息，谁也说不清楚接下来会发生什么。碎嘴在心里暗暗祈祷，希望一切顺利。

斯旺用玫瑰城语问话：“你和夫人是认真的吗？”

碎嘴上一回说玫瑰城语已经是好多年以前的事了。

“你问这个干吗？”

“你别套我的话，我是不会告诉你她在干吗的。”

“是啊，我猜等她回来一见到你就会假装我还是个死人。”

两人都笑了。

“跟我说说船后面这个木头桩子，他有什么来头？我不怎么喜欢他。”

斯旺小心翼翼地把那些玫瑰城语中无法表达的词汇用辛迪听不懂的语言表达出来。

“比我想象的还要糟糕。”碎嘴把船停在城墙边上，那里已经倒塌，他们等一会儿可以顺着缺口翻进去。有位塔格洛斯哨兵走过来，拦住了他们。斯旺从怀里掏出一包干粮递给了他，那士兵已经一周没有吃过饱饭了，他一手接过干粮，另一只手把船够了过来，帮他们上了岸，对他们比比画画地示意着放行。碎嘴注意到斯旺一直都巧妙地变换着姿势，无论辛迪怎么动，他都能保证后者在自己的目光所及之处。那士兵帮他们把船系在岸边，跟在他们后面向城墙走去。

那个士兵给他们指着路，让他们走到城墙的西边，他们从那里攀上去，又顺着坍塌的缺口爬了进去。碎嘴仔细地观察了城内，果真是一片狼藉。雨季中，德加戈城早就成了一片汪洋，他仿佛站在岸边俯视着一片大海，海中耸立着上千座大大小小的孤岛，这些“岛”大多半沉在水中，城中央有一座最大的“岛”“浮”在水面上。那里是主堡，旁边的小“岛”上挤满了人。他们伸出脑袋望向这边，碎嘴认出了好多张熟悉的面孔，他激动地挥舞着手臂。

等待他的并不是全副武装的兵团佣兵们，而是成群结队的塔格洛斯士兵坐着皮筏子。顺着已经变成了小河的街道迎过来。碎嘴一露面，他们纷纷欢呼起来：“解放者！万岁！”

斯旺说：“看来你还挺受欢迎的。”

“就这个鬼地方？你能把他们带出去，他们也欢迎你。”

城里的街道已经没有了往日的模样，幸存者们就在残垣断壁里面勉强维持着生存。已经变成水道的路上漂浮着一具具的尸体，散发出来浓浓的尸臭味——瘟疫和一个疯子现在是全城的统治者，他们都只管杀不管埋。

莫盖巴带着他的人马——那些佣兵团的纳尔人和老兵们，顺着城墙走了过来。“走，咱们去迎迎他。”碎嘴招呼一声，三人朝着来人走去。欢呼声不绝于耳，有一艘筏子竟然径直地朝着城墙划过来，上面坐满了碎嘴最忠实的支持者们，几乎快要没到了水里面。

莫盖巴却停在距他们还有四十英尺之遥的半路，冷漠地看着他们三人，面若冰霜。“为我祈祷吧，斯旺。”碎嘴面前这人铁了心地要继承他团长的位置，他不知这回自己还能不能像以往一样。死里逃生。

莫盖巴最终还是走了过来，每一步都迈得那么地沉重，在离他一步处站定。碎嘴伸出右手，拍了拍他左边的肩膀，道：“你干得蛮漂亮的。”

每个人都屏住了呼吸，城中竟然一片寂静，士兵们纷纷围了过来，成千双眼睛在注视着他们。莫盖巴要怎么回应这位他昔日的上司和同志呢。

但是莫盖巴迟迟没有动作。碎嘴静静地等着，他心中有一肚子的话想说，但是现在说一个字也显得多余。他不需要再解释什么，也不需要向眼前的这位老友诉说什么，他只需要静静地等待莫盖巴的回应。若是莫盖巴还念旧情，那一切都好说，若是他现在真的六亲不认，那……

碎嘴不再看他，而是打量着他身后带来的那些老兵。他在用眼神向这些老朋友们无声地求助：帮帮我吧，帮帮你们的团长吧。

莫盖巴举起了他的右手，又放下，又举起来，再放下。他张了张嘴，两次，想说什么，却什么都没说出来。

站在一旁的辛达维心领神会，他知道他们俩都在等，他也知道自己现在需要做什么。于是他迈开脚步，走到了碎嘴的身后。

一会儿，碎嘴身后已经站满了军官和老兵。莫盖巴第三次举起来他的右手，所有人还是大气都不敢喘，他盯着自己的脚面，终于说话了：

“杀了我吧，我的身体被暗影占据了，我不行了，团长，杀了我吧。”

“不，我向你的人保证过，无论你怎么样，我都不会动你一根汗毛。”

“杀了我吧！那东西要发作了！”

“不，我说出的话从来算数。”

“我想不通，”莫盖巴的手垂了下去，“你能死里逃生，你敢冒着生命危险面对面来见我，你却不能杀了我，了却我的痛苦？”

“我不知道你在想什么，莫盖巴，你是个好兵。我确实感觉到你的身上有点不对劲，但是我还能感到你心中的浩然正气。让这一缕正气指引着你，回来吧。”

“不，团长，你没感觉到吗？我身上有股邪气，我也不知道是从哪儿而来，但是我怕我突然发作，害了你们所有人。”莫盖巴一步一步地往后挪，碎嘴也把放在他肩膀上的手垂了下来，所有人都静静地盯着他，人群中不时地传来几声叹息。莫盖巴身后还跟着三个誓死效忠他的人，不过此时他的密友辛达维已经不再和他站在同一条战线上。他们朝碎嘴敬了个礼，转身走了。

“嘿！”斯旺大叫着，“这些杂种要去动咱们的船。”他可以一心二用，一只眼睛盯着辛迪，一只眼睛看着他们的船。

“随他们去吧，”碎嘴想起了以前和这位老友并肩作战的日子，“还记得编年史《凯特之书》记载，当时黑色佣兵团服务于达尔·科目那的领主们的时候，他们被赏赐了……”他的老友们认真地倾听着团长的教诲，他们时而开怀大笑，时而激动地怒吼。碎嘴也释然了，他的嘴角泛起微笑，“咱们的任务还没完成呢，这座城里这么多人等着被疏散出去，咱们快开工吧！”

回归的感觉真好。

德加戈被解放，真正的佣兵团回来了。

72

狼嚎坐在长椅里，欣赏着长影收藏的各类法器和各种稀奇古怪的玩意儿，有很多物件可以追溯到夫人和她的夫君帝王奴役他们的时代。尽管狼嚎现在已是自由身，但他名下财产不多，因为他无欲无求。

不过长影就不一样了，他现在野心勃勃，想要把整个世界都收入囊中。

他的这些收藏有很多都已经失去了法力，只能当个摆件。狼嚎仔细地看着每一件法器，这就是长影的风格：我不想让别人得到的，就自己先抢过来。

这屋子是由水晶制成的，太亮了。不但如此，房间里还布满了光源，每盏灯里的燃料都截然不同，让那些对他心怀不轨的暗影都无计可施。这样一来，暗影在这个屋子里面无处遁形。

他嘴上从不承认内心的恐惧。

长影看了看窗外太阳的方位，说道："午时已到，咱们动手吧。"

"为什么非是午时？"

"他们在午时最为虚弱。"

"哦。"狼嚎仿佛并没有多大的兴趣。长影要追踪搜魂的信使，真是个蠢到家的主意。其实并不用这么复杂，她还没走出多远，他们手下又兵力充足。不过长影就是爱玩这些花样。

这花样太过于冒险了，狼嚎这个人向来在有百分之一百的把握之后才会动手，但是现在他寄人篱下，本来就没得选择，而长影刚好是那种从不给人留选择余地的领主。

有几百个人骑着战象在原野上奔驰，但是等他们回到军营，却不能把这些畜生带进要塞，这是长影大人的规定。违抗长影的人都已经被挫骨扬灰了。

“开始吧，”长影咯咯咯地笑了起来，“今晚，就是捕猎女巫的时候了，你那旧相识马上就要彻底从这世界上消失了。”

狼嚎感到不寒而栗。

73

搜魂伪装成原野中央的一截枯木，乌鸦在她的脑袋上盘旋，远方有一座城池，不知属于何地何国。

小妖显了形。

“他们有所预谋。”他脸上挂着微笑，绘声绘色地给主子讲述着自己的见闻。

“他们开始捉乌鸦了，动机不纯。不过他们到底有什么计划呢？”

“不管是哪一边都没想到您竟然也在这儿，您把他们耍得团团转。”

“不过他们现在知道了我的存在，他们就要开始迷惑我的乌鸦了，对不对？”

小妖没有说话，他自己心里清楚，搜魂不过是在自说自话罢了，不需要他多嘴。

“他们为何要在正午动手呢？”

“长影惧怕死亡，而死亡往往潜伏在夜色之中。”

“您说得没错，但是小的以为他们要放长线，等晚上的时候才会收网。”

搜魂笑了起来，这回她用的是一个娇弱女子的声音：“今夜，看来我要好好玩一玩了，但是你要助我一臂之力。”

“我怎么做？”

“咱们先去那个城里看看，那儿叫什么？”

“德拉城，新德拉，您知道旧的德拉已经被暗影长老们血洗了。”

“有趣，里面有多少敌人？”

“不多。”

“新的游戏开始了，这会很有趣的。”

每当夜幕降临，德拉城里就空无一人，只有群鸦盘旋，叫声戚戚，这幅萧瑟的光景会吓退每一个偶然路过的人。

一个女人坐在城中央的喷泉边，用手撩着水。乌鸦在她身边飞来飞去。就在不远处的阴影中，一个看起来像个满脸褶子的老妇一样的人物静静地盯着这一切。两个人好像都在等着什么，那么有耐心。

午夜，暗影来袭，庞大而可怖。它还在几英里之外的时候，人们就觉察到了异样，城中的孩童放声大哭，家中的男人把门紧紧地堵死。

那暗影直奔广场而来，乌鸦在它的四周盘旋。

它直接向喷泉边的女人飞来，裹挟着死亡与力量。

那女人哈哈大笑，伴随着笑声就这么凭空消失了。

连乌鸦也发出了嘎嘎的笑声。

那是伪装成搜魂的小妖，它在城中跟暗影周旋了整整一小时。暗影致命、可怖，却没有什么智慧和头脑，只晓得追逐和杀戮。

广场边的老妇缓缓地走向代表长影在此地权威的总督府，门口的卫兵和术士都仿佛瞎了眼一般毫无反应。她推开门，效忠于长影的总督毫无戒备。他的府邸里珍藏着从城中搜刮来的民脂民膏，按理来说，只有总督本人才能打开府邸的大门，看来这老妇绝非常人。一进屋，她就卸下老妇人的伪装，原来她是搜魂，她心情大好。

她曾仔细研究过暗影，暗影只能直来直去，而蛙脸却可以随意潜行和现形，因此她完全可以利用这些特点。

她花了整整一小时实施了一个绝妙的计划，能放暗影进来，却绝不会任他逃出去。她走出了门，此时她已经是一副总督卫兵的模样，她发出信号，招来蛙脸。

蛙脸小妖跟他的追逐者玩得不亦乐乎，他冲进门，暗影也直直地跟了进去，搜魂把门封好，蛙脸移形到了门外。现在它无处可逃了。

“太好玩啦，要不是还有正事要办，我能跟它玩上个几百年，也不用搭理你了。”

“你当真这么想？”

“哪儿能啊，宝贝儿，我会想死你的，我还会想你的团长和那帮小朋友们。等我在外面谋到了差事，也会经常回来看你的。”

搜魂又用小女孩的声音笑了起来：“好吧，等我解决完这档子事，你就爱干吗干吗去吧！喔！要是我把这鬼地方炸了，长影怕是会惊得变成‘长脸’了。不过，到时希望你可以举荐几个朋友来侍奉我左右。”

“当然了，我的夫人，有好几个正求之不得呢。”

他们俩在空旷的城中放肆地笑着，就像刚刚搞了恶作剧把邻居狠狠地捉弄了一下的小孩子。

74

原来，我有了身孕。

这一切都解释得通了，但是有的地方又说不通。

我的确曾期待过这一天，但并非这等生灵涂炭、硝烟四起的光景下。有好些时候，我差点就撑不住了，不过如今我还是好端端地坐在塔格洛斯堡垒南边的小屋中，听着雨声，写着编年史。我只想求我的小祖宗不要再来打扰我，乖乖待在我的肚子里，或者，干脆一走了之了吧。

拉蒂莎向我保证给我安排了一整个班的接生婆，她们一个个看起来都兴致勃勃，不过等我高谈阔论起那些战法呀、练兵的时候，她们看我就像看怪物一样。毕竟在她们熟知的历史故事中，从来没有一个女人当过指挥官，更别说将领了。

我肚子里的宝宝甚是活泼，也许他正在活动着筋骨，也许他是在日夜操练，等一出来就能成为个武艺高强的武士，那时候他会准备好同我一起去面对艰苦的战争。

那些妇人安慰我，说她们会料理好一切，我也不再恐惧和彷徨。在下一场硝烟燃起之前，我能好好地歇一阵子，一个半月最好，让我能好好地修史。等到了河水下降的光景，此时的闲适就千金难求了。

碎嘴定期在德加戈城传书给我。我俩一致认为那儿需要他，他在那边驻守对彼此都有利。若是决战的那一天最终到来，我会在美因河北岸率领大军，我相信他也会及时赶到南岸，身后跟着千军万马。

我那讨厌的妹妹还在外面惹是生非，但这影响不了我的好心情，她的乌鸦天天在我的头顶盘旋，让她看着吧，好好地看。

拉姆沐浴归来，侍奉在我的左右。相信我，等我生产的那一天，他的日子就不好过了，那些碎嘴婆和长舌妇会怀疑他才是孩子的生父。

他曾失去了他的妻儿，那事让他性情大变。他现在生怕也失去了我。不过他变了，突然变得畏畏缩缩的，一小点声响就能把他吓得跳起来，每次来找我的时候也恨不得钻到墙里边去。

正是所谓风声鹤唳，草木皆兵。

75

拉姆的紧张并非空穴来风，他知道了一些他本不该知道的事情。他知道了一些他本来也不愿意去相信的事情。

他死了。

他和那些试图抢走我女儿的扼喉者同袍们同归于尽。

纳拉扬现在也是个将死之人了，也许还在某个角落徘徊，笑着，不停地笑着。但是他笑不了多久了，因为我最终会找到他，我会让他死无葬身之地。他不知道我已经恢复了元气，他不知道我现在的法力有多强大。他最终会成为扼喉者历史上的传奇，只不过我会提前让他的名字出现在史书上。

我本该有所防备，我一开始就知道他心里有着自己的小九九，我本该提醒自己他和他的那帮朋友们不怀好心，我本该知道我身边的人都说他们是一帮奸诈之徒。但是我没有，我从一开始就没有。他竟然觊觎我肚子里的孩子，他打一开始就惦记着她。他真是个好演员，把那副伪善的面皮表演得栩栩如生。

这个讪笑着的浑蛋，是个真正的欺诈徒。

孩子一生下来，我还没来得及给我的小公主起名字，他们就动手了。

就在梦魇突然消失的时候，我就该怀疑他们，就在他们举行所谓的仪式的时候，我就该怀疑其中有诈，他们的一连串把戏背后并非我想象的那么简单。

拉姆就是个小小的黄带侍者，但是他尽力了。据那些接生婆讲，他知道他们来了，还设法干掉了四个人，然后纳拉扬杀了他。他们在堡垒中杀出了一条血路，然后跑了。那时我还在产后的麻醉之中没有醒过来。

纳拉扬会付出代价，我会挖出他的心脏，再塞到他嘴里。他们不知道自己惹到了什么人。我的力量复苏了，妹妹、欺诈徒、长影，他们都将付出代价。若是基纳本人要挡我的路，我会将她也一块儿杀了。

他们的杀戮之年，即将降临。

提起笔，这便是《夫人之书》。

风席卷灰色的原野，吹起碎石，露出了大地上斑驳的纹理。那尸体窝在荒原之上已有百年，落叶与灰尘早就与他的黑发纠缠在了一块儿，一片落叶被风吹起，刚好落在他仿佛还在尖叫着的嘴里，一会儿，落叶又被吹起来，仿佛调皮的风在与他嬉戏。

这原野常常被人误认为是失落文明的遗迹，其实不然，那些石柱看似有序的排列实则杂乱无章，每根石柱还完好无损，只不过表面的纹饰都已经被风沙磨蚀，看似古老罢了。

实际上新的很新，旧的也不过只有一百年的历史。

在日落和日出时分，它们的表面在阳光的照耀下金光闪闪，仿佛被太阳点着了一样。

它们以此纪念不朽的力量。

然而太阳落山，晚风轻拂，寂静成了这辉石平原上的主宰。

（未完待续）

图书在版编目（CIP）数据

黑色佣兵团. 5，钢铁残梦 /（美）格伦 · 库克著 ；赵梓铭译. -- 北京 ：国际文化出版公司，2023.5
ISBN 978-7-5125-1447-8

Ⅰ. ①黑… Ⅱ. ①格… ②赵… Ⅲ. ①长篇小说－美国－现代 Ⅳ. ①I712.45

中国版本图书馆CIP数据核字(2022)第121742号

北京市版权局著作权合同登记号：图字01—2023—2224

黑色佣兵团5 钢铁残梦

作　者	[美] 格伦 · 库克
译　者	赵梓铭
责任编辑	侯娟雅
策划编辑	王　磊
出版发行	国际文化出版公司
印　刷	三河市金泰源印务有限公司
开　本	880 毫米 ×1230 毫米　32 开
	8.75 印张　226 千字
版　次	2023 年 5 月第 1 版
	2023 年 5 月第 1 次印刷
书　号	ISBN 978-7-5125-1447-8
定　价	49.80 元

国际文化出版公司
北京朝阳区东土城路乙 9 号　邮编：100013
总编室：（010）64270995　传真：（010）64270995
销售热线：（010）64271187
传真：（010）64271187-800
E-mail：icpc@95777.sina.net